中國學術思想 研究輯刊

四 編

林慶彰 主編

第 **10** 冊

先秦兩漢天人意識與《詩經》學之研究（下）

謝奇懿 著

花木蘭文化出版社

國家圖書館出版品預行編目資料

先秦兩漢天人意識與《詩經》學之研究（下）／謝奇懿 著──
初版 ── 台北縣永和市：花木蘭文化出版社，2009〔民 98〕
目 2+224 面；19×26 公分
（中國學術思想研究輯刊 四編：第 10 冊）
ISBN：978-986-6449-09-3（精裝）
1. 詩經　2. 先秦哲學　3. 秦漢哲學　4. 天人關係　5. 詩學
6. 研究考訂
831.18　　　　　　　　　　　　　　　　　98001842

ISBN - 978-986-6449-09-3

中國學術思想研究輯刊
四　編　第　十　冊　　　　　ISBN：978-986-6449-09-3

先秦兩漢天人意識與《詩經》學之研究（下）

作　　　者	謝奇懿
主　　　編	林慶彰
總　編　輯	杜潔祥
出　　　版	花木蘭文化出版社
發　行　所	花木蘭文化出版社
發　行　人	高小娟
聯絡地址	台北縣永和市中正路五九五號七樓之三
	電話：02-2923-1455／傳真：02-2923-1452
網　　　址	http://www.huamulan.tw 信箱 sut81518@ms59.hinet.net
印　　　刷	普羅文化出版廣告事業
封面設計	劉開工作室
初　　　版	2009 年 3 月
定　　　價	四編 28 冊（精裝）新台幣 46,000 元

先秦兩漢天人意識與《詩經》學之研究（下）

謝奇懿　著

目次

第四章　先秦兩漢天人意識與詩經學之深層探索

　　由第三章可知，先秦兩漢詩經學的兩大現象用詩與詮釋表現爲天人意識下由天而人與由人而天兩個相應層面的發展，並皆爲德所統攝而呈現天人互動的情形。從詩經學表現之現象再進一步，先秦兩漢詩經學所體現之深層思維即爲主客、心物之分別。主體，即是人的意識本身，與先秦兩漢心的概念較爲接近。而此心之表現，如同前文提及的「詩者，志之所之也」，即是志的表現。客體之於詩學，即是相對於主體之情感而爲物（事）。物的概念一開始即與詩經學所開展之詩學思想有所聯繫，《論語・陽貨》篇曰：

　　　多識草木鳥獸之名。

《管子・山權數》亦曰：

　　　詩者所以記物也。

可見客體之物的討論亦爲先秦兩漢詩經學內容的重要部分。主體與客體、心與物等概念亦是天人意識範疇之一，對先秦兩漢詩經學而言，主客、心物等天人意識之概念無論在詮釋或是用詩之中皆可以看到，而成爲其內在思路主要運作的核心觀念，因此稱其爲縱貫先秦兩漢詩經學現象背後的深層思維也不爲過。由此，本章即擬就心物各自的內涵、心物兩者的互動，以及心物互動之基礎、境界進行探討，以期對通貫於先秦兩漢詩學現象背後的深層意識有所了解。

第一節　先秦兩漢天人意識與詩經學之情感態度與展現

　　此處所謂的情感乃是性情觀意義下的情。由前述可知，四家詩對於情感

皆持承認或肯定之正面或是中性偏於正面的基本立場。雖然如此,各家詩學由於性情理論的不同,使得其面對由心生發之情感有著不同的處理態度,而此種不同的情感態度與本節所欲探究之對象 —— 主體情感之表現有著相當的關係。因此,在探討先秦兩漢各家詩經學的情感展現之前,必須一一先就各家情感處理之態度進行了解。

一、先秦兩漢性情觀與各家詩經學的情感態度

前文第三章第三節已就性情關係下之情感有了初步的理解,由此初步之理解進一步,觀察情感落實在詩經學之實際態度,將有助於全面了解先秦兩漢詩學之情感意義,並有利於本節對先秦兩漢詩經學情感展現之探討。

(一)《中庸》一系的性情觀及其詩學之情感態度

由前述可知毛詩與《中庸》皆屬同一系之思想,在心性之學的思路下,其性情乃是本末關係。而由本末關係看情感,情感本身即為成德之資,其本身亦具有自覺之動力。因此,心性論下之面對情感乃是採取正面肯定之立場,《性自命出》云:

> 君子美其情,貴(其義),善其節,好其容,樂其道,悅其教,是以敬焉。

「美其情」即意謂對情感的肯定態度。〔註1〕當然,就心性論立場而言,此種情感之態度還是必須推源於人之本心而觀之,《孟子·公孫丑上》云:

> 孟子曰:「人皆有不忍人之心。先王有不忍人之心,斯有不忍人之政矣。以不忍人之心,行不忍人之政,治天下可運之掌上。所以謂人皆有不忍人之心者,今人乍見孺子將入於井,皆有怵惕惻隱之心。非所以內交於孺子之父母也,非所以要譽於鄉黨朋友也,非惡其聲而然也。

此處的「不忍人之心」即是仁心之流露,而強調道德主體自覺之自足與掌握。由此道德之心性主體而發的外現情感,以今日之範疇觀之或許為道德情感,也可能是自然情感。因為自然情感與道德情感就道德本心而言並非為矛盾的兩者,自然情感亦源於道德之本心,自然情感也可能為成德躋聖過程中的一環。舉例而言,《孟子》即曾以好德與好色並舉,而未採取對立的態度。《性

〔註1〕 可能是子思一脈的《孔子詩論》亦云:「詩亡隱志。」本句之說解縱然仍有疑義,然似亦可為參考。

自命出》亦曾多次正面論及自然之情感，其言云：

> 凡憂思而後悲，凡樂思而後忻。凡思之用，心爲甚。難，思之方也。
> 其聲變，則（其心變）。其心變，則其聲亦然。吟，由哀也；諜，游
> 樂也；愁，由聲（也）；嘔，由心也。喜斯陶，陶斯奮，奮斯咏，咏
> 斯猶，猶斯舞。舞，喜之終也。慍斯憂，憂斯戚，戚斯難，難斯辟，
> 辟斯慟。慟，慍之終也。

哀、樂、愁、喜、等皆是自然情感的表現，可見心性之學對自然情感的正面
態度。因此就心性立場來說，此一道德本心之流露之情，實是德情一致，而
不斷奔向至聖的道德道路。由此，《中庸》一系心性論之言情，必然重視此道
德心性自然之生發之情，而由此今日以爲的自然與道德情感不斷礪進，以期
達純聖之德化境界。

前述所言乃是就根源角度言性所自然生發之情的本末關係著眼，心性論
的思想落實在人世來說，則因人的不同階段，而有不同的進德方式，此種不
同的進德方式，亦關係到情感對治之態度，《中庸・二十章》云：

> 或生而知之，或學而知之，或困而知之，及其知之一也；或安而行
> 之，或利而行之，或勉強而行之，及其成功，一也。

《性自命出》亦云：

> 禮作於情，或遷之也，當事因方而制之。其先後之序則義道也。有
> 序，爲之節，則度也。致容貌，所以度，節也。

因爲人多非「生而知之」者，故必然有「或遷之也」的情形，此時「當事者
因方制之」，「或利而行之，或勉強而行之」，而企待於德性之成就。由此，因
爲考量到實際人世之情形，心性之學面對情感時亦重視節度。不過，此種節
度亦應是從心性角度而言，乃是心性的尚未發揮或是一時晦暗不明，並非持
對立的態度。

《中庸》一系心性之情感基本態度既如上述，此種態度落實於詩經學之
實踐也大致也是如此。對《中庸》一系而言，其少提及「情」字，《孟子》提
及「情」字者計有五處，扣除非人類之「情」者更少，僅兩處；《中庸》僅一
處；《性自命出》一文頗多，然亦必言其提升，而歸於仁義。毛詩的詮釋與《性
自命出》十分類似，毛詩之釋詩雖然必定言該詩所作之意旨情感，然其言情
兼及德性，或歸於心或性之層次，完全停留於自然情感層次而不兼於德性並
期於成德者極少。因此，對《中庸》一系的心性之學而言，其情感必然以德

性爲歸宿，其所強調者亦爲此仁心所流露的情感，而不常出現單純的感官或情緒之情。也就是說，毛詩雖兼含自然與德性，然因爲其乃發自心性之德性動力，因此，今日以爲之自然情感即使在毛詩中可以看到，但仍然必歸於德性，故不可謂毛詩之情即今日詩學之情。

在對治情感的實際作爲——節情的態度上，心性論立場的毛詩亦表現類似於《中庸》的說法。毛詩之言情感之節最具代表的文字，即爲詩大序言「發乎情，止乎禮義」一處，由於前文已有所討論，茲不多做論述，但毛詩言「節」的意旨，應當與前述《中庸》、《性自命出》的意涵相同，而由「節」亦可見毛詩心性論下的情感，不同於今日詩歌之情。

總結本部分《中庸》一系心性論下的情感，乃是肯定自然情感與道德情感兩者，而皆歸爲道德本心之所發。在自我礪進成德的過程中，今日以爲的自然情感與道德情感同時存在，相輔相成，以臻至道德之境。另外，此種對待情感之態度落實於實際的人世之中，則是內在之自發與外在之律則雙重力量以提升其自然與道德情感兩者以成德的思維。

（二）荀子的性情觀與其詩學之情感態度

如第三章第四節所言，三家詩師承於荀子，而荀子面對的情感態度兼及正、反兩面。雖然如此，前文亦指出《詩經》在荀子之體系之中並未擔負重要而關鍵之地位，因此荀子對待情感之正、反態度落實於《詩經》之解讀上很可能較爲偏重節制的部分，而少言情感之發揚與滿足，此一現象即表現在國風之「節」的闡釋上。荀子詩學之「節」情著重對情加以抑制，由於前文第三章第四節在西漢早期三家詩學之共同傾向已有所討論，茲不贅述。

（三）西漢時期性情觀變化下三家詩的情態態度

如前所述，西漢時期由於氣化宇宙論流行的影響，性情之理論已有所變化。就三家詩而言，最具典型的乃是董仲舒一系的齊詩學。表面上看，董仲舒以後的三家詩情感，仍然承襲了荀子詩學的「節」的傳統，《春秋繁露·保位權》篇曰：

> 故聖人之制民，使之有欲，不得過節；使之敦朴，不得無欲。無欲有欲，各得以足，而君道得矣。

張立文以爲董仲舒「企圖把有欲無欲協調起來，實是儒道的互補」，[註2] 不

〔註2〕 見張立文·《中國哲學範疇發展史·人道篇》（台北：五南圖書公司），1997

過如果從荀子對待情欲的態度來看，董仲舒此說亦不離荀子養欲節情之主張。雖然如此，董仲舒之性情理論仍然與荀子不同，其將性情之仁貪與陰陽相配，而納入其主張的天人感應之氣化宇宙論中，此一做法使得董仲舒表面上看起來與荀子相似，其實已經產生了質的變化。

　　在董仲舒的天人感應的宇宙論體系之中，性情不只存在於人，亦見在於天，因此對董仲舒而言，其所面對之宇宙實為一有情之宇宙，《春秋繁露‧陽尊陰卑》篇曰：

> 春主生，夏主養，秋主收，冬主藏；生溉其樂以養，死溉其哀以藏，為人子者也。故四時之行，父子之道也；天地之志，君臣之義也；陰陽（之）理，聖人之法也。陰，刑氣也，陽，德氣也，陰始於秋，陽始於春，春之為言猶偆偆也，秋之為言猶湫湫也，偆偆者，喜樂之貌也，湫湫者，憂悲之狀也。是故春喜、夏樂、秋憂、冬悲，悲死而樂生。

「四時之行」、「天地之志」、「陰陽之理」，皆董仲舒法天之言，以天的意志與人類同，是故天的規律運行有如人之情感，以四時與喜樂憂悲並稱，於四時之規律見天之情感。於此我們可以看出董仲舒意志之天體現於氣化宇宙論規律對待情感態度的轉變情形，唐君毅曰：

> 人在四時之中，乃無時不與一有情之天帝相覿面；人亦得於自然之四時之神氣之運中，隨時見天之情感意志。……凡此諸語，吾人皆不能只視為譬喻之言，而是董子實相信一人格神，於春則愛萬物之生，於夏則樂萬物之得養，於秋則嚴萬物而成之，於冬則似殺萬物，亦天之哀矜萬物而收藏於密；合以見天與萬物之無閒相依，而悲喜相關，其情之遍運於四時，未嘗有一息之或已。又因此天之喜怒哀樂之情，復即表現於四時之氣，以接於吾人形體，其情乃不只為人心之所知，亦人之形體之所感，而未嘗與人之形體一日相離……世之詩人之於四時，見天心之來復，於春見天之喜氣洋溢，於秋見「天地為愁，草木淒悲」者，其於此意，尚略相近也。[註3]

唐君毅指出「董子實相信一人格神……天與萬物之無閒相依，而悲喜相關，

　　年1月，頁262～263。

〔註3〕　見唐君毅‧《中國哲學原論‧導論篇》（台北：學生書局），1993年2月，頁569～570，

其情之遍運於四時，未嘗有一息之或已」，由此可知齊詩在天人旨趣之下，其對於喜怒哀樂等自然情感已因爲其本身成爲天之道的內涵而受到正面的重視。此點情感之態度與荀子之以自然情感爲成德之資，而必加以轉化者已然大不相同。

不只是齊詩受到宇宙論的影響而對情感之態度產生變化，較董仲舒稍早的韓詩亦有此類之思想，《韓詩外傳》卷五曰：

> 天有四時：春夏秋冬，風雨霜露，無非教也。清明在躬，氣志如神，嗜欲將至，有開必先。天降時雨，山川出雲。詩曰：「崧高維嶽，駿極于天。維嶽降神，生甫及申。維申及甫，維周之翰。四國于蕃，四方于宣。」此文武之德也。三代之王也，必先其令名。詩曰：「明明天子，令聞不已。矢其文德，洽此四國。」此大王之德也。

其首言「天有四時：春夏秋冬，風雨霜露，無非教也」，是韓詩以天之種種表現爲人之修己之標準。又《韓詩外傳》卷七曰：

> 故君子博學深謀，不遇時者眾矣，豈獨丘哉！賢不肖者、材也，遇不遇者、時也，今無有時，賢安所用哉！

是韓詩亦在材質之性的前提下言人之所處。由此一立場出發而生之情，配合前例所言韓詩對時序的重視，則自然之情感也就可能爲其正面看待。魯詩方面，劉向的情感態度也與《韓詩外傳》類似，其《說苑·辨物》篇云：

> 易曰：「仰以觀於天文，俯以察於地理」，是故知幽明之故。夫天文、地理、人情之效存於心，則聖智之府。是故古者聖王既臨天下，必變四時，定律歷，考天文，揆時變，登靈臺以望氣氛，故堯曰：「咨爾舜，天之歷數在爾躬，允執其中，四海困窮。」書曰：「在璿璣玉衡，以齊七政。」璿璣謂北辰勾陳樞星也。

其以天文、地理、人情並言，而以四時天文時變觀念釋之，可見在西漢後期魯詩之情感亦受到氣化宇宙觀的影響而有所改變，而與董仲舒、韓詩相同。

（四）東漢性情觀轉變下詩學的情感態度

東漢時期的性情觀又與西漢的董仲舒不同，而以純粹氣化之立場言性情，採取性情爲一的立場。此種天人關係與性情觀念的轉變，使得此一時期的情感態度亦相異於西漢災異時期董仲舒等人面對情態的立場。對董仲舒而言，其主張的性情陰陽對待說中，性的角色見於天，也見在於人。此時人之性雖有氣稟的一面，對人之成德有所限制，然其位於天之陽的地位，因此其

地位終究較情爲高。因此在某些特定的情形——情感與德性衝突時，其情感之態度仍然是傾向於性的道德方向的。然而此情形在東漢性情類同的情形下有所不同，對東漢學者而言，性情兼有善惡，甚至兩者同爲一名（情感）之異稱，如此一來，同時存在於人之情性的德性之善，與情欲可能產生之惡，在地位上遂成爲對等。如此一來，當德性之善與情欲在善惡衝突時，此時一方面失去心性的動力，一方面失去天的絕對力量，人乃不得不陷入德與情欲的二元對立掙扎之中。由此，對東漢性情爲一的思想而言，在某些情形下其情感的態度遂可能表現爲狐疑與矛盾的態度。換句話說，當某些外在之情境變化時，情感與道德在衝突、協調中原本絕對作主的天消失了，換來的是情感態度的猶疑。〔註4〕《後漢書・劉陶傳》曰：

> （劉陶）臣嘗誦詩，至於鴻鴈于野之勞，哀勤百堵之事，每喟爾長懷，中篇而歎。近聽征夫飢勞之聲，甚於斯歌。是以追悟匹婦吟魯之憂，始於此乎？見〈白駒〉之意，屛營傍偟，不能監寐。

其言「見〈白駒〉之意，屛營傍偟，不能監寐」明確可見東漢時期純然氣化的性情觀下情感的態度。

最後，我們可以比較荀子以降以材質之性爲基礎而變化的三種不同情感之間的差異。三家詩中、晚期與東漢災異漸變兩者的情感態度恰巧爲荀子所言正、反兩面的表現，但並不完全相同。三家詩中、晚期的情感態度主要認同了荀子對情感的正面說法，但其用氣化宇宙論系統解釋之，使得其節情的部分亦僅能透過規律呈現，如此反而使得情感之流露得到出口。而東漢災異漸變的情感態度則是以禮制情，但卻不得不有時面對情感與德性的矛盾而表現狐疑的立場。

（五）先秦兩漢詩經學情感態度的異同與類型

由以上的討論可知，我們可以從兩大區分來看持先秦兩漢詩經學對於情感的態度而區分四種類型。此兩大區分爲：情感特質之區分，其內容主要表現爲道德情感與自然情感之不同；情感內在關係之區分，其主要表現在性情之內在關係，以及德情之相互關係上。毛詩承心性之學，其與荀子學皆屬先秦之範疇，其必然以道德情感爲歸宿。而漢代之三家詩除承自荀子學而有部分的表露外，其所展現之情感因爲天人之學的影響而有自然情感的表現。就

〔註4〕　關於情與德的衝突，本節第三部分「先秦兩漢情感之二元表現與詩學」還是更多的論述與例證。

情與性的關係上，毛詩之性情爲心性論下的本末關係，荀子則析性情爲二；至西漢中、晚期的三家詩，性情名爲本末，實爲陰陽二元對待之關係；東漢時期災異變化之後，性情則爲同實一名。在情感與道德的關係上，毛詩所主爲本末關係，荀子學爲協調之關係，三家詩爲二元對待之互動，而東漢時期則爲二元對立之關係。茲繪表格以其明內涵於下：

	道德情感	自然情感	內在關係
《中庸》、毛詩一系	躋於聖	躋於聖	性、情爲本末，德情爲一致
荀子學	是	轉化	性情爲二；德情爲協調
西漢中、晚天人之學	是	是	性情、德情爲二元對待
東漢災異漸變時期	是	是	性情爲一；德情爲二元對立

由本表當中可以看出，情感的承認或肯定在先秦兩漢詩經學之中大約是普遍接受的。然而對於情感的態度，毛詩承自《中庸》一系之心性論是以本末方式看待性情的；荀子則從正反兩面對待情感，試圖轉化自然之情爲道德情感；而董仲舒以降的天人學派則是以二元互動的角度下，在衝突與和諧之中發揚天道，闡釋天道生生之義，在天道生生之下，自然情感得到發揮的機會；僅有同時失去心性之能動以及天志立場的務實學家們，始墮入情感（欲）與天道對立之深淵之中，在對立掙扎找不到情感的方向。此一時期雖肯定情感，然其以對比衝突立場體會情感的新方式已在新的性情關係中得到發展，此種將道德與情感視爲兩個對立均等的力量，爲後世之詩人甚至是詩學理論者所接受，而有種種動人的詩篇與緣情理論的產生。筆者以爲詩學理論中緣情與言志對揚的立論關鍵並不在情感的有無，[註5] 而在於以二元對立的方式看待情感與德性，然而以二元對立的方式看待情、德兩者並不是先秦兩漢《詩經》學者運用的思考方式，並且使人與天的調和也成爲後世詩歌與理論不可避免的核心及深層課題。

二、先秦兩漢詩經學情感之「多」之表現

就觀察角度而言，欲探討先秦兩漢詩經學中情感的種種表現，實可分鉅觀與微觀兩種。所謂的鉅觀即是以某一詩經學系統爲範圍，廣泛地觀察詩經

〔註5〕 今日部分學者以有情、無情做爲申駁之基本態度，恐怕難以探求緣情說的依據，以及其「不見」之處。

學情感之表現，以明先秦兩漢詩學情感之表現。而微觀則是將範圍縮小，以單一詩篇爲討論對象，觀察單一詩篇情感的表現。一般而言，對某家詩經學所體現之情感廣泛觀察而得的鉅觀理解與微觀大致近似。因此本文擬先就鉅觀角度切入，待對情感表現有著全面的理解之後，其落實於單一詩篇情感的微觀表現也就明顯可見，是以本文在情感在鉅觀與微觀角度表現十分接近時即對微觀略爲敘述，以避免重複的情形。除此之外，由於材料有限的關係，要對先秦兩漢詩經學情感之表現進行全面的理解有其困難。因此，本文不得不以較具系統的毛詩、三家詩前後期、東漢時期等部分爲對象加以論述，不過本文第三章已就先秦兩漢詩經學之發展脈絡加以探討，發現毛詩、西漢三家詩前、三家詩後期，以及東漢時期之詩經學皆分別代表著戰國時期《中庸》、《孟子》之思路、戰國末期荀子學之思路、西漢後期以及東漢時期天人思維等典型性，因此本節先秦兩漢詩經學情感的表現與發展以材料較多之毛詩、三家詩學、以及鄭箋等爲討論之對象，藉以觀察先秦兩漢詩經學情感之表現與發展應該可以得到相應的理解。

　　鉅觀方面，情感之「多」的表現指的是由心志所發而見於外的多樣或多元之呈現。所謂的多樣係指人表現於外各式各樣的情形，而所謂的多元指意指出現不同之面對情感之態度而生之各樣情感。就表面而言，多樣情感與多元情感似乎很難區分，但若從情感之態度加以了解，則可以明顯將兩者區別開來。先秦兩漢詩經學情感之「多」的表現，即是隨著天人意識下性情觀之變化，而表現由多樣而多元的情形。

（一）毛詩的情感態度與多樣之表現

　　毛詩情感的多樣表現展現了心性觀下的情感的特點，即一方面肯定自然情感喜怒哀樂之種種，一方面也肯定其道德情感。對於自然情感，毛詩顯現了心性論下自然情感收攝於心性之義，使今日以爲的自然情感與道德情感在毛詩當中皆同時表現而歸之於成德，毛詩小序云：

〈江有汜〉，美媵也。勤而無怨，嫡能悔過也。

〈擊鼓〉，怨州吁也。衛州吁用兵暴亂，使公孫文仲將而平陳與宋，國人怨其勇而無禮也。

〈干旄〉，美好善也。衛文公臣子多好善賢者，樂告以善道也。

〈下泉〉，思治也。曹人疾共公侵刻下民，不得其所，憂而思明王賢

伯也。

「勤而無怨」、「怨其勇而無禮也」、「憂而思明王賢伯也」、「樂告以善道」皆是就字面上即可見其將怨、憂、樂等情感與道德同時並見而歸之於成德之目標。除了字面之意義外，毛詩還有刺詩，乃是就詩文句之外，期待讀詩者能引以為戒，而歸於修德者：

〈四月〉，大夫刺幽王也。在位貪殘，下國構禍，怨亂並興焉。

〈黃鳥〉，哀三良也。國人刺穆公以人從死，而作是詩也。

〈蟋蟀〉，刺晉僖公也。儉不中禮，故作是詩以閔之，欲其及時以禮自虞樂也。

亦為自然情感與道德情感之並見。除了自然與道德情感之同時呈現外，毛詩有時也會正面闡釋，仁、義、禮、智、信等五性生發之五性之情：

言與仁義也。（毛傳〈旄丘〉）

白露凝戾為霜，然後歲事成，國家待禮然後興。（毛傳〈蒹葭〉）

載，事。刑，法。孚，信也。（毛傳〈文王〉）

哲，知也。（毛傳〈瞻卬〉）

以上為毛傳的例子。毛詩小序方面：

〈殷其靁〉，勸以義也。召南之大夫遠行從政，不遑寧處，其室家能閔其勤勞，勸以義也。

〈柏舟〉，言仁而不遇也。衛頃公之時，仁人不遇，小人在側。

〈淇奧〉，美武公之德也。有文章，又能聽其規諫，以禮自防，故能入相于周，美而作是詩也。

〈采菽〉，刺幽王也。侮慢諸侯，諸侯來朝，不能錫命，以禮數徵會之，而無信義，君子見微而思古焉。

將兩者合併觀之，可見毛詩對五性之情的注重。毛詩的五性之情似乎與心性之學五行之主張有所關聯，《荀子‧非十二子》曰：

略法先王而不知其統，然而猶材劇志大，聞見雜博。案往舊造說，謂之五行，甚僻違而無類，幽隱而無說，閉約而無解。案飾其辭而祇敬之，曰：「此真先君子之言也。」子思唱之，孟軻和之。

荀子言子思一系言「五行」即為仁、義、禮、智、聖等德性，〔註6〕其間與五

〔註6〕 見帛書《五行》篇。

性之德的差距僅在聖德。由此可見毛詩之五性之情亦為多元情感之一環。簡單說來，毛詩因為心性論立場的關係，自然情感與道德情感皆同時顯現，並將自然與道德情感收歸於心性之中，而期於成德。這種對待情感之「多」的表現，以今日的以為的詩言情想法仍有一段距離。因為毛詩對待自然與道德情感，皆是不斷地要求向內與向外之心性提升與展現，因此自然情感的表現之於毛詩雖不能言其為無，然已居於次要之地位，而未能真正獨立發展。

（二）三家詩情感的多元呈現

荀子情感之多元呈現，今日資料嫌少，不過應是以禮為歸宿，其言情之「多」，亦應是歸於禮而為道德情感。

如前所述，承繼荀子之學的三家詩至西漢中期以後，漸漸地受到天人意識變化的影響而使其面對情感之態度有所變化。針對此一時期三家詩情感從道德之情解放至自然之情後的多元情形，可以從四家詩對於「時間」向度的意義加以考量以見其義。對先秦兩漢詩經學而言，毛詩與三家詩皆言時、重時，然其間實有相當大的差異，三家詩之言「時」與其情感之多元表現直接相關，而毛詩則不然。茲先言三家詩之「時」的觀念，後論毛詩言「時」之義做為對照，以明三家詩「時」義的特點，並由此一三家詩言時之特點進一步探討，以見情感多元之源由與真義。

對三家詩來說，情感與時間關係之主要內涵在於情感隨時而變之義，此處所謂的隨時而變之「時」，即為「時序」之義，此點於三家詩皆然，而以發展天人之學的齊詩之態度最為明顯。

齊詩之代表為董仲舒，董仲舒所主張的宇宙論體系特重規律一面而以陰陽仁貪的輪轉解釋宇宙之現象。此一規律性的角度使得屬貪之情得到了循環之時，在此一意義情感的抒發表現亦得到某種天道意義下的地位，《春秋繁露・如天之為》：

> 陰陽之氣在上天亦在人，在人者為好惡喜怒，在天者為暖清寒暑，出入上下，左右前後，平行而不止，未嘗有所稽留滯鬱也，其在人者，亦宜行而無留，若四時之條條然也。

本段文字貫通天人而言陰陽之氣運行的情形，而以人之喜怒好惡與天之暖清寒暑相比。因為天道之運行乃是不可變易且享有最高地位者，在天人相應的思維下，喜怒好惡等情感亦隨此時序——四時而得到正面之重視。韓詩方面，《韓詩外傳》卷一云：

傳曰：天地有合，則生氣有精矣；陰陽消息，則變化有時矣；時得
則治，時失則亂。故人生而不具者五：目無見，不能食，不能行，
不能言，不能施化。三月微的，而後能見；七月而生齒，而後能食；
朞年髕就，而後能行；三年腦合，而後能言；十六精通，而後能施
化。陰陽相反，陰以陽變，陽以陰變。故男、八月生齒，八歲而齔
齒，十六而精化小通。女、七月生齒，七歲而齔齒，十四而精化小
通。是故陽以陰變，陰以陽變。故不肖者、精化始具，而生氣感動，
觸情縱欲，反施化，是以年壽亟夭，而性不長也。詩曰：「乃如之人
分，懷婚姻也，太無信也，不知命也。」

此段文字首言「陰陽消息，變化有時」，續言「不肖者、精化始具，而生氣感
動，觸情縱欲」是人無法脫離精氣材質之侷限，而必然受限於節序之變而不
得不得有種種情感的表現。事實上，不只是不肖者無法擺脫外在客觀時序推
移之影響，即使賢者亦如此，《外傳》卷一續言之曰：

賢者不然，精氣闐溢，而後傷時不可過也。不見道端，乃陳情欲，
以歌道義。詩曰：「靜女其姝，俟我乎城隅，愛而不見，搔首踟蹰。
瞻彼日月，悠悠我思，道之云遠，曷云能來。」急時辭也，是故稱
之日月也。

「不見道端，乃陳情欲以歌」、「急時之辭也」可見即賢者亦不得不隨時而生
情感。又《韓詩外傳》卷八亦曰：

文侯曰：「中山之君亦何好乎？」對曰：「好詩。」文侯曰：「於詩何
好？」曰：「好〈黍離〉與〈晨風〉。」文侯曰：「〈黍離〉何哉？」
對曰：「彼黍離離，彼稷之苗。行邁靡靡，中心搖搖。知我者、謂我
心憂；不知我者、謂我何求。悠悠蒼天，此何人哉？」文侯曰：「怨
乎？」曰：「非敢怨也，時思也。」〔註7〕

所謂的「非敢怨也，時思也」，亦是指人受到外在時序環境的變化而生之情感。
由此可知，對韓詩而言，其情感之多實是與其時序之義相連結，在重視外在
時序對人的影響，情感亦隨時而表現為多樣的情感。

魯詩方面，其受到時序的影響而表現出情感之「多」的情形較齊、韓詩
晚。西漢晚期以後，習魯詩之劉向面對「時」的態度亦如齊、韓詩，皆是以
時序之義言情，劉向《說苑・辨物》即收入前文《韓詩外傳》卷一之文字：

〔註7〕 此段文字劉向《說苑・奉使》篇亦收入。

夫天地有德，合則生氣有精矣；陰陽消息，則變化有時矣。時得而治矣，時得而化矣，時失而亂矣；是故人生而不具者五：目無見，不能食，不能行，不能言，不能施化。故三月徹眼而後能見，七月生齒而後能食，期年生臏而後能行，三年顖合而後能言，十六精通而後能施化。陰窮反陽，陽窮反陰，故陰以陽變，陽以陰變。故男八月而生齒，八歲而毀齒，二八十六而精小通；女七月而生齒，七歲而毀齒，二七十四而精化小通。不肖者精化始至，而生氣感動，觸情縱欲，故反施亂化。故詩云：「乃如之人，懷婚姻也；大無信也，不知命也。」賢者不然，精化填盈後，傷時之不可遇也，不見道端，乃陳情欲以歌。詩曰：「靜女其姝，俟我乎城隅；愛而不見，搔首踟躕。」「瞻彼日月，遙遙我思；道之云遠，曷云能來？」急時之辭也，甚焉，故稱日月也。

大約是沿續韓詩之舊說而來，又《白虎通·三軍》篇亦曰：

古者師出不踰時者，爲怨思也。天道一時生，一時養，人者天之貴物也，踰時則內有怨女，外有曠夫，詩曰：「昔我往矣，楊柳依依，今我來思，雨雪霏霏。」

本篇所引爲〈采薇〉詩，此詩魯詩以爲刺，其本當溯於《史記·周本紀》：「懿王之時，王室遂衰，詩人作刺」之文，而毛詩與魯詩異。〔註8〕《白虎通》本段文字以「天道一時生，一時養」之變化而言人之情感隨時序而變，因而可能表現不同的情感。由此可知，三家詩在材質之性的前提下，情失去內在自我提升的動力，遂不得不隨時而變而展現多樣之情感。

　　了解三家詩時義下隨時而變的多樣情感之後，茲略爲討論毛詩的「時」義，可做爲與三家詩之對比，更可見三家詩「時」義之特點。毛詩言「時」之文字於小序或是毛傳之中皆隨處可見，考量毛詩之言「時」約有二義，一爲詩序中的「時」的概念。毛詩小序言「時」者相當多，最常出現的是「刺時」，計十四次。除此之外，「閔時」、「（婚姻）不得其時」、「思遇時」、「不遇」、「及時」、「婚姻以時」、「號令不時」之例亦所在所有。考量小序這些言「時」的情形，多半偏於人而言其性之成就與否立論，而心性論之立場來說，其言

─────────────────────

〔註8〕　參見魏源，《詩古微》（台北：復興書局），皇清經解續本，卷4頁12～18；以及皮錫瑞，《經學通論·二詩經通論》（台北：商務印書館），人人文庫本，頁36～37。

情必然歸於心性之本體,而少與季節相關,毛詩〈賓之初筵〉小序云:

> 〈賓之初筵〉,衛武公刺時也。幽王荒廢,媟近小人,飲酒無度,天
> 下化之。君臣上下,沈湎淫液,武公既入而作是詩也。

此處之「時」並非指季節之情感,而是指「時政」,與三家詩之「時」大不相同。除了「時政」之義外,毛詩言「時」之另一類情形則涉及季節,此種情形普遍見於毛傳,而肯定人情與季節有某種關係。此種關係實涉及毛詩天人意識下心物交感之表現情形,由此一論題本文將於本章第三節詳細討論,筆者在此僅能略為提及。首先,毛傳之言及季節實乃因為此一問題乃是詩學本身必然要面對的問題,而毛詩亦肯定外在世界的存在變化,因此季節遂必然成為其論及的對象之一。雖然如此,毛詩主要還是以心性論為核心來展開論述的。以心性論立場看時序,時序之於人乃著重在人與天的關係上,此一人與天的關係即為禮制,透過禮制以言季節。因此,毛詩之時序多半以禮制釋之,而少將季節與情感相連繫,正面言及兩者間互相影響之關係。茲先舉一例以明其大概,毛傳〈閟宮〉「周公皇祖,亦其福女。秋而載嘗,夏而楅衡」詩句云:

> 諸侯夏禘則不礿,秋祫則不嘗,唯天子兼之。

則毛傳釋夏、秋之祭乃在於制度之敘述,而未如漢代之氣化論思維言節序之義。我們可以從鄭玄此處箋釋毛傳之文不法毛傳的情形看得更清楚,其文云:

> 此皇祖謂伯禽也。載,始也。秋將嘗祭,於夏則養牲,楅衡其牛角,
> 為其觸觝人也。秋嘗而言始者,秋物新成,尚之也。

則鄭玄不只釋禮制,尚及於秋嘗之「始」義,並釋「秋物新成,尚之也」乃是言四季之於萬物生長之義。由此可見毛詩實未以節序與情感密切相連,此種對於「時」的體會與三家詩以情感與天道規律相通,以情之表現本身即天道有所不同。簡單說來,毛詩之「時」,應當是成就的意思,與節序的關聯很小,與三家詩之重視時序之義有著相當的區別。由此,則毛詩所言多樣之情,實未以節序之義為主,而多表德行之情。

　　回到三家詩本身因為時序而生的多樣情感。表面上看起來,三家詩所透露之多樣情感似乎與多元之情還有距離,但是若考慮西漢中、晚期三家詩的立場乃是以情感與天道相通的立場,則喜怒哀樂便不僅只是多樣,而成為重要的感情基型之一,故為多元之情感。而這種情感之多元,實是源於漢人對於節度之天的理解與重視,其源頭可以在《禮記·月令》及《呂氏春秋》十

二紀中找到，唐君毅云：

> 敬天、知天、事天、待時、順時、隨時，乃此先秦諸家之公言。然
> 陰陽家與秦漢學者之順天應時之道，則自有其特之意義。此則要在
> 此所謂天，非泛言之自然之天或人格神之天，亦非泛言之時，此時
> 乃一有種種「節度」之時。故此時所原之天，無論視爲一自然之天，
> 或人格神之天，皆爲一其活動有其種種節度之天。此一有節度之天
> 時之觀念，則涵義至爲廣大，正爲陰陽家與秦漢學者所最能加以重
> 視，而求一一引繹之而出者也。〔註9〕

「節度之時」，即是「秦漢學者最能加以重視者」，亦爲後來的三家詩最能加
以體會者。然而董仲舒之言喜、怒、哀、樂與四時之類同，並非指人之情感
須同四季之順序，亦不只是言情感隨四時之變化，而是指出喜怒哀樂四個代
表性的情感本身無可抹煞的地位，《春秋繁露・如天之爲》：

> 夫喜怒哀樂之止動也，此天之所爲人性命者，臨其時致上而欲發，
> 其應亦天應也，與暖清寒暑之至其時而欲發無異，若留德而待春夏，
> 留刑而待秋冬也，此有順四時之名，實逆於天地之經，在人者亦天
> 也，奈何其久留天氣，使之鬱滯，不得以其正周行也。

由「應亦天應也，與暖清寒暑之至其時而欲發無異」而不可「使之鬱滯」可
知，董仲舒對情感的認同實遠遠超過荀子，因此情感即在其天道之思想下得
到解放而獲得多元之呈現。又西漢後期習齊詩之翼奉云：

> 北方之情好也，好行貪狼，申子主之。東方之情怒也，怒行陰賊，
> 亥卯主之。貪狼必待陰賊而後動，陰賊必待貪狼而後用。二陰並行，
> 是以王者忌子卯也。禮經避之，春秋諱焉。南方之情惡也，惡行廉
> 貞，寅午主之。西方之情喜也，喜行寬大，巳酉主之。二陽並行，
> 是以王者吉午酉也，詩曰：「吉日庚午。」上方之情樂也，樂行姦邪，
> 辰未主之。下方之情哀也，哀行公正，戌丑主之。辰未屬陰，丑戌
> 屬陽，萬物各以其類應。〔註10〕

是明以干支、方位配情感，而摻以日時、陰陽之觀念。由此可見翼奉以天道
之思維解情，此舉與董仲舒之四時概念亦類似，然而更近一步達於空間之多

〔註9〕 見唐君毅，《中國哲學原論・原道篇（二）》（台北：學生書局），1992 年 3 月，
　　　　頁 185～186。
〔註10〕 見班固《漢書・翼奉傳》（台北：商務印書館），百衲本。

－307－

元情形。

在此我們將檢討天人思想對於詩學中多元情感解放的影響，或許有人將情感之解放歸之於材質之性之生發自然形成，又或許將其歸之於氣化宇宙觀之思維架構。然而材質之性下人受限於氣的影響而有多元之性於《管子》早有認識，《管子‧水地》篇曰：

> 地者，萬物之本原，諸生之根菀也。美惡賢不肖愚俊之所生也。水者，地之血氣，如筋脉之通流者也。故曰水具材也。……萬物之本原也，諸生之宗室也，美、惡、賢、不肖、愚、俊之所產也。何以知其然也？夫齊之水，道躁而復，故其民貪麤而好勇。楚之水，淖弱而清，故其民輕果而賊，越之水，濁重而洎，故其民愚疾而垢。秦之水汙最而稽，埳滯而雜，故其民貪戾，罔而好事。齊晉之水，枯旱而運，埳滯而雜，故其民諂諛而葆詐，巧佞而好利。燕之水，萃下而弱，沈滯而雜，故其民愚戇而好貞，輕疾而易死。宋之水，輕勁而清，故其民閒易而好正。是以聖人之化世也，其解在水。故水一則人心正，水清則民心易，一則欲不污，民心易則行無邪。是以聖人之治於世也。不人告也，不户說也，其樞在水。

明確可見《管子》言人民受地理環境之影響，而表現某種地理特質。漢代方面，大部分的漢代學者亦普遍抱持材質之性的立場，如第三章第四節所敘述的《淮南子》即對材質之性的侷限早有認識，其亦俱備有宇宙論之思維架構。然而何以在西漢早、中期的齊、韓詩存在有情感解放的現象，而魯詩之《淮南子》則無，必定要到西漢中、晚期以後才普遍存在三家詩之中。究其原因或許可以從歷史之現象言之，認為其為時間發展之自然結果，然而此種說法仍未能探究其根本的原因，因為各種內在的必要條件若未俱備，時間再長久也無法產生情感之多樣情形。換言之，必然存在著某種關鍵因素是《管子》、《淮南子》所欠缺，而韓詩、董仲舒、劉向所有者。分析《淮南子》與《韓詩外傳》、董仲舒與劉向之間的差別，實是儒家與道家對待情感根本態度的差別，因為《管子》與《淮南子》皆是道家思想為基本立場而揉合他家說法，而董仲舒與劉向則是以儒家為基本立場而揉合他說。以情感本身、循著情感的表現作為人成德的道路，從根本上肯定、面對人間情感的是儒家，而漢代的儒家循此基本立場將性情與天人之道等同，因此情感之「多」才有得以表現的機會。反之，對道家而言，情

感的表現並非其「道德」的基礎，也不是其關注焦點，[註11] 加上道家僅能被動地就現狀之當中成其「道德」之義，無法主動生發與創造，因此不論道家如何以觀照之心面對世界，情感也無由成為其重要之課題更遑論其發展。換言之，在先秦兩漢的情感之多「不」會生發於「觀照性創生」的道家，情感之「多」必然是由一開始即承認情感價值真正創生的儒家吸取了宇宙論之思維才可能生發。由此，西漢到後來的三家詩即在以人釋天、以天釋人兩種相互詮解的情形下，情感被提升至天的地位，即已與性相對待，受到同樣的重視，可見儒家思維下的天人相應之說才是情感解放的關鍵。此種因為儒家思想結天人相應的觀點而對於人多樣之性、多樣之情的認知，在西漢末年興起之災異思想更為明顯，《春秋‧元命包》曰：

> 故其象龍者多騰躍，象虎者多滯膩，象牛者多決裂，象馬者多儆利，象豕者多胡途，象狗者多寒庚，象雞者多疎庚，象兔者多缺少，象鼠者多晦昧，象蛇者多光陸，象猴者多捷便，象羊者多纏縣，以此十二，稽之於天，度之於地，推於萬象，方之庶類，畫天法地，是故為人，取象於天地，庭法紫微，顏法端門，顧為輔，北斗以應人之七孔，崑崙為顛，嵩高為準，目以象河，口以象海，耳為附域邊界亭堠也。

《春秋‧文曜鉤》亦云：

> 氣隨人形，故南方至溫，其人大口，象氣舒緩也，北方至寒，其人短頸，象氣急縮也，東方川谷所注，其人小頭兌形，象木小上也，西方高土，日月所入，其人面多毛，象山多草木也，中央四通，雨露所施，其人面大，象土平廣也。

《元命包》以十二生肖為天之象，而《文曜鉤》以四方之氣言人之形。皆是呈現天人思想下觀照人形、人情（性）之態度。由此，不只是董仲舒以降喜怒哀樂因為天人感應之說而對多元情感產生肯定，也同時在地域地理與天之相通架構下，地域之甚至於更為多元多樣之情也已產生。凡此種種，皆是在儒家採取了材質之立場加上天人之學的思維下方才產生壯大者。由此可見災異之天人感應說雖然以天為最高主宰，喪失了人的自主性，但是在天的權威之下，其發現天人的同質性而使得情感獲得解放的契機。而此種情感解放的

[註11] 道家關注的焦點為虛靜之心，關於道家的虛靜之心的討論將在本章第四節有所分析討論。

契機對詩經學甚至是詩學、文學而言極爲重要，因爲情感的解放，即爲後世詩學研究者最喜提倡的詩緣情的開始。西漢末年主張古文最力，但同時接受天人感應之學的劉歆曰：

> 詩以言情，情者，性之符也。〔註12〕

從本部分對詩的多元情感的認知觀點來看，劉歆之語實爲驚天動地之立論，而劉歆之語絕非其個人突發之立論，乃是在儒家思維下天人與氣化材質思想雙重影響下的產物。

（三）東漢學性情氣化突顯下的詩情感多元表現

如前所述，天人之思想發展至東漢，部分學者已由側重意志之天的災異之學轉爲純粹氣化的觀點。此種氣化觀點落於性情上，即爲純粹以氣言性的立場。以氣言性，就實際上仍然承繼了漢代以降材質之性的思維，只是東漢反對意志之天的學者以系統之觀點加以觀察。此種系統觀的態度，落實於情性之上即有觀照性情之多元想法出現。謝大寧指出：

> （王充骨相篇）由體相以認識其命定而無可改易的性命……相人之命只是作爲瞭解命定世界裡富貴窮通的種種姿態之用，同樣的道理，相人之性自然也只是一種瞭解世人清濁賢愚之種種姿態的工作，換言之，這恰是一種不折不扣的人格品鑒。……新論中也可以清楚發現人格品鑒正是桓譚所關切的一個主題。尤其是班固漢書諸表中有一體例殊異之表，亦即古今人表，漢書本論漢書，何以突然旁生枝節地去論列古人，詮次其品第的高下呢？……對人性的道德褒貶，在這類學者的心目中正逐漸轉爲一種對人性的美學式品鑒。〔註13〕

則可見王充、班固等人皆隱然有人性美學式品鑒之情形。謝大寧此處以反讖緯之王充與持讖緯態度之班固相提並論並非無據，因爲此一人性之品鑒實承自西漢以降的讖緯而來。對於情感之多元來說，天的意志與否皆是架構在宇宙論之系統上，〔註14〕在系統論的節序之義下，人受限於氣稟之性，遂隨時而表現情感，此亦變相的承繼董仲舒天人情感有以相通之義，而情感多元的

〔註12〕 見朱彝尊，《經義考》（北京：中華書局，四部備要本），卷98引劉歆語，頁531。

〔註13〕 謝大寧，《從災異到玄學》（台北：台灣師大國文研究所博士論文），1989年5月，頁226。

〔註14〕 前引唐君毅之言已說明漢人無論主張意志之天與否大多亦肯定氣化宇宙論下節序規律之義。

產生即源於此天人之相應或同類上。是故東漢時期即使在災異的看法上有所
不同，都無礙於當時對情感多元的認同。應劭《風俗通義・序》云：

> 風者，天氣有寒煖，地形有險易，水泉有美惡，草木有剛柔也。俗者，
> 含血之類，像之而生，故言語歌謳異聲，鼓舞動作殊形，或直或邪，
> 或善或淫也。聖人作而均齊之，咸歸於正；聖人廢，則還其本俗。

本段文字由天氣寒煖、地形險易、水泉美惡、草木剛柔論及言語歌謳異聲等
等情志表達的多元變化，實反映東漢氣化思想下情感之多元已因地理等影響
而有所表現，即使應劭所持乃是情智對立的立場，但情智之對立並不代表情
感即消失，反而會形成某種張力。〔註15〕另外，鄭玄箋〈烝民〉詩亦云：

> 天之生眾民其性有物象，謂五行仁義禮智信也；其情有所法，謂喜
> 怒哀樂好惡也。

是亦可見鄭玄之情與董仲舒所開之宇宙論思維相同。

　　簡單的說，就鉅觀的角度來看，先秦兩漢詩經學情感之「多」之表現，
早期先秦或者是毛詩之思想皆是源自於道德本心而表現於自然情感與道德情
感並存但又同時收攝於德性目的者。至西漢中期以後，情感的表現已由多樣
而趨於多元，此點可由三家詩對「時」的觀念看出此一情形。而當時多元情
感之面向，在時間之喜怒哀樂以及空間之地域地理之情皆有所認知與表現。
此種變化究其源實即見毛詩與三家詩心性論與氣化論下情感之真正觀點與其
歸向。除此之外，時序之義對於漢代沿襲儒家而發展的詩經學而言，並不只
是情感之多元，亦代表其解放與詩緣情的真正成立。

　　從鉅觀落到微觀，一首詩中的多元情感即為一首詩各種人物情感之交
流，或是作者情感本身之變化。毛詩、荀子、三家詩、東漢皆如此，其表現
為自然情感與德性情感之穿插，由此情況相當明顯，茲不舉例。

三、先秦兩漢情感的二元思維與詩經學表現

　　就鉅觀角度而言，先秦兩漢面對種種之多樣或多元情感，可以收攝為禮
與樂、情與理等二元對待的概念中，《禮記・樂記》云：

> 樂也者，情之不可變者也；禮也者，理之不可易者也。樂統同，禮
> 辨異，禮樂之說，管乎人情矣。窮本知變，樂之情也；著誠去偽，

〔註15〕這一點在本節下文對情感二元討論時可以看的更清楚。

　　禮之經也。禮樂偵天地之情，達神明之德，降興上下之神，而凝是
　　精粗之體，領父子君臣之節。

由「禮樂之說，管乎人情」而「樂也者，情之不可變者也；禮也者，理之不
可易者也」可知禮、樂與情、理兩者實收攝人類情感之二元觀念。而從樂——
——「窮本知變」、禮——「著誠去偽」可知，「樂」代表著情中有理，「禮」
代表著理中有情，禮、樂兩者皆顯示著相互含蘊的特點。至於「樂統同，禮
辨異」則見禮與樂、情與理兩者收攝人類情感之二元觀念實是兩兩之互動，
在互動中操持情感之路，張立文曰：

　　「夫民有血氣心知之性，而無哀樂喜怒之常，應感起物而動，然後
　　心術焉。」以動靜關係來探討人性善惡，追求理智與情感、理性與
　　非理性的協調。〔註16〕

「動靜關係」即是禮與樂、情與理之互動關係，而禮樂、情理之互動，以今
日之語言來說，即是理智與情感、或是感性與理性之互動，理性與感性互動
決定了情感之表現。由上述可知，對先秦兩漢儒家學者來說，情感之二元探
討就具體而言即為禮樂，就概念而言則是情理，禮樂與情理可以為先秦兩漢
儒家情感之「二」的內容。〔註17〕從禮樂、情理的二元再進一步就義理層面
來說，情感之「二」的根本，即是儒家的仁義或仁智，《禮記・樂記》：

　　仁以愛之，義以正之，如此則民治行矣。樂由中出，禮自外作，樂
　　由中出故靜，禮自外作故文。大樂必易，大禮必簡，樂至則無怨，
　　禮至則不爭，揖讓而治天下者，禮樂之謂也。

本段文字先言「仁以愛之，義以正之」而「民治」，末又言「揖讓而治天下者」
的「禮樂」，由同為治國然以仁義與禮義並言可知，禮樂之德性義涵即為仁義。
《荀子・大略》篇亦曰：

　　仁、愛也，故親；義、理也，故行；禮、節也，故成。仁有里，義
　　有門；仁、非其里而處之，非仁也；義，非其門而由之，非義也。
　　推恩而不理，不成仁；遂理而不敢，不成義；審節而不和，不成禮；
　　和而不發，不成樂。故曰：仁義禮樂，其致一也。君子處仁以義，
　　然後仁也；行義以禮，然後義也；制禮反本成末，然後禮也。三者

〔註16〕見張立文，《中國哲學範疇發展史・人道篇》（台北：五南圖書公司），1997
　　　　年1月，頁98～99。
〔註17〕《荀子・樂論》篇在此一部分的論述與《禮記・樂記》是一樣的。

皆通，然後道也。

前半段文字明確指出「仁、義」，即爲「愛、理」，即爲「禮、樂」；而末後以言「處仁以義」，「行義以禮」，由此可見仁義、禮樂、愛（情）理等相通而互動之情感二元看法。此種以仁義、禮樂、情理面對情感的二元思維，實承自孔子即有所論及，而可以仁智之概念涵括之。《論語・公冶長》篇：

> 子張問曰：「令尹子文三仕爲令尹，無喜色；三已之，無慍色。舊令
> 尹之政，必以告新令尹。何如？」子曰：「忠矣。」曰：「仁矣乎？」
> 曰：「未知，焉得仁？」

明確論及求仁必經仁智兩者的乃看法。不只是孔子，孔子以降重要的儒家代表思想，如《中庸》一系與荀子的兩個典型思維亦皆法孔子而言仁智之重要：

> 成己，仁也；成物，知也。性之德也，合外内之道也，故時措之宜
> 也。（《中庸・二十五章》）

> 知情（者能）出之，知義者能納之。（《性自命出》）

> 窮則必有名，達則必有功，仁厚兼覆天下而不閔，明達用天地理萬
> 變而不疑，血氣和平，志意廣大，行義塞於天地之間，仁智之極也。
> 夫是之謂聖人；審之禮也。（《荀子・君道篇》）

由此，則禮樂互動、仁義（智）互動、及情理互動等二元思維皆先秦儒家對情之態度。此種禮義、仁智、與情理之情感二元思維在四家詩皆可看出，可見其爲四家詩同時主張：

> 比干諫而死。箕子曰：「知不用而言，愚也，殺身以彰君之惡，不忠
> 也。二者不可，然且爲之，不祥莫大焉。」遂解髮佯狂而去。君子
> 聞之，曰：「勞矣！箕子！盡其精神，竭其忠愛，見比干之事，免其
> 身，仁知之至。」（《韓詩外傳・卷六》）

> 春秋之所治，人與我也；所以治人與我者，仁與義也；以仁安人，
> 以義正我；故仁之爲言人也，義之爲言我也，言名以別矣。仁之於
> 人，義之於我者，不可不察也。（《春秋繁露・仁義法篇》）

> 顏淵問於仲尼曰：「成人之行何若？」子曰：「成人之行達乎情性之
> 理，通乎物類之變，知幽明之故，睹遊氣之源，若此而可謂成人。
> 既知天道，行躬以仁義，飭身以禮樂。夫仁義禮樂，成人之行也，
> 窮神知化，德之盛也。」（《說苑・辨物篇》）

言禮樂不可一日而廢。(毛傳〈子衿〉)

以衣涉水爲厲，謂由帶以上也，揭，褰衣也。遭時制宜，如遇水深則厲，淺則揭矣。男女之際安可以無禮義，將無以自濟也。(毛傳〈匏有苦葉〉)

可見就先秦兩漢儒家學者而言，仁智互動乃其通義，因此四家詩於情之二元皆有所同，而這種認同無論是就《詩經》整體縱觀之思想，或是單一詩歌之中皆存在。

仁智雖然亦各家詩所接受，但是在性情思維的不同下還是同中有異。就毛詩而言，其所持爲心性論者，故其仁通達於性、根源於人而不變，因此仍爲仁智，但承自荀子的三家詩則不然，《荀子·正名》篇曰：

生之所以然者謂之性；性之和所生，精合感應，不事而自然謂之性。性之好、惡、喜、怒、哀、樂謂之情。情然而心爲之擇謂之慮。心慮而能爲之動謂之僞；慮積焉，能習焉，而後成謂之僞。正利而爲謂之事。正義而爲謂之行。所以知之在人者謂之知；知有所合謂之智。

李似珍云：

荀子認爲這種性包括了好惡喜惡哀樂諸種情感以及可以作出概括，判斷與推理的思維（即慮）能力。……這種對意識結構的論述方式，在我國古代很具有典型性。應當說，在我國古代的學者中，特別是在儒家這一派學者中，很多人都習慣從思考人性問題開始，將思路推衍到情感與認知這兩種意識活動的關係及構成等方面。從他們探討人性之本意而言，是爲了搞清楚人在道德實踐過程中如何達到理智與欲念之間的統一問題，找到在理性認識與人的正常情感之間相統一的結合方式。〔註18〕

李似珍此語將荀子之情智理解與儒家等同的說法雖然不盡正確，然其言「理智與欲念之間的統一」正點明荀子材質之性的觀點下，運用認知心以成德的思維，在此處，荀子雖表面言仁智實已化爲情智，而人亦無法得到眞正的提升。

由此可知，從《中庸》、《孟子》發展至荀子，先秦兩漢面對情感乃是以禮樂、仁義（智）或理智與情感爲通義，然在其發展之中實已從仁、智之內涵轉化到情、智的肯定，而此種孟、荀之間的差異實是心性立場，與認識心

〔註18〕 見李似珍，《形神、心性、情志——中國古代心身觀述評》（南昌：江西人民出版社）2001 年 7 月，頁 103。

立場的差異，心性立場下必然涵蓋認知，而認知之中則未能識道德之本心。

　　仁智概念實際意涵的改變不只存在於孟子、荀子之間，前述東漢時期所持之情感與德性之二元對立態度與西漢中、晚期的三家詩相比，兩者之間在禮樂與情智的關係上也有所轉變。就情感來說，禮樂乃是持治情感的。在性情對待的思想中，禮樂源自於先王，其見於天，也見在於人，即性的角色。此時人之性雖有氣稟的一面，對人之成德有所限制，然其位於天之陽的地位，因此其地位終究較情爲高，在情感與德性衝突時在思想理路上有著決定的力量。劉向《列女傳》即有不少篇章表現出仁智之衝突，唯道德仍主導情感，錢穆〈劉向列女傳所見之道德精神〉一文即點出《列女傳》當中的節、義之婦的情感多從衝突中來，然其道德意識仍存的情形。〔註 19〕然而此種德情衝突中道德佔主導地位的情形在東漢已有所轉變，因爲在天無意志加上性情類同的情況下，性情兼有善惡，甚至兩者同爲一名（情感）之異稱。如此一來，人對於禮樂所代表的德性之善，便與人之情欲可能產生之惡，在地位上遂成爲對等。如此一來，當禮樂所代表之德性與情欲在衝突時，此時一方面失去心性的動力，一方面失去天的絕對力量，人乃不得不陷入德與情欲的對立掙扎之中。蔡邕《琴操》曰：

> 〈騶虞〉者，邵國之女所作也，古者聖王在上君子在位，役不踰時，
> 不失嘉會，內無怨女，外無曠夫，及周道衰微，禮義廢弛，強凌弱，
> 眾暴寡，萬民騷動，百姓愁苦，男怨於外，女傷於內，內外無主，
> 內迫情性，外逼禮儀，嘆傷所說而不逢時，於是援琴而歌。〔註20〕

其言「內迫情性，外逼禮儀」即表現出人因爲材質之性的束縛，德外在於心性，又無先天之強制性，因此造成情與代表德性之禮的對立。在對立的情形下，由於提升成爲空話，因此發抒情感之詩不得不以材質之性呈現，一方面妥協於現實世界，一方面則與現實世界成爲緊張關係。這種情感與現實世界間形成的緊張關係所造成的文學張力，在東漢末年的詩歌裏十分常見，即使

〔註19〕　雖然錢穆本文探討《列女傳》中的情神似乎未意識到劉向之天與性情觀已與前代有所不同，參見錢穆，〈劉向列女傳所見之道德精神〉，《中國學術思想史論叢（三）》（台北：素書樓文教基金會）。

〔註20〕　轉引自陳喬樅，《魯詩遺說考》（台北：新文豐圖書公司），叢書集成新編本，卷1頁38。又本段文字亦見於《文選》李陵〈與蘇武詩〉「嘉會難再遇」注，唯其引文僅至「不失嘉會」，以下則缺，見蕭統編，《文選》（台北：藝文印書館，宋淳熙本），卷29頁9。

是鄭玄之箋詩，亦時時可見此種因爲這種天人意識所造成的情性現實與德性斷裂的言情之論，前文已就鄭玄對情感與德義採正反對立之態度已有所論述，茲再舉一例，以明鄭玄在情感與德義相互衝突之下，情感時時從德義的制衡下掙脫而出，鄭箋〈氓〉：「不見復關，泣涕漣漣」二句云：

> 用心專者怨必深。

毛傳對此二句的解釋則是：

> 言其有一心乎，君子故能自悔。

由「怨必深」以及「君子自悔」的對照可知，鄭玄說解情感之基本態度實從德性之自我惕勵轉而爲情感之抒發。

　　西漢中、晚期三家詩與東漢詩經學情感之不同除了表現在德情的協調與對立外，情智之間的關係也有所變化。此即，當禮樂與情欲對立時，情智之間亦產生分裂的情形。在董仲舒的思想中，情理原本是互動協調的，但在性情類同的情形下，提升情欲的角色爲禮樂，就動力而言則爲智所代表之理，因此當禮樂與情欲有了衝突時，人遂陷入情智之糾葛之中無從自拔。換句話說，當某些外在之情境變化時，情智在衝突、協調中原本具有絕對力量而能作主的天（理）不再至高無上，換來的只是情感與理智的矛盾而已。

　　此種漢代三家詩因天的觀念的轉變而造成的情感與理智的矛盾衝突的情形值得關注，而可以爲前文情感之「多」言及情感解放部分提供另一角度的思考。就學脈觀點而言，情感與理智之矛盾衝突的情形正是儒家思維下情感的特點，而與道家思維有所不同。有不少學者以爲道家的關照態度使得情感獲得解放，呈現多元多彩的面貌。然而此種觀點只見其表面，就漢代甚或是後來六朝的詩歌而言，情感解放的背後實際上同時伴隨著某種理想之希冀，在理想之希冀下情感與理智之間往往形成對比與張力的狀況，而此種狀況才是詩歌、甚或文學所取者。而追溯此種對比或張力之情感，也必然是由儒家對現世之情與未來理想的永不放棄而生，只有道家觀照下的情感很難有衝突或張力，其間的文學性恐怕也十分有限。由此亦可見冒然的就思想的抽象層次思考，主張觀照態度下情感之解放而未考慮到情感實際表現上特性是很危險的，詩經學以及詩學思想之發展絕無可能架空地在理念上形成，而必然由實際之現象方可能成立，多元之意義亦然。因此欲論述多元不能不就實際現象之內涵加以深究，也唯有同時考慮實際詩經學之情形才是追溯詩學淵源與關係中最重要的部分。而情感與理智的衝突在與先秦道家的傳統中難以找

到，而必然由儒家中生發，此種因為儒家觀點而形成的情感特殊認同可以從本節下文情感的特殊體會中看的更為清楚。

最後，從鉅觀之情感二元表現落到微觀的單篇詩歌之中，一首詩中的情感之二元表現亦皆呈現仁智或情智兩者，此類例證於前面鉅觀之論述中即可見，茲不贅述。

四、先秦兩漢詩經學之情感趨向與獨特體會

（一）先秦兩漢詩經學之情感趨向

就鉅觀角度來說，對先秦兩漢《詩經》學者而言，無論其採取何種情感立場，皆是成德為其目的與指向者。因此，多元之情感不但可以以二元之仁智加以統合，而二元的仁智（情智）互動實是指向德性，以德性之完成為依歸者。由此，則先秦兩漢詩學之情感趨向乃是以成德為其方向的，其架構表現則是「多──二──一」而統攝於德義的架構。

以上為鉅觀之角度，落實於一首詩本身來看，一首詩中的情感之「多」，即為作者情感隨著周遭環境起伏而呈顯之多種變化，而這些多種變化亦如鉅觀的揭示者，實透過仁智或情智之互動而趨於德性。

（二）先秦兩漢詩經學情感之獨特體會

先秦兩漢詩經學所體現之詩學思想既然以德性之完成為情感之趨向，具體而言，此種情感之趨向即化對聖人境界的企望。此種聖人的意義對於詩學情感的理解十分重要，不但可以從中看出聖人之情與情感態度之間相互呼應的情形，還可以從聖人具體之內涵意義看到中國文化對某種特定情感內容的認同，表現出中國文化的持點，茲沿此思路討論於下：

1. 憂患意識與敬慎之情

如第三章第一節所言，自周代開始，憂患意識即與聖人──文王的形象相結合，而特為周代文化所重。此種憂患意識表現於外，即為敬慎之情感，成書時間較早的《詩經》周頌即明言曰：

> 我將我享，維羊維牛，維天其右之。儀式刑文王之典，日靖四方伊
> 嘏文王，既右饗之。我其夙夜，畏天之威，于時保之。（〈我將〉）

> 維予小子，夙夜敬止。於乎皇王，繼序思不忘。（〈閔予小子〉）

皆是以文王為典型，而言文王畏天、敬天之情。敬不只為上位之王所遵循，

即臣子亦是如此，《周頌·臣工》云：

> 嗟嗟臣工，敬爾在公。王釐爾成，來咨來茹。

可見敬爲周文核心之意識。敬的意識至漢代猶存，《史記·樂書》云：

> 太史公曰：余每讀《虞書》，至於君臣相敕，維是幾安，而股肱不良，萬事墮壞，未嘗不流涕也。成王作頌，推己懲艾，悲彼家難，可不謂戰戰恐懼，善守善終哉？

是舉歷史及詩頌爲據，言敬慎恐懼之重要。敬慎，就源頭而言，即爲人面對天的情感，落實而言，即爲事事之敬慎之情。此種情感之傾向，在先秦兩漢詩經學之中時時可以得見，毛詩小序曰：

> 〈卷耳〉，后妃之志也。又當輔佐君子，求賢審官，知臣下之勤勞。內有進賢之志，而無險詖私謁之心，朝夕思念。至於憂勤也。

> 〈雲漢〉，仍叔美宣王也。宣王承厲王之烈，內有撥亂之志，遇災而懼，側身脩行，欲銷去之。天下喜於王化復行，百姓見憂，故作是詩也。

〈卷耳〉屬周南，〈雲漢〉詩屬大雅。又毛傳〈有客〉「有客有客，亦白其馬。有萋有且，敦琢其旅」曰：

> 殷，尚白也。亦，亦周也。萋、且，敬慎貌。

〈有客〉爲周頌之篇章。由此可知，對毛詩而言，二南、大雅與頌幾乎皆屬美者，然多以敬或戒慎之語言之。毛詩二南之外的國風與小雅亦表現類似的情感：

> 〈雞鳴〉，思賢妃也。哀公荒淫怠慢，故陳賢妃貞女，夙夜警戒相成之道焉。

> 〈魚藻〉，刺幽王也。言萬物失其性，王居鎬京，將不能以自樂，故君子思古之武王焉。

可見毛詩中敬慎之情，乃是無論盛世衰世，無論君臣，皆須遵循者。

三家詩方面亦類同於毛詩，最明顯的即爲召南有美之說，《樂·動聲儀》：

> 召公，賢者也，明不能與聖人分職，常戰慄恐懼，故舍於樹下而聽斷焉。勞身苦體，然後乃與聖人齊，是周南無美而召南有之。

三家詩對召公的看法，即是成德之要求下，面對與天同德之聖人，在天人之際的思考下表現其對美的獨特體會。此處的美，即美召公之戒懼之表現，可見三家詩對於戒慎恐懼之情的認同。

簡單說來，敬慎之情爲四家詩所取，其源流實可推至周代開國以降面對天人之間的思維。

2. 天人之際的悲感體會

情感之操持既因敬畏天而重戒懼之情，從另一角度來看，此種先秦兩漢詩經學所表現出來通達天人、死生邊際的戒懼之情，就其投射於喜、怒、哀、樂等多樣情感時，即表現出爲對悲、哀等感傷的認同，《性自命出》云：

> 至樂必悲，哭亦悲。皆至其情也。哀、樂，其性相近也，是故其心不遠。哭之動心也，浸殺，其刺戀戀如也，戚然以終。樂之動心也，濬深鬱陶，其刺則慘如也以悲，悠然以思。

此段文字分別從人情之哀、樂兩個大方向立論，而以一「悲」字統合，丁原植釋本文云：

> 「至樂必悲」、「哭亦悲」，是就「喜」、「慍」兩個方向來說。「喜（樂）」、「慍（哭）」皆歸結於「悲」。「悲」、「憂」爲楚簡儒家作品的重要觀念，顯示人處於「天」「人」之際一種孑然獨處的憂思悲憫情境。楚簡《五行》簡 5-6 清楚說明此種「憂」的重要性，云：「君子無中心之憂則無中心之智，無中心之智則無中心〔悅，無中心之悅則不〕安，不安則不樂，不樂則無德。」……這種「憂」必定涉及哲學的根源處境，而不是一般感發的情緒。「憂」……凝聚成人義探尋之「智」，或「天」與「人」溝通之「聖」。有「智」、「聖」爲根基的人義建構，然後才能有「悅」而「安」，以致於「樂」，「樂」是人義的完成與美和，故成就了「德」，即人義本質的獲得與圓滿。簡文此處說「至樂」則「必悲」，是一種由「樂」至「悲」的回溯性說法。「至樂」是對「樂」邊際性的思索。「樂」指涉人義的完成，人存限界的問題也以此而發生。「樂」的邊際指向於「死亡」的面對。「死亡」的警示，重新使人義的探索被倒返至孑然獨存的憂悲之域。故「至樂必悲」。「哭亦悲」之「悲」，顯示人服喪時的眞情，而「至樂必悲」之「悲」，呈現出人存現實極致的實情。〔註21〕

喪的「眞情」之悲，與樂的探尋的人存極致「實情」之悲，都表現出對悲的獨特體會，前者之悲爲面對死亡時的人情流露，而後者之悲即是在天人之思

〔註21〕見丁原植，〈《性自命出》篇釋析〉，《郭店楚簡——儒家佚籍四種釋析》（台北：台灣古籍出版公司），2000 年 12 月，頁 71～72。

維下從憂之觀點就人之存在觀照樂而生，兩者都是面對人之終極——死亡的思想與感情。對悲的獨有認同，乃是儒家傳統下發乎人情對人間得失、生死之終極思考。《楚簡・尊德義》亦有類似的看法：

> 察諸出，所以知己，知己所以知人，知人所以知命，知命而後知道，知道而後知行。由禮知樂，由樂知哀。有知己而不知命者，無知命而不知己者，有知禮而不知樂者，無知樂而不知禮者。

是故此種由樂、悲等情感而歸結於天，在天人之際展現對悲的情感的認同。而由無知樂而不知禮者可知，此種源於天人意識而生悲的情感，其實是與敬慎之情相連，《禮記・檀弓下》：

> 有子與子游立，見孺子慕者。有子謂子游曰：「予壹不知夫喪之踊也，予欲去之久矣。情在於斯，其是也夫。」子游曰：「禮有微情者，有以故興物者。有直情而徑行者，戎狄之道也。禮道則不然。人喜則斯陶，陶斯詠，詠斯猶，猶斯舞，舞斯慍，慍斯戚，戚斯歎，歎斯辟・辟斯踊矣。品節斯，斯之謂禮。」

本段文字一如《性自命出》一文，有著情感的轉折，而由喜而戚歎，然而此戚歎之情，乃是禮道有節之表現，此種表現亦不在外在之儀節，而是行禮背後的敬慎之情，由此可知，敬與哀表面為二，然而其內在實為相通，而成為先秦兩漢表現於外的情感的傾向。

　　對先秦兩漢詩經學而言，此種以天人意識為思想基礎而表現於哀敬之情的獨特體會也有所呈現，《禮記・孔子閒居》云：

> 孔子曰：「夫民之乎，必達於禮樂之原，以致五至而行三無……（五至）志之所至，詩亦至焉。詩之所至，禮亦至焉。禮之所至，樂亦至焉。樂之所至，哀亦至焉，哀樂相生。是故正明目而視之，不可得而見也。傾耳而聽之，不可得而聞也。志氣塞乎天地，此之謂五至。」

此段文字以「五至」、「三無」而言「禮樂之源」。「禮樂之源」即天也，而「五至」先言由志、而詩、而禮、而樂、而哀的進程，在志、詩、禮、樂、哀五種統合為一體，而能「塞乎天地」，正好說明了個人情志之發，而藉著禮為情志互動之提升，在情感上達到識樂知哀，乃能使志「充塞天地」、「哀樂相生」，明白地表現了天人意識下詩學面對情感之特有傾向。此種以進德為本，表現在外為對哀、悲等情感的認同在毛詩與三家詩中的例子很多：

> 〈澤陂〉，刺時也。言靈公君臣淫於其國，男女相說，憂思感傷焉。

（《毛詩小序》）

古之交者，其義敦以正，其誓信以固，迨夫周德始衰，頌聲既寢，〈伐木〉有鳥鳴之刺，〈谷風〉有棄予之怨，其所由來，政之缺也。（《蔡邕‧正交論》）〔註22〕

伯奇放流，孟子宮刑，申生雉經，屈原赴湘，小弁之詩作，離騷之辭興。經曰：「心之憂矣，涕既隕之。」馮參姊弟，亦云悲矣！（《漢書‧馮奉世傳贊》）

遊子歎〈黍離〉，處者歌〈式微〉。（《曹植‧情詩》）〔註23〕

悲或是哀只是表面，因為就先秦兩漢詩歌的詮釋者來說，悲與哀的體會皆必然指向道德的完成，亦即天人相合之方向。是故，即使悲與哀的背後乃是不圓滿世界的表現，然而卻是人圓滿德性與社會不得不同時植基的土壤。換句話說，對不圓滿的人世而言，悲哀乃是指向圓滿者，其所呈顯者乃是做為有限的人不斷提升或是意圖提升，對屬於天的美好企盼、憧憬或是敬畏；從圓滿角度說，體現自我德性之完成或是光輝的德性宇宙也必然停在天人相合之際，而應該要時時落實於現實有限時空的自我中，在有限與無限之間哀樂交集。因此，哀感的體會實是中國特有的道德情神落實於現實世界的特點，而此一體會於以情志為主的詩學表現的更為明顯。

我們還可以從另一個角度觀察悲與哀等情感之於詩經學的關係和地位。先秦兩漢以《詩經》為主要對象的詩學，其內容刺詩的比重要遠超過美詩，然而《詩經》卻享有極其崇高的經學地位，究其原因，仍然是因為在不圓滿的悲哀之中，看到人向上、向善以呼應天的意志與願望。

簡單說來，先秦兩漢情感雖然有不同面貌，然大致上乃是以敬慎與悲哀兩者混同為情感之獨特認同，而這兩種情感皆源自天人意識下對天及聖人的理解，而表現出中國文化的特色。

　　　※　　　　※　　　　※　　　　※

總結本節對先秦兩漢詩經學情感之態度與表現可知，先秦兩漢之情感態度實可依性情理論而分為毛詩心性論、荀子、西漢宇宙論性情對待觀、以及東漢性情合一論四種，而此四種情感立場乃是在成德之路向上分別代表著心性論下

〔註22〕見范曄，《後漢書‧朱穆傳》（台北：商務印書館，百衲本）論注。
〔註23〕見蕭統編，《文選》（台北：藝文印書館，宋淳熙本），卷29頁17。

的自然與道德情感之同時存在與收攝於心性、荀子對自然情感之轉化、西漢中、晚期自然與道德情感之調和，以及東漢自然情感與道德情感之衝突四種態度。在情感之表現上來看，先秦兩漢情感之表現可以從多元、二元與聖人三個角度加以理解，三者之間構成了「多──二──一」結構。多元即為情感之喜怒哀樂或是仁義禮智；二元則是以仁智為內涵，而以情理或是禮樂呈現，其間並表現出《孟子》心性與荀子認知心立場的不同；至於聖人，則可以從兩方面看，其「一」為對德性的認知與體現，另一則表現為對悲的獨特感知。無論如何，先秦兩漢情感以「多──二──一」結構呈現時，無論是「多」、「二」、「一」的那一層或是「多」、「二」、「一」彼此之間的關係，都是以其天人意識為思想根源，而與其情感之態度相應。其中值得注意的是，西漢中、晚期情感之多元表現出情感解放的情形。此種情感之解放因為性情與天人關係的緣故，在時間上表現為喜怒哀樂，在空間上則因地理而呈現不同的人情特色。而這種情感之解放若結合「二」的實際情形來看，會發現西漢中、晚期與東漢時期雖然皆可視為情感之解放，然而情感體會之情形卻有不同。西漢中、晚期之情智乃是協調的，其背後有天的無上地位，突出智與德情。而東漢之情智則為同等之力量，其間可能產生情智之對立衝突。由此可見，先秦兩漢之情感解放表面上看來有似乎在思想上簡單而易明，然其先後實有不同之意涵。所謂情感的解放很可能會因不同文化背景而有不同之具體表現之特色，而先秦兩漢之情感可以發現，此種情感解放實乃是順著儒家之思想發展，在儒家吸收了宇宙論之思維而生者，其與情感之一「悲」的獨特感知相應，皆充分地表現出儒家的色彩。

第二節　先秦兩漢天人意識與詩經學物質世界之展現及觀物思維

先秦兩漢所言之「物」，就客觀世界之指涉而言有二義。〔註24〕其一指的是具體之物質之物，《公孫龍子・名實論》曰：

> 天地與其所產焉，物也。

可知物即是客觀存在之物體。物的第二個意義為事，毛傳〈烝民〉詩「有物

〔註24〕張立文以為物有四義：指客觀存在之物質或物體，具有矛盾運動之具體物體，事物，以及理。其中前兩種皆為具體之物，而第四種之理，應當是以前三者為基礎上方才顯現者，因此本文將物之意義定為兩類。詳參張立文，《中國哲學範疇發展史・天道篇》（台北：五南圖書公司），1996 年 7 月，頁 210～212。

有則」曰：

　　物，事。

唐君毅云：

　　繫辭傳曰：物相雜，故曰文。物與物相交，即相雜，以合爲一事。

〔註25〕

則事乃是物與物之對互對待交流。由此，本節所討論之物即包含具體之物與事兩者。在進行的方式上，先秦兩漢詩經學所涉及之客體——物可以從生成論與認識論兩個角度加以觀察。而與本章第一節相同的，由於材料的限制，本節對於客體之物的討論仍然以毛詩、三家詩以及鄭箋等較爲完整的詩經學材料做爲考察之對象，以分別代表戰國時期心性論思維、戰國後期荀子學思維、西漢後期以及東漢時期之世界展現與觀物思維。

一、先秦兩漢詩經學物質世界之展現

　　所謂客體世界表現，即是指形上體系中由「天之道」的「一——二——多」之路向與架構之展現。就先秦兩漢而言，「天之道」「一——二——多」之路向以及其展現之世界，在毛詩與三家詩都可以看到，茲分別介紹於下：

（一）毛詩客體世界之展現

　　毛詩的思想體系當中，對客體世界的存在已有相當的認識，毛傳〈白華〉「英英白雲，露彼菅茅」詩句云：

　　英英，白雲貌。露亦有雲。言天地之氣，無微不著，無不覆養。

此處以「天地之氣」言其「無微不著，無不覆養」是明確知其客體之物世界存在，而歸之於「氣」，似乎顯現出氣化之思想。雖然如此，毛詩客體世界之生成，實是以心性論立場爲主的，毛傳〈天作〉：「天作高山，大王荒之」云：

　　作，生。荒，大也。天生萬物於高山，大王行道能安天之所作也。

可見「萬物」之「多」實由「天」所生，然其言「大王行道能安天之所作」，則是心性論下聖人與天合德的思想。毛傳〈文王〉「文王陟降，在帝左右」二句云：

　　言文王升接天下接人也。

〔註25〕見唐君毅，《中國哲學原論·原道篇（二）》（台北：學生書局），1992 年 3 月，頁 157。

字面上看，似乎是周代宗廟以（祖先）配天享祭之儀示，然其中實有更深的天人合德含義。毛傳〈大明〉「明明在下，赫赫在上」二句又曰：

> 明明，察也。文王之德明明於下，故赫赫然著見於天。

皆可見毛傳之天，實乃是以文王之德作爲思想之進路加以理解者。因此天即聖人，即「一」，在天人合德的思路下，毛詩客體世界係由聖人成德的同時而得以成就與完全展現，故爲由「一」而「多」者。不只如此，在毛詩屬於「一」之天與屬於「多」的萬物之間，還有「二」——陰陽的概念居其中，以貫穿天（聖人）與萬物之間，毛傳〈旱麓〉：「豈弟君子，干祿豈弟」之詩句：

> 干求也。言陰陽和，山藪殖，故君子得以干祿樂易。

則「陰陽」之「二」當爲山藪萬物所生之要素。又毛詩小序言〈由庚〉、〈崇丘〉、〈由儀〉三篇云：

> 〈由庚〉，萬物得由其道也。〈崇丘〉，萬物得極其高大也。〈由儀〉，
> 萬物之生，各得其宜也。有其義而亡其辭。

是三篇皆以萬物之生成爲其義。然而毛詩〈六月〉小序對此三篇有另外的敘述，其文曰：

> 〈由庚〉廢則陰陽失其道理矣。〈南有嘉魚〉廢則賢者不安，下不得
> 其所矣。〈崇丘〉廢則萬物不遂矣。

將兩處毛詩小序對〈由庚〉篇之敘述相連比較，一言其「〈由庚〉，萬物得由其道也」，一言其「〈由庚〉廢則陰陽失其道理矣」，可知陰陽實即貫穿萬物之道，爲「二」。由上述之討論可知，對毛詩而言，其天人合德爲世界之始，故爲「一」，而陰陽爲「二」、萬物爲「多」，毛詩之客體世界之生成即是「天（聖人）、陰陽、萬物」之「一——二——多」之結構，而此一結構即爲《中庸》、《孟子》一系的心性論思想之世界展現。

（二）三家詩客體世界之展現

對三家詩來說，一如毛詩，在現象世界的生成上，表面上亦呈現「一——二——多」的思維結構，然卻屬於氣化之思維者，《韓詩外傳》卷七云：

> 傳曰：善爲政者、循情性之宜，順陰陽之序，通本末之理，合天人
> 之際，如是、則天地奉養，而生物豐美矣。

其言爲政者須兼及情性、陰陽、本末等主、客之情形，而合於「天人之際」，可知韓詩之思想乃是氣化宇宙論之思維。此種思維以陰陽、本末皆是「二」，而「生物豐美」則是「多」，至於「一」並非聖人，而是以天道爲其內容，《韓

詩外傳》卷五云：

> 如歲之旱，草不潰茂，然天勃然興雲，沛然下雨，則萬物無不興起
> 之者。

則是以天爲創生萬物者，故韓詩之言爲政者「合於天人之際」，實是以天道爲「一」，而呈現由「一──二──多」的生成思想。這種以天爲「一」而展開的客體世界《韓詩外傳》卷三的一段文字表現的更爲清楚：

> 故天不變經，地不易形，日月昭明，列宿有常；天施地化，陰陽和
> 合；動以雷電，潤以風雨，節以山川，均其寒暑，萬民育生，各得
> 其所，而制國用。

由「天施地化，陰陽和合」而「萬民育生，各得其所」可見韓詩之客觀世界之生成，乃是於外在之天道規律。魯詩方面，《淮南子·本經訓》云：

> 道可道，非常道；名可名，非常名。著於竹帛，鏤於金石，可傳於
> 人者，其粗也。五帝三王，殊事而同指，異路而同歸。晚世學者，
> 不知道之所一體，德之所總要，取成之跡，相與危坐而說之，鼓歌
> 而舞之，故博學多聞，而不免於惑。詩云：「不敢暴虎，不敢馮河。
> 人知其一，莫知其他。」此之謂也。帝者體太一，王者法陰陽，霸
> 者則四時，君者用六律。秉太一者，牢籠天地，彈壓山川，含吐陰
> 陽，伸曳四時，紀綱八極，經緯六合，覆露照導，普氾無私，蠉飛
> 蠕動，莫不仰德而生。……是故體太一者，明於天地之情，通於道
> 德之倫，聰明燿於日月，精神通於萬物，動靜調於陰陽，喜怒和於
> 四時，德澤施於方外，名聲傳于後世。

其言「帝者體太一」，而體太一之帝乃是「牢籠天地，彈壓山川，含吐陰陽，伸曳四時，紀綱八極，經緯六合，覆露照導，普氾無私，蠉飛蠕動，莫不仰德而生」其中太一即爲一，而陰陽爲二，至於四時、八極、六合等則爲多，是可見西漢魯詩學已表現有氣化之「一──二──多」之世界成就過程。齊詩方面，齊學中的代表董仲舒《春秋繁露·如天之爲》篇引〈大明〉詩曰：

> 詩云：「天難諶斯，不易維王。」此之謂也。夫王者不可以不知天，
> 知天，詩人之所難也，天意難見也，其道難理，是故明陽陰入出、
> 實虛之處，所以觀天之志：辨五行之本末、順逆、小大、廣狹，所
> 以觀天道也。……天者，其道長萬物，而王者長人；人主之大，天
> 地之參也；好惡之分，陰陽之理也；喜怒之發，寒暑之比也；官職

之事，五行之義也；以此長天地之間，……

此段文字雖然以天、人並言，然亦可見天道之展開及結構。首先，其言「王者不可以不知天」，可以天為最高之地位，故為「一」。其次，董仲舒言「天意難見」，因此要透過陰陽、五行而得知其「志」、與「道」之處，而陰陽即為「二」、五行即為「多」。由此，可知天道之結構即為「一」、「二」與「多」，其生成萬物之過程，即「一 ── 二 ── 多」的過程。至於人主之施政亦法於天道，而以人知天，順著「一 ── 二 ── 多」的天道規律，於有形之官制與無形之情志兩者上參天地。故董仲舒將天「道長萬物」之過程乃是與王之「長人」同時論述，其先言人主之大如天地，次言好惡之分如陰陽，後言喜怒之發如寒暑（四時），官職如五行。董仲舒之後，思想路向與齊詩接近的緯書亦有類似的思想，然已有更進一步的發展，《禮緯·含文嘉》云：

> 禮，天子靈臺，所以觀天人之際，陰陽之會也。揆星度之驗徵，六
>
> 氣之瑞應，神之變化，覩月氣之所驗，為萬物獲福於無方之原。

此段文字言「陰陽之會」，是為「二」的思維的表現。言「星度」、「六氣」、「月氣」等等則表現為「多」的思維。而為萬物獲福於無方之原，是「多」、「二」皆由「無」而生。此處《禮緯》以「多」、「二」推源於「無」，可見後來的齊詩已由「一 ── 二 ── 多」之思維進一步追溯至「無」，形成了完整之宇宙生成論。此種思維，後來具有條貫三家之東漢《白虎通》亦有類似之思想，其〈辟雍〉篇曰：

> 天子所以有靈臺者何，所以考天人之心，察陰陽之會，揆星度之證，
>
> 驗為万物，獲福無方之元，詩云：「經始靈臺」。

本段文字與《禮緯》近似，可見西漢後期今文詩學對世界展現之看法已擴及

西漢迄東漢傾向災異之三家詩展現的「一 ── 二 ── 多」的世界形成思想在東漢災異漸變時期的學者中亦可見到，應劭《風俗通義·山澤》篇云：

> 東方泰山，詩云：「泰山巖巖，魯邦所瞻。」尊曰岱宗，岱者，長也，
>
> 萬物之始，陰陽交代，雲觸石而出，膚寸而合，不崇朝而徧雨天下，
>
> 其惟泰山乎！故為五嶽之長。王者受命易姓，改制應天，功成封禪，
>
> 以告天地。孔子曰：「封泰山，禪梁父，可得而數，七十有二。」

泰山所代表的即是「天」，故言其為「萬物之始」，而透過「陰陽交代」，「遍雨天下」、化育萬物，可知魯詩應劭言天道之創生世界，乃是由天、陰陽、萬物而形成的「一 ── 二 ── 多」結構。

　　由上述可見，先秦兩漢詩經學之物性展現即為客體世界之展現，其物性之成就皆為「一──二──多」者。不過漢代三家詩無論前、後期對客體世界之看法都已轉變為典型氣化思想者，毛詩之世界則是心性論立場者，這兩者呈現了先秦兩漢詩經學中客體世界生成思想的兩大型態。

二、先秦兩漢詩經學之觀物思維

　　相對於客體世界之展現為「一──二──多」的路向過程，先秦兩漢的觀物思維則是由繁而簡，表現為「多──二──一」的情形。在觀察角度上，先秦兩漢觀物思維的種種表現也如本章第一節相同可以從鉅觀與微觀兩方面加以觀察。大致上，鉅觀所得的理解和落實到單一詩篇中的表現十分接近，因此本文在進行時對微觀之表現僅略為提及，不作詳細的舉例與討論。

（一）先秦兩漢詩經學觀物思維之「多」的表現

1. 毛詩觀物思維之「多」的表現

　　如前所述，毛詩世界中的「多」，就表面來看是紛雜呈現的，只要是出現的自然或人事之現象，無一不是「多」的展現。然而在毛詩諸多紛雜世界之中，亦可看出某些統整性的思考，透過這些統整性的思維來對多樣紛呈的「多」的世界進行掌握，而表現出不少的多元思維，例如政治方面，毛傳〈采芑〉詩「方叔元老，克壯其猶」二句云：

　　　　元，大也。五官之長出於諸侯曰天子之老。壯，大。猶，道也。

是以「五官」之概念系統對言政府之官制加以統整。在政事之祭祀上，毛傳〈甫田〉詩「以我齊明，與我犧羊，以社以方」云：

　　　　器實曰齊。在器曰盛。社，后土也。方，迎四方氣於郊也。

而毛詩〈般〉小序亦記曰：

　　　　般，巡守而祀四嶽河海也。

四方，乃是對空間的了解，而四嶽河海，則是對山、海等自然物加以統整而提鍊出來的觀念。因此，「迎四方氣」、「祀四嶽河海」皆為多元思維的表現。又毛傳〈終南〉詩「君子至止，黻衣繡裳」云：

　　　　黑與青謂之黻五色備謂之繡。

則「（顏）色」亦有多元之觀照。除了對紛雜萬物間進行統整，面對同一事物，亦可從不同面向加以理解而看出其多樣性的面貌，毛傳〈黍離〉詩「悠悠蒼

天，此何人哉」二句云：

> 悠悠，遠意。蒼天，以體言之，尊而君之，則稱皇天；元氣廣大則
> 稱昊天；仁覆閔下則稱旻天；自上降鑒則稱上天；據遠視之蒼蒼然
> 則稱蒼天。

可見對於天本身，亦有各種不同面向之表現。簡單說來，以上毛詩中五色、
四方、四嶽以及對天的種種稱呼，都是其多元形象思維的表現。必須一提的
是，毛詩當中無明確之氣化宇宙論定義下以五行概念統整各個多元觀念的情
形，這一點似乎表現出毛詩之主體思想當在五行思想廣泛傳布以前即已大致
形成，而屬氣化論以前的理論型態。

2. 三家詩觀物思維之「多」的表現

三家詩所表現之世界多元的情形頗多，然與毛詩不同的是，三家詩至西
漢晚期出現以四時、五行、節氣、月令等有明確而有系統的觀物思維統合多
元觀物的情形，茲分述其情形於下：

首先是五行之思維，自《呂氏春秋》開始，五行之思想即收攝於氣化宇
宙論之內涵之中，而為宇宙論統攝多樣事物的概念。此種五行之概念落實於
物，亦成為認識物性之「多」的思維。齊詩方面，董仲舒生當西漢中期，亦
可見齊詩所表現之世界最重五行觀念，受五行思想影響最早，〔註26〕《春秋
繁露·天地之行》篇曰：

> 凡天地之物，乘於其泰而生，厭於其勝而死，四時之變是也。故冬之
> 水氣，東加於春而木生，乘其泰也；春之生，西至金而死，厭於勝也；
> 生於木者，至金而死，生於金者，至火而死；春之所生，而不得過秋，
> 秋之所生，不得過夏，天之數也。飲食臭味，每至一時，亦有所勝，
> 有所不勝之理，不可不察也。四時不同氣，氣各有所宜，宜之所在，
> 其物代美，視代美而代養之，同時美者雜食之，是皆其所宜也。故薺
> 以冬美，而芥以夏成，此可以見冬夏之所宜服矣。冬，水氣也，薺，
> 甘味也，乘於水氣而美者，甘勝寒也，薺之為言濟與，濟，大水也；
> 夏，火氣也，芥，苦味也，乘於火氣而成者，苦勝暑也。

是齊詩以四季配五行以言萬物之「多」之例。韓詩方面，韓詩未如同齊詩之
以系統思維看待客體界，然亦有部分統合性的思想，《韓詩外傳》卷三曰：

〔註26〕意者可參董仲舒《春秋繁露》、《詩緯》等書，不難發現五行觀念為齊學普遍
運用的情形。

問者曰:「夫智者何以樂於水也?」曰:「夫水者,緣理而行,不遺
小間,似有智者;動而下之,似有禮者;蹈深不疑,似有勇者;障
防而清,似知命者;歷險致遠,卒成不毀,似有德者。天地以成,
群物以生,國家以寧,萬事以平,品物以正。此智者所以樂於水也。」

此處以「智」、「禮」、「勇」、「知命」、「有德」等五樣言水,似乎有「五」的
數的概念。又《外傳》卷八曰:

（黃帝）乃召天老而問之,曰:「鳳象何如?」天老對曰:「夫鳳象、
鴻前麟後,蛇頸而魚尾,龍文而龜身,燕頷而雞啄;戴德負仁,抱
忠挾義;小音金,大音鼓;延頸奮翼,五彩備明;舉動八風,氣應
時雨;食有質,飲有儀;往即文始,來即嘉成;惟鳳為能通天祉,
應地靈,律五音,覽九德。天下有道,得鳳象之一,則鳳過之,得
鳳象之二,則鳳翔之,得鳳象之三,則鳳集之,得鳳象之四,則鳳
春秋下之,得鳳象之五,則鳳沒身居之。」

亦是「五」為主。簡單說來,《韓詩外傳》創作時代在西漢較早時期,其時五
行思想尚未為儒學所廣泛吸收,因此從《外傳》所見仍為多樣之多元思維,
然其中似乎有重「五」的觀念存在。

　　魯詩方面,早期的魯詩雖然有五行之思想,然而基本上仍然保持著多樣
多元的思維,《淮南子‧泰族訓》曰:

聖人天覆地載,日月照,陰陽調,四時化,万物不同,无故无新,
无疏无親,故能法天。天不一時,地不一利,人不一事,是以緒業
不得不多端,趨行不得不殊方。五行異氣而皆適調,六藝異科而皆
同道。

其言「五行異氣而皆適調」,表現出氣化宇宙論下的五行思想。然《史記‧殷
本紀》云:

殷契,母曰簡狄,有娀氏之女,為帝嚳次妃。三人行浴,見玄鳥墮其
卵,簡狄取吞之,因孕生契。契長而佐禹治水有功。帝舜乃命契曰:
「百姓不親,五品不訓,汝為司徒而敬敷五教,五教在寬。」封于商,
賜姓子氏。契興於唐、虞、大禹之際,功業著於百姓,百姓以平。

此處《史記》所言之簡狄吞卵而生契之說,所本當為《商頌‧玄鳥》一詩。
文中言舜命契之內容,言「五品」、「五教」等,皆可能指政治教化等多元之
內容,似乎呈現著五行觀念尚未完全開展。至西漢時期,已明顯出現將五行

視多元之物的核心觀念的情形，劉向即著有《洪範五行傳》發明五行之義，是以五行觀念爲觀察眾多物象的統合。東漢時期，應劭《風俗通義》卷八引〈漸漸之石〉〔註27〕詩句云：

> 雨師者，畢星也。詩云：「月離于畢，俾滂沱矣。」易師封也。〔註28〕土中之眾者莫若水。眾者師也。雷震百里，風亦如之。至於太山，不崇朝而遍雨天下，異於雷風，其德散大，故雨獨稱師也。丑之神爲雨師，故以己丑日祀雨師於東北，土勝水爲火相也。

由「丑之神爲雨師，故以己丑日祀雨師於東北，土勝水爲火相」，可見即便是東漢時期對災異所微辭之學者亦沿用五行相勝之思想。《風俗通義‧聲音》篇又云：

> 笙長四寸，十二簧，像鳳之身，正月之音也，物生故謂之笙。詩云：「我有嘉賓，鼓瑟吹笙。」大笙謂之簧，小者謂之和。

所謂的笙爲「正月之音也」是爲卦氣之觀點。綜合言之，《風俗通義》中五行和卦氣思想兩者都是氣化宇宙體系下對物性多元思維體會的系統性思維。另外東漢後期習魯詩的王符《潛夫論‧相列》篇引〈烝民〉詩亦云：

> 詩所謂「天生烝民，有物有則」。是故人身體形貌皆有象類，骨法角肉各有分部，以著性命之期，顯貴賤之表，一人之身，而五行八卦之氣具焉。

此處的「一人之身，而五行八卦之氣」是亦表現了氣化宇宙觀下五行、卦氣之思維。由此，則東漢時期的觀物思維已受到當時五行卦氣學說的影響，在去除意志之天的思維後，其觀物之思維仍是依循著氣化之思想。

　　上述對三家詩五行概念的討論顯現出漢代三家詩學從較爲籠統的數的思維到採納五行之思維對外在客體進行認識的發展。在上述對東漢時期觀物思維中的五行部分進行討論的當中，可以隱約地看出其中並有氣化宇宙論系統下其他思維，如十二月、八卦的情形。事實上，氣化宇宙論重要的概念，如四時、節氣、十二月等思維皆在西漢晚期災異盛行的三家詩觀物思維之「多」即有出現。劉向《說苑‧辨物》篇曰：

> 易曰：「一陰一陽之謂道。」道也者，物之動莫不由道也。是故發於

〔註27〕陳喬樅以爲〈漸漸之石〉之詩篇名稱爲毛詩之說，魯詩應作〈嶄嶄之石〉，參陳喬樅，《魯詩遺說考》（台北：新文豐圖書公司），叢書集成新編本，頁292。

〔註28〕「易師封也」當作「易師卦也」。

一，成於二，備於三，周於四，行於五：是故玄象著明，莫大於日月：察變之動，莫著於五星。天之五星運氣於五行，其初猶發於陰陽，而化極萬一千五百二十……五星之所犯，各以金木水火土爲占。春秋冬夏伏見有時，失其常，離其時，則爲變異，得其時，居其常，是謂吉祥。古者有主四時者：主春者張，昏而中，可以種穀，上告于天子，下布之民：主夏者大火，昏而中，可以種黍菽，上告于天子，下布之民：主秋者虛，昏而中，可以種麥，上告于天子，下布之民：主冬者昴，昏而中，可以斬伐田獵蓋藏，上告之天子，下布之民。故天子南面視四星之中，知民之緩急，急則不賦籍，不舉力役。書曰：「敬授民時。」詩曰：「物其有矣，維其時矣。」物之所以有而不絕者，以其動之時也。

劉向習魯詩，其言道由「一」、「二」、「三」、「四」、「五」而萬物化生，而物之觀照，亦以四時、五行爲占驗，可見西漢後期之魯詩已完全表現出齊詩相同的災異氣化思想特點。又如習魯詩的趙岐與高誘分注《呂氏春秋‧仲夏紀》與《孟子》引〈七月〉之「七月鳴鵙」曰：

鵙，伯勞也。是月陰作於下，陽發於上，伯勞夏至後應陰而殺蛇磔之於棘而鳴其上。

鵙，博勞也。詩云：「七月鳴鵙」，應陰氣而殺物也。

都是以陰陽之氣解「七月」之特質，隱約顯現出卦氣說下七月爲陰氣初生的思想。韓詩方面，曹植〈貪惡鳥論〉曰：

詩云：「七月鳴鵙」。夏五月，鵙則鳴博勞也。……伯勞以五月而鳴，應陰氣之動。陽爲仁養，陰爲賊害，伯勞蓋賊害之鳥也。〔註29〕

曹植習韓詩，此處曹植之論與魯詩類同，可見韓詩發展到後來亦似乎有以卦氣十二月陰陽消長之多元觀點言物性。對西漢晚期的齊詩而言，以四時、卦氣之思維方式觀察物性最爲常見，《詩‧推度災》曰：

關雎惡露，乘精隨陽而施，必下就九淵，以復至之月，鳴求雄雌。

宋均注曰：

隨陽而施，隨陽受施也。淵猶奧也，九奧也。九喻所在深邃。復卦冬至之月，鳴求雄雌。鳴，鳴鳴相求者也。

「隨陽而施」乃是陰陽之思想，「復至之月」乃是「復卦冬至之月」，而雎鳩

〔註29〕見歐陽詢，《藝文類聚》（台北：新興書局），1973年，卷24。

之「鳴求雄雌」，乃是氣化宇宙規律影響下而表現雎鳩之物性，此點明確顯現了兩漢流行之卦氣說下客體世界之萬物隨十二月而各有其動的情形。又同書言〈鵲巢〉一詩云：

　　鵲以復至之月，始作室家，鳲鳩因成事，天性如此也。

亦可見以天性及時序言物性。而此種以物候推移而展現、觀察物性的情形災異盛行之西漢晚期，乃是普遍為當時人所接受者，甚至發展為一套完整之觀察體系，屬齊詩之《詩·汜歷樞》：

　　彼茁者葭，一發五豝，孟春獸肥草短之候也。

　　天霜樹落葉，而鴻雁南飛。

　　蟠蟀在堂，流火西也。

　　立秋促織鳴，女工急促之候也。

　　楊柳驚春，牛羊來暮。

皆是以節候之角度觀物以言物之種種變化。而《詩·推度災》則依地支合十二月言物之生長衰老，其文曰：

　　甲者押也。春則開也，冬則闔也。

　　乙者軋也。春時萬物皆解孚甲，自抽軋而出也。

　　丙者柄也。物之生長，各執其柄。

　　丁者亭也。亭猶止也，物之生長，將應止也。

　　成者貿也。生長既極，極則應成，貿易前體也。

　　己者紀也。物既始成，有條紀也。

　　庚者更也，章者新也。謂萬物成代，更改復新也。

　　壬者任也，癸者揆也。陰任於陽，揆然萌芽於物也。

　　子者孳也。陽氣既動，萬物孳萌。

　　丑者紐也。紐者繫也，續萌而繫長也，故曰孳萌於子。

　　寅者移也，亦云引也。物牙稍吐，引而申之，移出於地也。

　　卯者冒也。物生長大，覆冒於地也。

　　辰者震也。震動奮迅，去其故體也。

　　巳者巳也。故體洗去，於是巳竟也。

午者忤也，亦云咢也。仲夏之日，萬物盛大，枝柯咢布於午。

未者昧也。陰氣已長，萬物稍衰，體蓁昧也，故曰：蓁昧於未。

申者伸也。伸猶引也，長也，衰老引長。

酉者老也，亦云熟也。萬物老極而成熟也。

戌者滅也，殺也。九月殺極，物皆滅也。

亥者核也，閡也。十月閉藏，萬物皆入核閡。

表面上這是萬物隨十二月流轉而生滅的情形，但同時也可以是以時序理解萬物的方式。《詩・汎歷樞》又曰：

陰陽之氣，一歲再通，通于南方者，以中夏，通于北方者，以中冬。

候及東，次氣發，雞泄三號冰始泮，卒于丑，以成歲。

其言「一歲之再通」即一年之始，就節候即為春，由春至夏、（秋）、冬，最末再歸於春，而成歲，則《汎歷樞》亦表現系統觀照萬物的情形。由此述可知，流行於西漢末至東漢的《詩緯》實透露四時、十二月等觀物思維，而此種多元之系統乃是統一於陰陽流轉之基礎以形成一完整之結構。

由上述可知自天人感應之學起，四時、節氣及月令等奠基於時序的多元觀物思維即已依附宇宙論而展現，然而不只是接受災異思想之三家詩採用宇宙觀立場，東漢應劭亦是如此，而有以四時節序角度觀物的情形，其《風俗通義・聲音》篇云：

鼓者，郭也，春分之音也，萬物郭皮甲而出，故謂之鼓，詩云：「擊鼓其鏜。」

其以鼓為春分之音，明確可見東漢時期觀物思維亦採節候之觀照觀物。

必須一提的是，相對於三家詩多元觀物思維以節候之角度觀察萬物，四時、等概念對毛詩來說並非沒有。事實上，毛詩之觀物亦有以時序言物之文字出現，然大多是以以禮俗之角度言及，而表現出心性論思維下外在客體擔任著次要的角色，毛詩〈潛〉小序云：

潛，季冬薦魚，春獻鮪也。

毛傳〈駉〉:「奉時辰牡，辰牡孔碩」二句亦云：

時，是。辰，時也。冬獻狼，夏獻麋，春秋獻鹿豕群獸。

皆是以物候之角度言物。仔細考察毛詩之觀物，實乃側重於禮俗，而少強調物候的影響或物與人之互動。也就是說，比較起毛詩和三家詩對四時的看法，

毛詩當中幾乎沒有以春、夏、秋、冬四時建構起萬物生成之思想，亦無以四時、甚或節氣貫通萬物，觀照物之性者。毛詩之觀物言物，多半就得時角度言之而物之得時。又必然歸於聖人之化，毛傳〈山有扶蘇〉「山有扶蘇，隰有荷華」二句：

> 興也。扶蘇，扶胥，小木也，荷華，扶渠也，其華菡萏，言高下大
> 小各得其宜也。

而毛詩〈騶虞〉小序亦云：

> 天下純被文王之化，則庶類蕃殖，蒐田以時。

可見毛詩一貫之心性論立場。而進一步比較起心性與宇宙觀下的物性兩者，會發現毛詩之物性和春夏秋冬結合時強調情態者甚少，西漢後期三家詩之觀物則明顯側重時序輪轉下物性隨時而變的情形，使物性表現出各種情態。以今日文學之角度觀察西漢晚期觀物思維的內涵，會發現此種新的觀物思維實已今日文學之觀物類似。

　　簡單說來，三家詩觀物思維之「多」，雖然亦有言物之各式各樣之多，而歸德於聖人或天的思想，但是實已因為天人意識的影響產生變化。如同第三章第一節所述，漢代以降即已流行氣化宇宙觀之思維，此種氣化宇宙觀發展至後來易學與災異流行時期，由於象數易學中的卦氣思想著重在宇宙萬物配合時序的系統，而重視四時、五行、節氣、月令等概念，因此其在對物之闡釋上乃由先秦闡釋物之德性意義轉向於側重觀察時序流轉中種種物性之面貌。

　　從鉅觀落到微觀，一首詩中物性表現之「多」，即為一首詩各種事物之展現，毛詩、荀子、三家詩、東漢皆如此，由於情形甚為明顯，故此處不另舉例說明。

（二）先秦兩漢觀物思維中的「二」與詩經學

1. 先秦兩漢觀物思維之「二」

　　先秦兩漢的觀物思維之「二」，其表現是多種多樣的，[註30] 然而這些各樣的二元觀物思維可以收攝於形象與邏輯思維兩者，吳應天云：

> 人們的思維既有形象性，也有邏輯性，所以既可寫成形象體系，也
> 可寫成邏輯體系。前者是文學作品，後者是科學理論。這樣劃分，
> 同樣也是客觀事物的反映，但是這仍然是片面的看法。如果辨證地

〔註30〕參見本文第一章第三節研究方法。

看問題，那就知道形象體系中寓有邏輯性，邏輯體系中也包含著形象性，兩者不僅互相聯繫、互相滲透，而且還互相結合、互相轉化。原因在於形象性和邏輯性具有對立統一關係。正由於這個緣故，由於簡明扼要的邏輯系統很容易爲人們所理解，而生動具體的形象體系更容易使人感動，所以許多文學作品往往是形象性和邏輯性結合的複合文。〔註31〕

陳滿銘教授亦曰：

（形象思維與邏輯思維）這兩種思維，各有所主。一般説來，如果是將一篇辭章所要表達之「情」或「理」，訴諸各種偏於主觀之聯想，和所選取之「景（物）」或「事」接合在一起，或者是專就個別之「情」、「理」、「景」（物）、「事」等材料本身設計其表現技巧的，皆屬「形象思維」……如果是專就「景（物）」或「事」等各種材料，對應於自然規律，結合「情」與「理」，訴諸偏於客觀之聯想，按秩序、變化、聯貫與統一之原則，前後加以安排、佈置，以成條理的，皆屬「邏輯思維」。〔註32〕

可知而形象思維與邏輯思維二者即爲人類思維的二大方式，〔註33〕形象思維偏重具體主觀之聯想，邏輯思維則偏重客觀規律之闡述，而形象與邏輯思維之間並非二分對立，而是互相結合、互相轉化的。對於形象與邏輯思維的認知，先秦兩漢學者的論著中明顯可以看到，《荀子・正名》篇曰：

物有同狀而異所者，有異狀而同所者，可別也。狀同而爲異所者，雖可合，謂之二實。狀變而實無別而爲異者，謂之化。有化而無別，謂之一實。此事之所以稽實定數也。此制名之樞要也。

此處言物之「同狀而異」、「異狀而同」之情形，乃是偏於形象思維的觀察。而邏輯思維方面，《大學》之經文云：

物有本末，事有終始，知所先後，則近道矣。

本末、終始、先後，皆是物與物之間存在的相對待關係，故爲邏輯思維的表

〔註31〕參見吳應天，《文章結構學》（台北：中國人民大學出版社），1989 年 8 月，頁 345。

〔註32〕見陳滿銘，〈論篇章辭章學〉稿本。

〔註33〕參見李名方，〈論形象思維的邏輯形式和邏輯規律〉，《李名方文集》（北京：中國文聯出版社），頁 110～119；彭漪漣，《古典詩詞邏輯趣談》（上海：上海人民出版社），1991 年 9 月，頁 13。

現。董仲舒《春秋繁露・如天之為》亦曰：

> 夫王者不可以不知天，知天，詩人之所難也，天意難見也，其道難
> 理，是故明陽陰入出、實虛之處，所以觀天之志；辨五行之本末、
> 順逆、小大、廣狹，所以觀天道也。天志仁，其道也義，為人主者……

其言王者不可不知天，而如何知天，即在於明實虛、本末、順逆、小大、廣
狹等，而這些皆屬邏輯思維之範疇。董仲舒《春秋繁露・基義》篇：

> 凡物必有合；合必有上，必有下，必有左，必有右，必有前，必有
> 後，必有表，必有裏，有美必有惡，有順必有逆，有喜必有怒，有
> 寒必有暑，有晝必有夜，此皆其合也。

更明確可見邏輯與形象思維兩者而為兩者所統括。由此可知，先秦兩漢之觀
物思維實是由形象與邏輯兩者為核心。

此種形象與邏輯之二元思維，在先秦兩漢之時也可以物之情、物之理二
者稱之。《荀子・解蔽》曰：

> 疏觀萬物而知其情，參稽治亂而通其度，經緯天地而材官萬物，製
> 割大理而宇宙理矣。

本段文字首言「觀萬物」，末以「製割大理」而理宇宙為目的，表現出觀物思
維中不可或缺之理的追求。而「理」──觀萬物而欲得之理，荀子又將其與
「通其度」、「緯天地」等通貫於萬事萬物、發現事物之間關係等邏輯思維相
連，可見形象與邏輯之二元思維亦可用情與理之二元加以解釋。董仲舒《春
秋繁露・實性》篇亦曰：

> 《春秋》別物之理，以正其名，名物必各因其真，真其義也，真其
> 情也，乃以為名。

其言《春秋》之目的乃是「正名」，而正名又必從觀物──「別物之理」而來。
而觀物又包含兩個要求，其一即為情之真，此一要求偏向於形象之思維，其二
即為義（理）之真，此一要求偏向於邏輯之思維。《春秋繁露・深察名號》曰：

> 是非之正，取之逆順；逆順之正，取之名號；名號之正，取之天地；
> 天地為名號之大義也。

明確可見真其義之義理，乃是偏向物與物關係中的是非、逆順等邏輯思維而
生者。由此，則董仲舒亦以為觀物之思維含蘊物之觀察以及物之條理兩者而
通於形象與邏輯思維兩者。

進一步觀察董仲舒與荀子之觀物思維會發現，荀子與董仲舒思想中情、

理兩者的界限似乎不是互斥而屬同一位階的概念，其論述觀物之情理次序也有所矛盾而相反。荀子先言「知其情」而末言「割大理」，而董仲舒先言「別物之理」再言其「眞其情」的要求，兩者似乎有所不同。事實上，董仲舒與荀子觀物思維表現的不同實是觀察進路不同的關係。就觀物思維來說，形象與邏輯、物之情與物之理分別爲兩種不同的觀察方式，然其在實際進行時，兩者卻是以互動而彼此含蘊的情形同時存在於物之一體。因此在實際觀物時，可以從情入手，亦可以從理入手，在情與理、邏輯與形象之互動中進行，此種觀物思維之二元互動的情形與前節論述主體之二元思維中仁智（或情智）所表現出來的二元互動相同。

2. 先秦兩漢詩學物性之二元表現

由前述可知先秦兩漢觀物思維之「二」可以分爲形象與邏輯思維（情與理）兩者，而這兩者於先秦兩漢較具系統的毛詩或是三家詩學皆有所表現，茲先就鉅觀之角度進行討論於下：

（1）毛詩中觀物思維之二元表現

毛詩的觀物思維，明確有邏輯思維的表現，毛傳〈吉日〉詩「吉日維戊，既伯既禱」云：

> 維戊，順類乘牡也。伯馬祖也。重物慎微，將用馬力，必先爲之禱
> 其祖。禱，禱獲也。

關於「順類乘牡」，鄭箋云：

> 戊，剛日也。故乘牡爲順類也。

鄭箋並非無據，因下文毛傳同詩「吉日庚午，既差我馬」云：

> 外事以剛日。差，擇也。

其以日之剛、柔擇其馬之牡、牝而言「順類」，是以剛柔、牡牝的邏輯思維對外在客體之物與物之關係和特質進行認知，而本例即表現社會生活剛柔關係的存在。又毛傳〈小弁〉詩「靡瞻匪父，靡依匪母。不屬于毛，不罹于裏」云：

> 毛在外，陽，以言父；裏在內，陰，以言母。

就陰、陽本身而言，其可以爲形象思維，如日光之明暗；亦可以爲邏輯之思維，如本處以內、外之邏輯關係釋陰陽。本處毛傳以毛與裏之關係理解父母，是以內外之邏輯思維爲本，對現象界中的父母加以認知理解。類似的邏輯思維亦見於毛傳〈裳裳者華〉詩「左之左之，君子宜之。右之右之，君子有之」之詮釋，其文云：

> 左，陽道，朝祀之事；右，陰道，喪戎之事。

此例亦同於〈小弁〉詩之例，而表現出左右的邏輯思維，並以左右對待而依存的思維釋朝祀與喪戎之事。

　　相對於毛詩邏輯思維注視現象世界中物與物之間的關係，以形象觀點觀察物象的情形亦為毛詩詮釋事物不可或缺者，毛傳〈南山〉詩「南山崔崔，雄狐綏綏」二句云：

> 興也。南山，齊南山也。崔崔，高大也。國君尊嚴如南山崔崔然，
> 雄狐相隨綏綏然，無別，失陰陽之匹。

此處以南山之高大形容國君之尊，以是具體的山之形象形容國君之氣象。又毛傳〈靜女〉：「靜女其姝，俟我於城隅」二句又云：

> 城隅以言高而不可踰。

此處取城隅之「高」亦是取其形象一面。

　　由上述可知，毛詩之觀物有形象思維的部分，也有邏輯思維的部分。如同本部分所指出觀物思維的二元相互含蘊而互動的特點，在毛詩的詮釋之中亦可看出，毛傳〈凱風〉「凱風自南，吹彼棘心」句云：

> 興也。南風謂之凱風，樂夏之長養者。

表面上看起來，毛傳對南風之理解似乎是描述夏季萬物之長大而偏向形象思維。然鄭玄箋之云：

> 興者以凱風喻寬仁之母，棘猶七子也。

則可見毛傳之所以重夏季長養之義，實是肯定天人之相通，而以天人之邏輯思維為基礎，選取夏季「長養」之形象者。不只如此，隨著夏季「長養萬物」之形象思維的發展，對母親育子的體會也更深入，天人關係之理解也更為確定。由此可見，形象思維與邏輯思維實非孤立進行，而是相互含蘊而互動者。

　　（2）三家詩觀物思維之二元表現

　　與毛詩類同的，三家詩觀物思維之「二」亦有所表現。在邏輯思維方面，高誘注《呂氏春秋・務本》篇所引詩「有渰淒淒，興雲祁祁，雨我公田，遂及我私」四句云：

> 詩《小雅・大田》之三章也，渰陰雲也，陰陽和時雨祁祁然不暴疾
> 也，古者井田十一而稅公田在中，私田在外，民有禮讓之心，故願
> 先公田而及私也。

高誘習魯詩，其以公私之邏輯思維釋田，將現象世界之物理解為公私之關係，

是爲偏重邏輯思維理解事物。又《漢書‧杜鄴傳》杜鄴引〈雍〉詩句「亦右文母」之「文母」曰：

> 臣聞陽尊陰卑，卑者隨尊，尊者兼卑，天之道也。是以男雖賤，各爲其家陽；女雖貴，猶爲其國陰。故禮明三從之義，雖有文母之德，必繫於子。

杜鄴習齊詩，其以尊卑之關係釋男女，亦是以人類世界之高下思維面對男女之觀念。《後漢書‧馮衍傳》馮衍曰：

> 人所歌舞，天必從之。

馮衍習韓詩，而本處李賢注以爲乃小詩〈車舝〉「雖無德與汝，式歌且舞」之詮釋。此處以天人之關係釋德與人之歌舞兩者，乃是偏重天人之對待內涵闡釋歌舞之德義。

三家詩的形象思維方面，《韓詩外傳》卷三云：

> 孔子觀於周廟，有欹器焉。孔子問於守廟者曰：「此謂何器也？」對曰：「此蓋爲宥座之器。」孔子曰：「聞宥座器滿則覆，虛則欹，中則正，有之乎？」對曰：「然。」孔子使子路取水試之，滿則覆，中則正，虛則欹。孔子喟然而歎曰：「嗚呼！惡有滿而不覆者哉！」子路曰：「敢問持滿有道乎？」孔子曰：「持滿之道，抑而損之。」子路曰：「損之有道乎？」孔子曰：「德行寬裕者、守之以恭；土地廣大者，守之以儉；祿位尊盛者，守之以卑，人眾兵強者，守之以畏；聰明睿智者、守之以愚；博聞強記者，守之以淺。夫是之謂抑而損之。」

而習魯詩之劉向亦將此段文字收入《說苑‧敬愼》而表現出認同的想法，其文曰：

> 孔子觀於周廟而有欹器焉，孔子問守廟者曰：「此爲何器？」對曰：「蓋爲右坐之器。」孔子曰：「吾聞右坐之器，滿則覆，虛則欹，中則正，有之乎？」對曰：「然。」孔子使子路取水而試之，滿則覆，中則正，虛則欹，孔子喟然歎曰：「嗚呼！惡有滿而不覆者哉！」子路曰：「敢問持滿有道乎？」孔子曰：「持滿之道，把而損之。」子路曰：「損之有道乎？」孔子曰：「高而能下，滿而能虛，富而能儉，貴而能卑，智而能愚，勇而能怯，辯而能訥，博而能淺，明而能闇；是謂損而不極，能行此道，唯至德者及之。易曰：『不損而益之，故損；自損而終，故益。』」

此處以欹器之形狀而闡發為人的滿損、中庸之道，乃是偏重形象思維者。至於齊詩，董仲舒《春秋繁露·山川頌》言曰：

> 且積土成山，無損也；成其高，無害也；成其大，無虧也；小其上，泰其下，久長安後世，無有去就，儼然獨處，惟山之意。詩云：『節彼南山，惟石巖巖；赫赫師尹，民具爾瞻。』此之謂也。

「積土成山」及高、大、儼然獨處等而言山之意，明顯可以看出此處以山之形貌釋人之德的情形。

如同毛詩中邏輯思維與形象思維相互含蘊的情形，三家詩之詮釋亦可見此二元觀物思維內在的互動，《淮南子·繆稱訓》云：

> 詩曰：「執彎如組。」易曰：「含章可貞。」動於近，成文於遠。

高誘注《呂氏春秋·先己》篇相同之詩句亦云：

> 組讀組織之組，夫組織之匠成文於手，猶良御執彎於手，而調馬足以致萬里也。〔註34〕

《淮南子》以「執彎如組」一句言遠近之義，而點出了人事之始成思想，乃是偏重邏輯思維者。然而執彎遠近始成之義實不離「良御執彎於手，而調馬足以致萬里」的形象思維，在形象思維發展之時，即見遠近與人事之始成之義；反之亦然，良御執彎之形象變化與表現的本身，即遠近的邏輯思維，而透過遠近之內在思維，知形象思維之變化。由此可見，此處「執彎如組」一句實表現邏輯思維與形象思維相互含蘊、互動的情形。

從鉅觀落到微觀，一首詩中的物性之二元表現亦皆呈現情與理兩者，此於前鉅觀之論述中即可見，茲不贅述。

（三）先秦兩漢觀物思維中的「一」與詩經學

1. 先秦兩漢觀物思維之「一」

先秦兩漢觀物思維之「一」，即意指二元或是多元之觀物思維的收攝。事實上，就名稱角度來看，「物」此一名詞之本身即是「一」的思維表現，《荀子·正名》篇曰：

> 故萬物雖眾，有時而欲徧舉之，故謂之物。物也者，大共名也，推而共之，共則有共，至於無共然後止。

〔註34〕高誘注《呂氏春秋·先己》篇「執彎如組」句，見呂不韋，《呂氏春秋》（台北：商務印書館），四部叢刊本。

其言「物也者，大共名也」，故亦成爲欲遍舉萬物時的代名詞。董仲舒《春秋繁露·天地陰陽》篇亦云：

> 物也者，洪名也。

是故從「物」之名稱即可知，「物」在一開始被視爲物體或事物之名稱時，即具有整體之思維。

對先秦兩漢之詩經學而呈現的詩學思想來說，「物」的整體思維落入詩學之客體世界即爲「象」。就思想角度言，「象」的思維可以統合二元與多元之觀物思維，此點於先秦兩漢詩經學之中更是如此。爲方便討論計，茲先論述先秦兩漢的「象」做爲觀物思維「二」與「多」元歸趨之情形進行了解，再針對「象」表現於詩經學之情形進行說明。

（1）「象」之地位與二元思維之歸趨

前文已述，先秦兩漢觀物思維之「二」，可以統合爲形象思維與邏輯思維，或者是情與理的思維，而此二元之思維，可以「象」之概念統攝。對先秦兩漢思想而言，討論「象」之概念最具代表性者即爲《易傳》。

「象」之概念，爲《易傳》內容之核心思想，〈繫辭上〉曰：

> 易有聖人之道四焉：以言者尚其辭，以動者尚其變，以制器者尚其象，以卜筮者尚其占。

「辭」即是《易經》之文字部分卦爻辭。「變」爲易經之主要概念，主要透過爻之組合搭配來呈現。「象」以宇宙萬事萬物之對象，所提煉而成具有某種之共同性之形象，爲界於實體與抽象概念兩者間者。而「占」爲《易經》之最早、也是現實之動機。「辭」、「變」、「象」、「占」四者，即是《易傳》之重心所在，故稱其爲「聖人之道」。《易》之道雖然有「四」，然而「辭」、「變」、「象」、「占」四者，實可由於「象」與「變」兩個觀念加以涵蓋，〈繫辭上〉云：

> 君子居則觀其象而玩其辭，動則觀其變而玩其占，是以自天祐之，吉無不利。

可知「象」與「辭」爲一組，而「變」與「占」爲一組。「辭」之內容，係以「象」爲其本；而「占」，則以「變」之情形爲斷。是故，《易傳》之中時常以「象」與「變」二個概念言易之義，〈繫辭上〉：

> 象者，言乎象者也。爻者，言乎變者也。

> 聖人有以見天下之賾，而擬諸其形容，象其物宜，是故謂之象。聖人有以見天下之動，而觀其會通，以行其典禮，繫辭焉，以斷其吉

凶，是故謂之爻。

八卦成列，象在其中矣，因而重之，爻在其中矣，剛柔相推，變在
其中矣。

「天下之動」，即是「變」，又以「爻」稱之，而與擬物之形容之「象」相對，
兩者為《易傳》之觀察宇宙萬事萬物之主要重點。

《易傳》雖然以「象」與「變」為兩個重點，然而「象」與「變」之間，
並非全然獨立，而是有相互之關係。在互動中，窮盡宇宙與事物之變化，而
達兩者通而為一，〈繫辭上〉云：

參伍以變，錯綜其數。通其變，遂成天下之文。極其數，遂定天下
之象。

此處的「定天下之象」，即是通「變」與「象」兩者，變不可離象，而象之成
亦必然有變的成分，是故《易傳》亦有以「象」含蘊「變」之義，〈繫辭上〉：

悔吝者，憂虞之象也。變化者，進退之象也。剛柔者，晝夜之象也。

六爻之動，三極之道也。

由此可知，《易傳》之「象」之形成，實是在事物具體之形象與變化兩者為基
礎加以考慮而生者。因此，《易傳》之「象」，並未僅只於事物之型態，而必
須兼及其變化。而事物之型態與變化，也就是形象與邏輯思維，也就是物之
情與物之理。由此可知，《易傳》之觀物思維，實可以「象」將邏輯與形象思
維兩者加以涵蓋。因為《易傳》的「象」，乃是必須窮盡物之變化而有所提煉
者，因此在觀察事物時，必然兼及物之形態與變化兩者。

（2）「象」之具體意涵

《易傳》既以象為觀物思維之歸趨，然而《易傳》之象作為觀物思維之
「一」而可以對各種事物加以統合對先秦兩漢之觀物思想來說卻並非空白無
內涵之概念，而是以德性為其特色與內容，我們可以從先秦兩漢儒家之觀物
思維看出此一特點。《孟子・盡心上》曰：

孟子曰：「有事君人者，事是君則為容悅者也。有安社稷臣者，以安
社稷為悅者也。有天民者，達可行於天下而後行之者也。有大人者，
正己而物正者也。」

由「正己而物正者也」可知，《孟子》在心性論立場下，物性皆必然具備德性
之意涵。又《荀子・不苟》篇曰：

君子行不貴苟難，說不貴苟察，名不貴苟傳，唯其當之為貴。故懷

負石而投河，是行之難爲者也，而申徒狄能之；然而君子不貴者，
非禮義之中也。「山淵平」，「天地比」，「齊秦襲」，「入乎耳，出乎口」，
「鉤有須」，「卵有毛」，是說之難持者也，而惠施鄧析能之。然而君
子不貴者，非禮義之中也。盜跖吟口，名聲若日月，與舜禹俱傳而
不息；然而君子不貴者，非禮義之中也。故曰：君子行不貴苟難，
說不貴苟察，名不貴苟傳，唯其當之爲貴。詩曰：「物其有矣，唯其
時矣。」此之謂也。

「鉤有須」，「卵有毛」，都是對物之探索，然荀子言「君子不貴者，非禮義之
中」，可知持認知心的荀子對物性的體會也必循於德性思路，而不重視客觀之
科學或語言邏輯探索。

　　兩漢的儒者亦同於先秦，也以德性爲觀物思維之依歸，董仲舒《春秋繁
露・重政》篇曰：

能說鳥獸之類者，非聖人所欲說也；聖人所欲說，在於說仁義而理
之，知其分科條別貫所附，明其義之所審，勿使嫌疑，是乃聖人所
貴而已矣；不然，傳於眾辭，觀於眾物，說不急之言，而以惑後進
者，君子之所甚惡也，奚以爲哉！聖人思慮，不厭晝日，繼之以夜，
然後萬物察者仁義矣，由此言之，尚自爲得之哉！

其明言「萬物察者仁義矣」，可知董仲舒之觀物思維亦以德義爲依歸。由此可
知，儒家之言物必然歸趨於德，而爲先秦兩漢「象」之概念的具體意涵。

（3）先秦兩漢觀物思維之「多」的歸趨

　　對於先秦兩漢象之德義有所認識之後，即可進一步對當時多元觀物思維
之歸趨進行了解。《論語・陽貨》篇曰：

子曰：「天何言哉？四時行焉，百物生焉，天何言哉？」

即表現出孔子的「天」的思想體現出其對「百物」生生之關注，此種對百物
生生之認識，遂成爲儒家面對萬物多樣多元表現的歸趨思想。《孟子・告子上》
亦云：

故苟得其養，無物不長；苟失其養，無物不消。孔子曰：「操則存，
舍則亡；出入無時，莫知其鄉。」惟心之謂與？」

可見物之生長、消滅，亦爲《孟子》所認識。眞正對萬物之生生加以重視而
提出明確之思想，將生生之認知與德性相連者，即爲《易傳》。《易傳》曰：

天地之大德曰生。（〈繫辭下〉）

生生之謂易。(〈繫辭上〉)

天地絪蘊，萬物化醇；男女構精，萬物化生。(〈繫辭下〉)

有天地，然後萬物生焉。盈天地之間者唯萬物。(〈序卦〉)

「生」、「化生」、或「生生」都是類同意義的辭彙。由「天地之大德曰生」可知，《易傳》之言德實以眾物變化情狀之整體所代表之宇宙生化意義爲德，此種思維即承繼孔、孟以降面對多樣事物的立場。而此種生生之德，實即爲象之德的表現之一，《易·繫辭上》云：

易與天地準，故能彌綸天地之道。仰以觀於天文，俯以察於地理，

是故知幽明之故。原始反終，故知死生之說。精氣爲物，遊魂爲變，

是故知鬼神之情狀。與天地相似，故不違。知周乎萬物，而道濟天

下，故不過。……

所謂的《易》「能彌綸天地之道」，即是易能統合天地萬物之事理，做爲萬物種種表現之歸趨。而此種歸趨，既是宇宙萬物之所表現之「象」，故其以觀天文、察地理言之；也同時是宇宙萬物生生之德的表現，故其言「周乎萬物」、「道濟天下」。由此可見，「象」乃是以德義爲內涵，而爲觀物思維之「二」與「多」之歸趨者。

最後，筆者必須指出，先秦兩漢儒家觀物的「一」的思想與道家莊子「天地一指，萬物一馬」〔註 35〕及名家惠施之「合同異」思想有所不同。道家莊子與惠施之觀物「著眼於事物差別的相對性而取消差別的實在性」，〔註 36〕其旨趣在於解消事物之相對，而歸於「齊物」或「天地一體」〔註 37〕的。至於儒家之思想之「一」，乃是肯定並重視事物之實際存在，其「一」與「多」之間乃是「和而不同」之態度。

2. 先秦兩漢詩經學觀物思維之「一」的表現

（1）先秦兩漢詩經學物性之「二」的歸趨

從鉅觀角度來說，先秦兩漢詩經學所表現出來的物性之「二」的歸趨，無論是形象思維或是邏輯結維，皆是集中於「象」而表現出德性之意義者。毛傳〈靜女〉「自牧歸荑，洵美且異」詩句曰：

牧，田官也。荑，茅之始生也。本之於荑，取其有始有終。

〔註 35〕 見《莊子·齊物論》(台北：商務印書館)，四部叢刊本。

〔註 36〕 見張立文，《中國哲學範疇發展史〈天道篇〉》頁 222。

〔註 37〕 見《莊子·天下》(台北：商務印書館)，四部叢刊本。

此處毛傳以「茅」和「蕑」爲象，而以「茅」與「蕑」對舉，言蕑爲茅之本，乃是就兩者之邏輯關連言其始終之義，進而表現出德性之旨趣，故爲毛詩偏向以邏輯思維觀物而收攝於象（德）之例證。又毛傳〈靜女〉「彤管有煒，說懌女美」詩句云：

> 煒，赤貌。彤管以赤心正人也。

「以赤心正人」即表現毛傳釋「彤管」之動機爲德。而彤管能「正人」歸德的原因在於「赤心」，可見毛傳偏重形象思維觀物時，亦以德性爲依歸。

就三家詩而言，其觀物思維之「二」亦以德爲依歸而略同於毛詩，如習魯詩之劉向《說苑·雜言》篇云：

> 「夫智者何以樂水也？」曰：「泉源潰潰，不釋晝夜，其似力者；循理而行，不遺小間，其似持平者；動而之下，其似有禮者；赴千仞之壑而不疑，其似勇者；障防而清，其似知命者；不清以入，鮮潔以出，其似善化者；眾人取平品類以正，萬物得之則生，失之則死，其似有德者；淑淑淵淵，深不可測，其似聖者。通潤天地之間，國家以成，是知之所以樂水也。詩云：『思樂泮水，薄採其芹；魯侯戾止，在泮飲酒。』樂水之謂也。」「夫仁者何以樂山也？」曰：「夫山巃嵸崒崪，萬民之所觀仰。草木生焉，眾物立焉，飛禽萃焉，走獸休焉，寶藏殖焉，奇夫息焉，育群物而不倦焉，四方並取而不限焉。出雲風通氣于天地之間，國家以成，是仁者所以樂山也。詩曰：『太山巖巖，魯侯是瞻。』樂山之謂矣。」

乃透過觀察山與水之各種型態與內涵，而通於仁、智，表現出歸於德性之觀物思維。又如《韓詩外傳》：

> 代馬依北風，飛鳥棲故巢，皆不忘本之謂也。〔註38〕

也是由物象之表現而歸於德。

邏輯思維方面，高誘注《呂氏春秋·務本》篇所引「有渰淒淒，興雲祁祁。雨我公田，遂及我私」詩句云：

> 詩小雅大田之三章也，渰陰雲也，陰陽和，時雨祁祁然不暴疾也，古者井田十一而稅公田在中，私田在外，民有禮讓之心，故願先公田而及私也。

本節前文已就本例論述，而知本例乃是偏於邏輯之思維者。然高誘以先後與

〔註38〕見蕭統編，《文選》（台北：藝文印書館，宋淳熙本），卷29古詩十九首注。

公私相連，而言民有禮讓之心，是魯詩以邏輯之思維歸於德義之例。齊詩方面，《春秋繁露·仁義法》篇曰：

> 詩曰：「坎坎伐輻，彼君子兮，不素餐兮！」先其事，後其食，謂治身也。

其以先後之邏輯思維釋「事」與「食」兩者之關係而歸於「治身」，亦明確可見齊詩以邏輯思維言德義之情形。韓詩方面，薛君章句釋「羔羊之皮，素絲五紽」二句云：

> 小者曰羔，大者曰羊，素喻絜白，絲喻屈柔紽數名也，詩人賢仕為大夫者，言其德能稱有絜白之性，屈柔之行，進退有度數也。〔註39〕

其言素喻絜白是偏於形象之思維，而絲喻屈柔乃是偏於邏輯中剛柔之思維，而這兩者皆統合於絲之象中，並進而表現其「絜白」而「進退有數」之德行。

就單一詩歌而言，詩中的物象亦無不具備邏輯思維與形象思維二者，因此微觀的詩篇世界中其觀物思維之「二」一如鉅觀，表現出歸趨於德的特點

（2）先秦兩漢詩經學物性之「多」的歸趨

就鉅觀角度來看，《易傳》的生生之德的思想正好為先秦兩漢詩經學物性由「多」而「一」表現的基礎。就毛詩而言，毛詩觀物思維的德性傾向，究其根本，乃是以成就萬物，盡物之性之思維為終極。毛傳〈魚藻〉：「魚在於藻，有頒其首」二句：

> 頒，大首貌。魚以依蒲藻為得其性。

又毛詩小序云：

> 〈由儀〉，萬物之生，各得其宜也。

所謂的物「得其性」，「各得其宜」，即是物在德化之世界中，得以成就其生。由此可知，毛詩中對物性之詮釋，係以德性成就之世界為依歸，而與《中庸》之「盡物之性」相通。是故，毛詩之釋物義，有時直接以釋義為主，就表面上看為混亂，實際上乃是展現德化宇宙下物物各自之展現，毛傳〈魚麗〉：「魚麗于罶，鱨鯊」二句曰：

> 麗，歷也。罶，曲梁也，寡婦之笱也。鱨，楊也。鯊，鮀也。太平而後微物眾多，取之有時，用之有道，則物莫不多矣。古者，不風不暴，不行火，草木不折，不操斧斤，不入山林，豺祭獸然後殺，獺祭魚然後漁，鷹隼擊然後罻羅設。是以天子不合圍，諸侯不掩群，

〔註39〕見班固，《後漢書·王渙傳》（台北：商務印書館，百衲本）注。

> 大夫不麛不卵，士不隱塞，庶人不數罟，罟必四寸，然後入澤梁。
>
> 故山不童，澤不竭，鳥獸魚鱉皆得其所然。

此處之物皆直接釋義，然其歸於「太平而後微物多」，可見毛詩之言物實歸宿於德，而展現爲德性之宇宙。

　　在三家詩方面，其言物之「多」亦以德爲依歸而在外表上略同於毛詩。但如本節前文所述，三家詩由於象數易學之卦氣思想著重在宇宙萬物配合時序所展現之種種面貌，《詩緯》諸書將天干與地支與物之生化輪轉相連，而形成一整體，而此一整體，就「現象」而言實與《易傳》之闡釋規律而歸因於「生生之德」之觀點相類似，而爲「生生」之德思維之表現，《詩·推度災》明言曰：

> 夫王者布德于子，治成于丑，興運于寅，施化于卯，成紀于辰，威震于巳，德王于午，故子者孳也，自是漸孳生也。丑者鈕也，萬物之生，已定樞鈕也。寅者演也，物演漸大，少陽之氣也。卯者茂也，物茂漸成也。辰者震也，物振而運也。巳者次也，漸次而進也。午者甫也，其時可以哺也。未者味也，別其滋味，異其美惡也。丁者勁也，正強壯也。申者伸也，至是而萬物大舒精也。酉者醜也，物至是而形不嘉，凋殘老醜也。戌者滅也，物至而衰滅也。甲者甲也，萬物孚甲，猶苞幕也。乙者屈也，屈折而起也。己者起也，萬物壯起也。丙者炳也，萬物明見，無有所隱也。戊者富也，庶類富滿也，庚者更也，物至是而敗，將更之也。辛者兵也，物至是而殘篤也。亥者太也，既滅既盡，將復，又有始者也。壬者任也，至精之尊。癸者揆也，謂可度其將生之理也。

　　從子至戌的「漸孳生」、「漸大」、「漸成」、「正強壯」、「凋殘老醜」，以及甲至亥的「萬物孚甲」迄「將生之理」即是以萬物之流轉，而言「布德」明確可見易學與詩結構後對物性所產生的影響。簡單說來，在災異及易學盛行時期，物透過規律而得以展現其意義及型態。

　　我們還可以實際從先秦兩漢之觀物思維內部看出客中有主特點。先秦兩漢詩經學之觀物思維以歸趨於「象」之概念，而「象」又以「德」爲意涵的思維中實隱含落實於情志的目的。在《易傳》及漢人的氣化宇宙論以前，德義的思維原本即是以情感之提升或轉化爲其理想者，因此二元觀物思維中，無論是邏輯思維或是形象思維實皆指向人之情感，而圍繞著情感生發其義。

在《易傳》及漢人氣化宇宙觀當中，德義轉而以生生之德爲其表現，因此情感在多元觀物思維當中乃隱藏而散之爲萬象——所特具之春夏秋冬、生死流轉之情。因此，先秦兩漢詩經學觀物思維表面上是對客體範疇中物象的探究，其實未曾離於情感，在客觀的觀照之中實蘊含有主體之情，此種客中有主的思維，乃是與前章用詩以詮釋爲體之情形呼應，而表現爲中國詩學的特點。

最後，從鉅觀縮小至單篇詩歌的微觀範圍，一首詩中出現的各種象，其詮釋皆歸趨於意旨——詩人之情志，而此情志即以成德爲其目的。此種詩篇中各種物象皆指向德的情形亦可由前述鉅觀角度下物性之多皆具有之德義加以理解，故本處不加舉例說明。

（四）先秦兩漢詩經學中物性之獨特體會

如前所述，先秦兩漢詩經學物性之歸趨既是德爲歸宿，而展現客中有主的不離於情感特點。由此一特點回到現象世界當中，即由於此一隱藏之情感立場而對萬象萬殊之物的認知有了特有的體會傾向。此種體會傾向主要表現於漢代氣化宇宙觀流行以後，而即是自「生生」之德的間接情感出發，配合氣化宇宙觀中的節序思想，表現爲對「春」的重視。劉向《說苑・建本》篇曰：

> 孔子曰：「君子務本，本立而道生。」夫本不正者末必陪，始不盛者終必衰。詩云：「原隰既平，泉流既清」。本立而道生，春秋之義；有正春者無亂秋，有正君者無危國，易曰：「建其本而萬物理，失之毫釐，差以千里」。是故君子貴建本而重立始。

劉向本文言本末之義，然其卻將原本書名的「春秋」之義釋以節序釋之，提出了「有正春者無亂秋」的說法，顯現了氣化宇宙論下對春、秋二季的關注。就生生之義來說，春爲正面，秋爲負面，兩者皆由「生生」之義衍生而來，代表著生生之義的多面向闡發。事實上，對春、秋二季不同面向的闡發，實是以春生爲核心的概念。唐君毅云：

> 天道仍畢竟是以生道爲本者，則在秋冬之後，必再繼以春夏，而秋冬之刑殺，必不能殺盡萬物。若殺盡萬物，則無世界，亦更無四時、無歷史上之世代之運。今既有世界，有歷史之世代之運，則必有萬物之生。故生道與世界與歷史必同在。今依此義而言，春即遍運于四時。故有四時之一春，亦有貫徹四時之春。天有與生道相對之刑殺之道，亦有貫徹于刑殺之道，以轉運其刑殺之事之生道。此貫徹

之生道不變，故天道亦不變也。〔註40〕

其言「有四時之一春，亦有貫徹四時之春」實點出春季之重要。此種對春生之特殊體會對後代的詩學發展而言十分重要。因爲在詩歌之中的詠物圍繞著春季之生之義而進行的例子經常可以見到，或爲正面地描寫春以言其生，或爲背面地從秋以重生感死，或爲側面地言夏、多以襯託生。凡此種種，皆可溯自先秦兩漢觀物思維所表現的生生之義，由於例證隨處可見，茲不贅述。

　※　　　※　　　※　　　※

本節對先秦兩漢詩經學客體部分的探求可以分爲兩方面進行，一是客體世界之生成與展現，一則是觀照客體世界的方式，而這兩個方面皆可以「一」、「二」、「多」之結構加以統括。就客體世界之生成來說乃是「一 ──→ 二 ──→ 多」者。毛詩之世界乃是心性論立場者，其由聖人與天之一、透過陰陽二氣、迄各式各多的眾多萬物。三家詩則是採取純然之宇宙論立場，其以至高無上的天爲「一」、而由陰陽之「二」、表現爲時序下萬物的輪轉。

相對於客體世界之生成，先秦兩漢的觀物思維則是由繁而簡，表現爲「多 ──→ 二 ──→ 一」的逆向過程。在觀物思維之「多」的部分，毛詩之觀照眾多萬物，有各式各樣的統合思維表現出多樣的的情形；對三家詩而言，早期的魯、韓詩亦如毛詩，爲多樣的統合性思維觀物。齊詩與後來的魯、韓詩則略有不同。其接受五行之觀念最早，也較早形成統合性之系統。隨著氣化宇宙論的盛行，四時五行、月令卦氣之系統性多元觀物思維至西漢後期已然出現，迄東漢時期亦不衰。而此種以氣化系統思維觀物較前代而言，實從禮俗制度之興趣轉向物本身之流轉與變化。在觀物思維的「二」方面，邏輯思維與形象思維皆存在於四家詩之中，陰陽剛柔等邏輯思維及形象之觀照皆有所出現，而對多元思維產生統合的影響。最後，四家詩觀物思維之「多」與「二」皆有統合於象的「一」元思維情形。萬物之眾多皆可收攝於生生之德的象論思維，唯毛詩乃心性論立場，而三家詩後期乃是宇宙論系統者。至於側重形象與偏重邏輯關係詮釋物象之「二」，亦分別闡釋了象的形象與關係兩面而以象爲核心。簡單說來，四家詩之觀物思維皆可統合「多 ──→ 二 ──→ 一」之中，唯毛詩以心性論爲主，而三家詩以氣化宇宙觀爲主。最後，先秦兩漢詩經學的觀物思維亦如本章第一節情感之表現相同，由於觀物思維「多 ──

〔註40〕唐君毅《中國哲學原論・原道篇（二）》（台北：學生書局），1992 年 3 月，頁220。

→二──→一」的特點，因此在後來西漢宇宙論盛行下表現出對「春」季「生生」之義的偏好。

第三節　先秦兩漢詩經學心物交感之思維與展現

　　從前兩節的敘述可知先秦兩漢詩經學客體之物以及主體之情感各自的內在結構。由此心物之內在結構再進一步，即是要觀察心物兩者互動交感而成之世界情形。在討論心物交感以前，觀察主體之情感與客體之物象兩者，會發現兩者之內部皆表現出「一」、「二」、「多」之結構，此種心物表現出來的相同結構並非純粹爲結構的相似，而是在意義上亦爲相通者，此種心物兩者表現出來在內在結構與意義的相通，實爲中國詩學心物合一、天人合一思維的反映，因而存在於心物交感情形之內部。茲先明此一心物交感內在相通之思維特點，後再就心物交感而成之世界面貌進行討論。

一、心物交感之內在思維──心物之相通

　　先秦兩漢詩經學心物相通的情形，可以從縱、橫兩個角度加以觀察。所謂的橫向，即爲心、物在「一」、「二」、「多」思維上之相通，此係理論平面之觀察。所謂的縱向，即是以時間之角度，就常變之思維加以理解。而無論是縱向或是橫向，先秦兩漢詩經學皆表現出心物相通的情形，茲分別敘述其情形於下。

（一）心物相通的橫向表現──先秦兩漢詩經學「一」、「二」、「多」 思維的體現

1. 先秦兩漢詩經學心物之「一」之歸趨

　　先秦兩漢詩經學心物相通之「一」自然是「德」的觀念的相通，而透過「興」具體呈現（詳見本節下文二、「心物交感的微觀世界」）。由本章第一、二節可知，無論是毛詩或是三家詩之情感皆以德爲依歸，而客觀世界的生成或者觀照亦皆是籠罩在德的概念之下。就毛詩而言，主體之德成就的同時，物性也同時得到成就或是展現；在三家詩來說，德乃是通主客兩者而存在於天的觀念或規則者，可見無論是毛詩或是三家詩中的德皆爲通達心物兩者。由此可知，德義乃是先秦兩漢詩經學心物相通的根源，也是最高層次的表現。

2. 先秦兩漢詩經學心物之「二」元思維之相通

　　對先秦兩漢詩經學而言，無論是毛詩學或是三家詩，其心或物之二元表現皆有情理，因此在二元思維上心物乃是相應的情形。不只如此，此種情理相應之「二」在意義層面上亦是相通者，茲分別依心物之理、心物之情，以及心物之綜合相通三者進行考察以明其意涵。

　　（1）心物之理的相通

　　前文已述，物之理即為邏輯之思維，而人之理即為人心之理性思辨，因此心物之理的相通，乃是客體之邏輯思維與主體之理性相通者。毛傳〈竹竿〉「泉源在左，淇水在右。女子有行，遠父母兄弟」曰：

　　　　泉源，小水之源。淇水，大水也。

是以客體之物象——水為觀察對象而著重於邏輯的小大之辨。而對毛詩而言，此種小大之辨實是由物及於人者，鄭玄箋之云：

　　　　小水有流入大水之道，猶婦人有嫁於君子之禮。

其言「婦人有嫁於君子之禮」，是看出物與人皆具有之小大思維，對主體之心來說，此種存在於人之層面之小大思維即為仁智之智的發揮，故鄭玄以「禮」稱之，而表現為人世之秩序與期待。同樣的例子，東漢荀爽《女誡》亦云：

　　　　詩曰：「泉源在左，淇水在右。女子有行，遠父母兄弟」明當許嫁

　　　　配適君子，竭節從理，正身節行，稱為順婦，以崇斯斯百葉之祉。

　　　　〔註41〕

其言「婦節從理、正身節行」其中的「理」，即是人心之理，就外在而言即是物之理，其間心物相通的情形與毛詩完全相同。

　　（2）心物之情的相通

　　對應於心物之理的相通，心物之情的相通亦見在於先秦兩漢詩經學上。就物而言，物之情即為形象之思維，而人之情即為就人心有感而發之情感，因此主客之情的相通，乃是客體之形象思維與主體之情感相通者。毛傳〈谷風〉：「習習谷風，維風及雨」云：

　　　　興也。風雨相感，朋友相須。

由風雨相感之客體表現，而與人情之須要朋友相連，是以物之形象與人之感情相通。三家詩亦有類似的例子，韓詩說〈東方之日〉「東方之日兮，彼姝之子，在我室兮」：

〔註41〕見歐陽詢，《藝文類聚》（台北：新興書局，1973年），卷23。

詩人言所說者顏色盛美，若東方之日。〔註42〕

東方之日爲客體，日光之盛美形象與詩人眼中所見之美好女子相應，以興其愛戀之情，由此可知日光之形象即與詩人所悅之人的形象爲相通者。

（3）心物情理之綜合相通

除了單純的心物之情或是心物之理的相通外，亦有心物之情理綜合表現者，毛傳〈綠衣〉首章「綠兮衣兮，綠衣黃裏」曰：

興也。綠，間色。黃，正色。

鄭玄箋之云：

襐兮衣兮者，言襐衣自有禮制也。諸侯夫人祭服之下，鞠衣爲上，展衣次之，襐衣次之，次之者眾妾亦以貴賤之等服之。鞠衣黃，展衣白，襐衣黑，皆以素紗爲裏，今襐衣反以黃爲裏，非其禮制也。故以喻妾上僭。

鄭玄之以「襐衣」之禮制釋綠、黃色未必合毛傳之義，亦未必自三家詩來，〔註43〕然其意旨以爲綠、黃之異乃喻「妾上僭」，則在大旨上與毛詩合。就客體角度而言，綠、黃爲顏色，屬形象思維，而綠、黃之正、間，即爲物與物之間的關係，乃是邏輯思維，故以綠黃表達人世之妻、妾關係，乃是綜合了形象與邏輯思維兩者。而從主體來看，所言之「妾上僭」對主體而言即兼及作者之情以及作者之理。由此可見即是主客之相通亦有錯綜相通的情形。

3. 先秦兩漢詩經學心物之「多」元思維之相通

由本章第一、二節可知，對心性論立場的毛詩而言，其言得時乃是在多樣多殊的情感與萬物同時成就而言。就氣化立場的三家詩來說，物之多樣本身隨著時序的變化而有不同展現，而人之情感的喜怒哀樂係受隨外在客體世界之時序變化而變化。因此，無論是主體或是客體，在意義上皆是以時的觀念爲核心而相通者，而先秦兩漢詩經學心物之「多」元思維也就可以從「時」觀念加以統合。

由上述可見，無論是「一」、「二」、還是「多」元思維，先秦兩漢詩經學之心、物兩者皆呈現內在相通的情形，此種內在相通之思維，實爲先秦兩漢

〔註42〕見蕭統，《文選・神女賦》（台北：藝文印書館，宋淳熙本）（「皎若明月舒其光句」注，卷19頁7。

〔註43〕參見王先謙，《詩三家義集疏》上冊（台北：明文書局），1988年10月，頁134～136。

心物交感互動的內在思維。由詩經學之表現可知，此種詩經學心物內在相通之情形即爲中國詩學中普遍存在而隱藏的心物爲一或是天人爲一的思維。因此，先秦兩漢詩經學心物相通的情形對今日詩學或文學習見的情理事景之間的關係進一步思考，表面上情理事景乃是互動者，然其背後實是以心物相通爲基礎，其心物相通之情形，即爲「一」、「二」、「多」橫貫心物的表現。

（二）心物相通的縱向結構——先秦兩漢詩經學常變思維的體現

　　上述心物「一」、「二」、「多」的相通乃是理論在平面橫向的展現，就縱向時間觀念而言，心物兩者的發展與變化也表現出相通的情形——此即常變觀念之通貫。就先秦兩漢思想而言，常變的思維乃是兼及心物者，因此先秦兩漢詩經學之心物之間亦體現常變的思想。茲先敘述先秦兩漢之常變思維，以助下文先秦兩漢詩經學常變思維的探討。

1. 先秦兩漢的常變思維

　　先秦時期較早提出系統條理的常變思維爲《老子》。《老子》思想中的常與變乃是由其觀照態度而產生，其一方面帶有宇宙生成論的意味，一方面也指出萬象變化中的理則。《老子》之常變思維，是以變中見其常，而常不能離於變的思想爲其核心。《老子・十六章》云：

　　　　復命曰常，知常曰明，不知常，妄作凶。

「知常曰明」，可見老子之態度乃是重視常的地位，另外，此處《老子》還以「復命」言常，表現了老子之常乃是「復」爲其內涵，《老子・四十章》云：

　　　　反者道之動。

此處的「反」、即爲「復」，其言「反者道之動」，可知《老子》之常並非物外別有一常，而是就不斷變動之事物本身中見其常，故其云「復命曰常」、云「反者道之動」，皆是表現出老子之「常」乃是當下事物之變中見其常的想法。《老子》以此種想法觀察常變兩者的關係，表現出《老子》的常變思維乃是以常中有變、變中有常，常變兩者乃是一體而同時存在爲其內涵。

　　對儒家來說，孔子的常變思想並不明顯，然亦隱約可見，《論語・爲政》篇曰：

　　　　子張問：「十世可知也？」子曰：「殷因於夏禮，所損益，可知也；

　　　　周因於殷禮，所損益，可知也；其或繼周者，雖百世可知也。」

其言禮「殷因於夏」、「周因於殷」之「損益」可知，是在朝代的變化中看出有

所不變者。由此,儒家最早的孔子其乃是就實際之文化傳承言變中有常的情形。

從孔子到《孟子》,《孟子》雖然如同孔子未就常變概念本身加以發揮,然於其經權的論述之中則表現出較為明確的常變思維,《孟子·離婁上》曰:

> 淳于髡曰:「男女授受不親,禮與?」孟子曰:「禮也。」曰:「嫂溺則援之以手乎?」曰:「嫂溺不援,是豺狼也。男女授受不親,禮也;嫂溺援之以手者,權也。」

是《孟子》肯定權的思想,又《孟子·盡心上》曰:

> 孟子曰:「楊子取為我,拔一毛而利天下,不為也。墨子兼愛,摩頂放踵利天下,為之。子莫執中,執中為近之,執中無權,猶執一也。所惡執一者,為其賊道也,舉一而廢百也。」

「執中無權,猶執一也」其中的中與權,即是經與權。經,即是不變之正道,而權,則是一時順應時勢之權宜。對《孟子》而言,經自然是無可變易者,然其又言經不可無權,言「所惡執一者,為其賊道也,舉一而廢百也」即是指出,權之存在不只是必要,就本質言,權亦為經之顯現。由此可知,經中實含有權,而權亦未嘗不是經,經權乃是相互含蘊者。如此一來,《孟子》之經權思想,雖不以形上思辨為對象,然其偏人之一面中言經權之思維,實已具備以常為經,常不可無變,而變中有常為思維之內容。

相對於《孟子》,以形上思想為主要旨趣的《易傳》,其常變的論述則相當明顯而重要,《易·繫辭上》云:

> 天尊地卑,乾坤定矣。卑高以陳,貴賤位矣。動靜有常,剛柔斷矣。……乾以易知,坤以簡能。易則易知,簡則易從。易知則有親,易從則有功。有親則可久,有功則可大。可久則賢人之德,可大則賢人之業。易簡而天下之理得矣,天下之理得,而成位乎其中矣。

其曰「乾坤定矣」即「動靜有常」,又曰乾坤有「易知」、「易簡」之德,由「易知」、「易簡」則可成就德業,識天下之理。由此,乾坤實是《易傳》之常,而而對其加以重視。不過,《易傳》之常,亦如《孟子》之經權,顯現出常不能無變的思想,〈繫辭下〉云:

> ……窮則變,變則通,通則久。

其「言變則通,通則久」,即是指常實不能無變。唯有常中有變,方能通達世界,可長可久。而相對於常中不可無變的思想,變亦非處於常之外,《易·說卦》傳曰:

昔者聖人之作易也，幽贊於神明而生蓍，參天兩地而倚數，觀變於
陰陽而立卦，發揮於剛柔而生爻，和順於道德而理於義，窮理盡性
以至於命。

此處言「參天兩地」、「觀變於陰陽」、「發揮於剛柔」皆是指於變動不居之宇
宙觀其不變之理，而天地、陰陽、剛柔即是乾坤之義，聖人即是參知此宇宙
萬物變化之理乃能成其德業。由此，《易傳》實亦以爲變即是常之體現。總的
來說，《易傳》重常亦重變，常亦不能無變以成其常，變亦非離常而另有一變，
乃是常之活動的描述。是故，對《易傳》來說，常不能無變、而變亦不可無
常，常變兩者乃是相互依存者。〈繫辭下〉又云：

剛柔相推，變在其中矣。繫辭焉而命之，動在其中矣。吉凶悔吝者，
生乎動者也。剛柔者，立本者也。變通者，趣時者也。吉凶者，貞
勝者也。天地之道，貞觀者也。日月之道，貞明者也。天下之動，
貞夫一者也。夫乾確然，示人易矣。夫坤隤然，示人簡矣。

本段文字上半以剛柔之常言及變在其中，並釋以「立本」、「變通」之義，可
見《易傳》之常中有變之理。其又繼言天地之動，見其「貞夫一」，言其「易」、
「簡」之道，則又可見《易傳》變中見其常之思想，是可見《易傳》之常變
在相互依存又顯現出互爲含蘊的情形。

　　常變的思想至漢代，其表面仍維持先秦常中有變、變中有常的特點，然
而摻入漢人流行之宇宙觀思想，董仲舒《春秋繁露‧楚莊王》篇曰：

……王者有改制之名，無易道之實。孔子曰：『無爲而治者，其舜乎！』
言其主堯之道而已，此非不易之效與！」問者曰：「物改而天授，顯
矣，其必更作樂，何也？」曰：「樂異乎是，制爲應天改之，樂爲應
人作之，彼之所受命者，必民之所同樂也。是故大改制於初，所以
明天命也；更作樂於終，所以見天功也……故韶，韶者，昭也；禹
之時，民樂其三聖相繼，故夏，夏者，大也；湯之時，民樂其救之
於患害也，故護，護者，救也；文王之時，民樂其興師征伐也，故
武，武者，伐也。四者天下同樂之，一也，其所同樂之端，不可一
也。作樂之法，必反本之所樂，所樂不同事，樂安得不世異！

其言「王者有改制之名，無易道之實」並舉「作樂之法，必反本之所樂，所
樂不同事，樂安得不世異」可看出董仲舒常中有變，而變亦不失其常的看法。
如此，則董仲舒之思想亦是抱持常變互爲含蘊的思維，只是董仲舒以王者之

變歸之於天道,則將漢人天道宇宙之思維融入常變的思維之中。

2. 先秦兩漢詩經學之常變思維

前述先秦兩漢的常變互為含蘊而依存的思維於當時較具系統之四家詩皆可得見,茲分敘其情形於下:

(1)毛詩的常變思維

毛詩的常變思維即正變思想之一環,其表現了正中有變而變中有正的思維,茲分別從正中有變與變中有正兩個角度加以說明以明其義。

毛詩之正風即為典型,〔註44〕其體現了常變思維下的常,就實際詩篇之指涉來說,即為后妃之志,或是人民之治理。不過,仔細觀察毛詩典型的表現會發現其中有例外的情形,此即豳風有周公之詩之例,其間透露出正中有變的思維,毛詩小序云:

〈七月〉,陳王業也。周公遭變故,陳后稷先公風化之所由,致王業之艱難也。

〈鴟鴞〉,周公救亂也。成王未知周公之志,公乃為詩以遺王,名之曰鴟鴞焉。

〈東山〉,周公東征也。周公東征,三年而歸,勞歸士大夫美之,故作是詩也。一章言其完也,二章言其思也,三章言其室家之望女也,四章樂男女之得及時也。

〈破斧〉,美周公也,周大夫以惡四國焉。

〈狼跋〉,美周公也。周公攝政,遠則四國流言,近則王不知周,大夫美其不失其聖也。

以上六篇皆為為周公之詩。然詩大序已云,周南繫之於周公,何以周公之詩卻置之於變風豳風?從變的角度來說,考察這些詩篇皆與事變合,周公雖為全德象徵。然落實於當下情境,周公受讒而為成王所疑,國有四國之亂,故仍為變風。但豳風以周公為其典型的立場仍然未曾改變,所變者乃是一時時勢之權變,因此從豳風之角度觀之,周公之詩的出現即是變中有常的思維,而從周南之角度觀之,周公之詩置於豳風,即為常不能無變的體現。由此可知,毛詩以周公兼及正變的情形顯現出毛詩正變思想中實蘊含正中有變、變中有正,正變互相含蘊的特點。

〔註44〕參見本文第三章第四節。

　　從前述周公的例子可以看出毛詩正變互爲含蘊、互相依存的思想，而這種思想，乃是透過正風與變風重複之周公反複比較從表面矛盾之現象觀其內在之思維而得知。若從分裂之角度來看，周公之例子乃是就正風典型一面觀察正變之含蘊，若專從變風的角度來說，毛詩變風在其他的非周公之詩作中亦可看出常變乃是一體、而變不能無正的思想。我們從周公之例擴大至整個正、變風之鉅觀範圍來看，毛詩之變風中存在著正風思維，而與正風對應（此點已見第三章第四節所述），則從詩篇之大義而言，正變乃是相應而生，而變亦不能無正；就詩篇之微觀詮釋來說，變中不能無正即是在世衰道微之際，仍有禮義之人、道德之心的存在。此一情形最爲常見的即是變風中的刺詩，在刺詩中皆存在禮義之企盼與追求。除了上述三者從周公、鉅觀、微觀之角度可以看出變風看變中不能無正的情形外，毛詩之變中不能無正的思想還有較爲特別的例子，毛詩小序云：

　　　　〈定之方中〉，美衛文公也。衛爲狄所滅，東徙渡河，野處漕邑，齊
　　　桓公攘戎狄而封之。文公徙居楚丘，始建城市而營宮室，得其時制，
　　　百姓說之，國家殷富焉。

　　　　〈蝃蝀〉，止奔也。衛文公能以道化其民。淫奔之恥，國人不齒也。
表面上看起來變風中不應有美，然而從性情角度觀之，毛詩對於聖人及凡人之性皆採心性論之立論，因此就其表現而言，變風蓋指不及於道，然並非指全然無道。而國君德性雖有所偏，然亦偶有美者。如此一來，毛詩變風中之美亦爲變中有正思維的情形之一。

　　簡單的說，毛詩常變思維乃是其正變說之一環，正變之於毛詩，乃是德性意義下理想聖人德治典型舉與現實君王政治之互動，然而從正變落實於詩篇，則表現出正中有變、變中有正的互相含蘊的常變特點。也就是說，毛詩之常變乃是經權、常變思想之延續，其表現爲變中有常、常中有變，經必然有權、權不能離經的常變、經權共存的現象。由毛詩常變的思想亦可得知，毛詩之正變之分並非正反、有無等對立之思維，而是在常變共體之核心思維下，表現出以正風爲本、以變風爲末的本末思想。

（2）三家詩的常變思維

　　三家詩之常變思維如同前述漢代董仲舒之常變思維，在表面敘述上類同於先秦，《韓詩外傳》卷二曰：

　　　高子問於孟子曰：「夫嫁娶者、非己所自親也，衛女何以得編於詩

也？」孟子曰：「有衛女之志則可，無衛女之志則怠。若伊尹於太甲，
有伊尹之志則可，無伊尹之志則篡。夫道二：常之謂經，變之謂權，
懷其常道，而挾其變權，乃得爲賢。夫衛女、行中孝，慮中聖，權
如之何？」詩曰：「既不我嘉，不能旋反。視爾不臧，我思不遠。」

其言「常之謂經，變之謂權，懷其常道，而挾其變權，乃得爲賢」明確可見
韓詩之常變思想亦以常不能無變，而變中必有常爲其內涵。然而《外傳》卷
三亦云

若夫百王之法，若別白黑；應當世之變，若數三綱；行禮要節，若
運四支；因化之功，若推四時；天下得序，群物安居，是聖人也。
詩曰：「明昭有周，式序在位。」

則韓詩之言常變，實是以宇宙論思維解釋之。《外傳》卷五又曰：

夫五色雖明，有時而渝；豐交之木，有時而落；物有成衰，不得自
若。故三王之道，周而復始，窮則反本，非務變而已，將以止惡扶
微，絀繆淪非，調和陰陽，順萬物之宜也。詩曰：「勉勉我王，綱紀
四方。」

本段文字已見於第三章第四節，知韓詩之觀點於其他二家詩亦同，而可知三
家詩之常變皆持宇宙論之角度釋常變，而表現出常中不可無變、變中不可無
常的思維。三家詩之常，應該即是天道，而天道本身又必然藉陰陽、時序之
變化而行而現，是故其常必依存於變，而變的本身即其常，常變之間乃是一
體的情形。此一三家詩之常變與毛詩略有不同，因爲三家詩之常變一體的本
身即有如同時序的變化，其外現之變化情形即每個朝代爲末，朝代更替之律
則則爲本，其本係指在末之外另外存在的更高天道規律。毛詩之常變思維所
體現的本末關係則是本末皆就心言之，其本即在末之中。由此，則毛詩之常
變與三家詩之常變看似相同實則亦存在心性論與宇宙論的差異，此一差異也
就是毛詩之反與三家詩之反的差別。三家詩反爲天道之周而復止，而毛詩之
反則爲反先王之德，以己之心性爲其途徑者。

（三）心物相通的縱貫橫向關係與詩經學正變說的內在意蘊

由前述可知先秦兩漢詩經學心物相通的橫向與縱貫兩面的情形，事實
上，先秦兩漢詩經學心物相通的「一」、「二」、「多」表現與縱貫之常變思維
兩者乃是交叉而互相含蘊的。

從「一」、「二」、「多」看常變，在「多 —— 二 —— 一」的人之道與「一

—→ 二 —→多」的天之道表現中，「常」——即是指天或是道，即是「一」；而「變」——則是透過「二」與「多」各自的互動而展現之多樣情形。因此，變中必有常即是指「二」與「多」的思維，而「常」不能無「變」，同樣也是「二」與「多」，乃是就「二」與「多」多之思維論其開展與變化，見其互動而展現爲萬物的情形。反過來說，從常變看「一」、「二」、「多」，「一」爲常，乃是不動者，而「二」、以及「多」中的多元思維，如五行等，都是變中之常或是常中之變，爲掌握變動不居之現象世界的概念與途徑，同時也是世界變化之規律。由此，則「一」、「二」、「多」之間的結構關係即是常變的縱向表現，而常變之相互含蘊，亦即是「一」、「二」、「多」通貫心物之特色，常變與「一」、「二」、「多」的縱橫思維乃是交叉而集於一體者，在此一意義下回頭觀察先前的正變說法，會發現先秦兩漢重要論題之一的風雅正變說在此一縱貫橫向的關係上將可以看出更爲豐富的意蘊而可爲前文毛詩正變本末說的補充，發揮正變說內涵之全貌。

　　過去的詩經學論述對風雅正變說頗多著墨，以今日觀點看來，大約有以下幾個重要的說法：〔註45〕

　　甲、鄭玄詩譜序將篇章與時代結合而言正變。

　　乙、成伯瑜以爲風雅頌皆有正變，並點出風、小大雅、頌之正的篇章。

　　丙、戴埴言聲音之正變。

　　丁、史克反對正變之分，以爲應無變而皆爲正。

　　戊、朱熹以性情之偏全言正變。

　　己、馬端臨綜合性情與事變言正變。

　　庚、郝經以天人相與言正變，並言爲易之象。

　　辛、朱自清《詩言志辨》言風雅正變及詩體正變，以爲風雅正變與《易傳》關係較小，而與災異較爲密切。〔註46〕

　　壬、陳桐生以春秋經權思想言正變。〔註47〕

〔註45〕以下諸說除鄭玄詩譜序見於今本十三經注疏《毛詩疏》，朱自清之說見於《詩言志辨》外，餘皆收於朱彝尊《經義考》一書。戴埴語見卷98，頁532；成伯瑜語見卷98，頁531；史克語見卷98、頁532；馬端臨語見卷99，頁540～541；朱熹語見卷108，579，郝經語見卷108，579。

〔註46〕參見〈風雅正變〉與〈詩體正變〉二文。收於《詩言志辨》一書，頁216～267。

〔註47〕見陳桐生，〈論正變〉，《詩經研究叢刊第一輯》（北京：學苑出版社），2001年7月。

　　除卻不信有正變之說者，前八種說法約可歸納於情感、世界、音樂與詩歌之正變，其中並有以思想角度釋正變之關係及內涵者；而最後一種以春秋經權思想言正變則相當有啓發性。以本文的角度天人意識來說，前三項：情感、世界與音樂皆可以從「一」、「二」、「多」與天人意識中的常變思維兩者縱橫交錯得到理解；除此之外，「一」、「二」、「多」與常變思維皆是由思想角度出發，因此可以較爲全面地表現出正變之關係，而不限於《易傳》、災異思想或春秋的經權思想，讓正變的關係得到更爲完整而詳細的說明。

　　從「一」、「二」、「多」與常變思維看正變，「一」、「二」、「多」原本即是橫越心物者，心的表現即情感，物的表現即客體世界，而音樂之常變即以性情爲本，因此風雅正變說乃是跨越情感、音樂、世界者，其正變之間表現爲正中有變而變中有正的正變共存情形。不過，正變之間並不一定會是正反二元，而亦可能是本末之思維，正變之間乃是須要以「一」與「二」之實際內容加以判斷者，由此則朱自清多取緯書災異而輕《易傳》之說法，並將緯書與《易傳》視爲相同的作法實有疑義。〔註48〕也就是說，表面上來看，情感之常即是根源的性、天或是聖人，變中之常或常中之變是仁智（情智）與五性、五情；客體世界的常則是德，其變中之常或常中之變即是邏輯思維與形象思維；音樂的常變則與情感之態度類同，或由樂、或由音爲常，五音、十二律則是變中之常。但是細部而言，在情感方面，毛詩之「一」即爲心性，「二」爲仁智，如此其常變即表現爲同屬一心之本末關係。荀子之「一」則爲聖人，「二」爲情智，其聖人與情智之間未必爲一致而可能爲正反者。而三家詩之「一」爲天，「二」爲情智的情形亦類同於荀子。在客體的物方面，無論是毛詩與或是三家詩，萬殊之物之變皆可由形象與邏輯思維之「二」加以統合並歸之於德，故爲本末之關係。音樂的情形亦類似於情形，以音爲常乃是宇宙觀之思維，而以樂爲常則爲心性之思維。由此，則先秦兩漢詩經學情感、世界、音樂之常變皆可由「一」、「二」、「多」討論中看出各家詩經學之實際內涵與變化。

　　相較於情感、物與音樂之常變，詩歌之常變最爲特別而須單獨討論。詩歌之常變當在詩歌本體自覺後方才可能呈現，前文已述西漢後期已對詩歌本體有所認識，因此在當時也隱約有此一思想表露，揚雄云：

〔註48〕除此之外，朱自清之釋常變引用《詩緯》之說還可以看出其不識毛詩之心性論立場。

詩人之賦麗以則，辭人之賦麗以淫。〔註49〕

其以詩人與辭人並稱，而其中麗字爲通貫兩者，而淫與則兩者應爲正變的表現，則爲正而淫爲變，淫則、正變之間的看法也和其性情理論有著直接的關係。

二、先秦兩漢詩經學心物交感下的微觀世界

先秦兩漢詩經學心物交感之內在相通的特質既如上述，回到心物交感的世界本身，先秦兩漢詩經學心物交感而形成的世界可以從兩個大的方向加以觀察，其一爲單一詩篇中的世界，本文以微觀世界稱之。其次，從單首詩歌中的世界向外擴大，由先秦兩漢各家有系統詩學整體著眼，觀察各家詩學因爲心物各自認知不同而呈現在世界觀的情形，本文以鉅觀世界稱之。茲先就單一詩篇中微觀世界進行討論，再論鉅觀之世界，以明先秦兩漢詩經學心物交感之實際情形。

（一）先秦兩漢詩經學微觀世界中心物交感的基本樣態

要明瞭先秦兩漢詩經學微觀世界的情形，可以從同異兩面加以著手。所謂的同，即是普遍存在於各家詩學中心物交感的基本情形，以先秦兩漢詩經學而言，此一基本情形即爲興、比、賦。在相異部分，即是觀察先秦兩漢詩經學在實際詮釋單一詩篇的世界所表現出來的差異與變化。如此同異兼具，先秦兩漢詩經學微觀世界的面貌將可清楚呈現。先秦兩漢詩經學微觀世界中心物交感的基本樣態，以興、比、賦爲代表。興、比、賦三者爲六義之一環，詩之六義最早很可能全屬音樂（舞蹈）範疇下的名詞，〔註50〕不過在詩學詮釋發展的同時，興、比、賦三者即具有音樂特點之外的意義。而此種興、比、賦三者在詩學詮釋中的意義，即爲心物範疇交感互動的表現，茲分別討論興、比、賦三者之心性交感情形及特點於下。

1. 興義的心物交感情形及其特質

歷來對興義的討論極多，最早之說解見於漢人：

興者，託事於物。（鄭眾語）〔註51〕

興物而作謂之興。（《釋名・釋典藝》）

〔註49〕揚雄《法言・吾子》篇。
〔註50〕詳參周策縱《古巫醫與「六詩」考》一書。
〔註51〕見《毛詩正義》，《十三經注疏》本，卷1-1，頁10。

興，起也。從舁從同，同，用力也。(《說文》)

興，見今之美，嫌於媚諛，取善事以喻勸之。(《鄭玄注周禮‧大師》)

興道諷誦。(鄭玄)注：興者以物喻善事。(《周禮‧大司樂》)

漢人之說大約可分兩類，其一以興爲興物而作，乃是起情之義。其次，以興爲託喻，其託喻還有德義之思維。以今日可見的各種說法，前者即部分學者以爲之聯想，而後者則近於隱喻，聯想與隱喻似乎存在著由物及心與由心及物之差異。以今日的觀點而言，聯想與隱喻似乎方向不同而無法在同一位階中同時存在，若強要將聯想與隱喻二說加以統合似乎只有從聯想爲內在思路，而隱喻爲外在關係表現著手。不過從先秦兩漢之天人意識角度來看，天人、心物之間的雙向互動和互動含蘊的特點乃是始終存在者，因此由心及物與由物及心皆可同時存在於心物交感之中，而不必然要以今日習見的對立思考方式將兩者視爲斷裂的情形。因此，本文以爲興義應當是在先秦兩漢天人意識思維脈絡下，心物之互動、循環、提升之表現，而此說應可合於漢人興義同時由心及物、由物及心以及德義三者加以立論的情形。《後漢書‧鍾離意傳》曰：

〈鹿鳴〉之詩必言宴樂者，以人神之心洽然後天氣和也。

〈鹿鳴〉詩以〈鹿鳴〉爲興，以爲宴樂之旨爲四家詩所同。〔註 52〕表面上，本例似乎是天人感應的思維，然其解釋了〈鹿鳴〉詩心與物之間互動而詮釋意向指向宴樂的原因，即在天人意識下德義的發揮。由此，興義之得到乃是以天人感通爲背景，隨著各人心物互動、循環、提升的思維活動而成者。

進一步來說，我們可以還從毛詩三篇〈揚之水〉的實際詮釋之中看出興義以天人意識爲基礎，而爲心物之互動、循環、提升之義的情形，以作爲本文以興義爲先秦兩漢特有天人意識下心物互動意涵之例證：

王風：「揚之水，不流束薪。」毛傳：「興也。揚，激揚也。」鄭箋：「激揚之水至湍迅，而不能流移束薪。興者，喻平王政教煩急，而恩澤之令不行于下民。」

鄭風：「揚之水，不流束楚。終鮮兄弟，維予與女。」毛傳：「揚，激揚也。激揚之水，可謂不能流漂束楚乎？」鄭箋：「激揚之水，喻忽

〔註 52〕雖然四家詩在〈鹿鳴〉爲君呼臣或是臣子相呼的細部解釋上有所不同，然爲宴樂則一，意者可參見孔穎達疏，《毛詩疏》，《十三經注疏》本，卷 9-2，頁 1。

政教亂促。不流束楚，言其政不行於臣下。鮮，寡也。忽兄弟爭國，
親戚相疑，後竟寡於兄弟之恩，獨我與女有耳。作此詩者，同姓臣也。」

唐風：「揚之水，白石鑿鑿。」毛傳：「興也。鑿鑿然鮮明貌。」鄭
箋：「激揚之水，波流湍疾，洗去垢濁，使白石鑿鑿然。興者，喻桓
叔盛彊，除民所惡，民得以有礼義也。」

前人攻擊毛鄭最力者即為此三篇，因為此三篇對於同一物卻有不同的詮釋。
然而這三篇對於同樣之物仍何以有不同之理解，面對這三首〈揚之水〉之興
義闡釋之差異，實表現了本文以興義為先秦兩漢德性意義下心物之互動與含
蘊思維之體現的想法，茲分別討論於下：

　　第一、前文已述，先秦兩漢天人意識下之觀物思維不只限於單一之物，
還包括物之物之間的關係 —— 事，因此整個物象之狀態以及物與周遭之脈
絡、氛圍皆須考慮。而唐風的〈揚之水〉明顯與王風、鄭風不同，因其下句
為「白石鑿鑿」，與「不流束楚（薪）」並不相同。因此，唐風與王、鄭風之
〈揚之水〉在詮釋上表現的不同顯示了心物之間的交感乃是必須就整體氛圍
加以觀點，顯現了興義乃是屬於天人關係的範疇，而其中還表現了由物及心
的感發路向。

　　第二、王風與鄭風的〈揚之水〉較為複雜，因兩首的前兩句可謂完全相
同，〔註53〕然而文字相同不代表其心物互動的結果亦相同。因為就天人意識
的角度而言，心物之間的關係會因為時地變化而牽涉到理之當否，而毛詩之
詮釋之中有德性意義下時、地的不同理解。此處兩篇〈揚之水〉即分屬不同
時地。首先，就地理來看，一為王風，一為鄭風，因此事物字面雖同，但在
感物時意義、用法會有所不同。其次，在時間先後上，毛詩以為王風的〈揚
之水〉作於周平王時期，而鄭風所作則在後，因此有所不同。因為時空之差
異所以在德之意義理解上有著不同的肯定與差異，因此在此種德性觀照下，
兩篇〈揚之水〉首二句對物性之體會會因其與下文的關係不同，而在詮釋時
也不盡相同。總之，因時空不同、句內關係不同，而詮釋者因而文之所同，
推以度物，使彼我之間各得其分，各得其情。由此，王風與鄭風〈揚之水〉
詮釋的差異顯示了興義由心及物的特點。

　　第三，由物及心與由心及物正好為先秦兩漢天人意識互相含蘊、互動而

〔註53〕王風與鄭風兩篇〈揚之水〉皆為二章，王風第一章首二句適為鄭風第二章首二
　　　　句，而王風第二章開頭也恰好為鄭風第一章首二句，因此就字面言幾乎相同。

提升德性的特質表現。〔註 54〕前文已多次就先秦兩漢天人意識之相通、互相含蘊、互動而提升的情形加以說解，必須注意的是德性就天人意識之角度而言絕非外加，而是直接在天人之交感當中見其德義。由此，我們在先秦兩漢詩學之興義詮釋中時常會發現其詮釋之義乃是自由來去於心物之間的、乃是活潑可變的、乃是全盤觀照的，乃是結合於德性的，這些現象皆與天人意識之特質相合。換言話說，先秦兩漢之興，乃是以先秦兩漢天人、心物相合之思想爲其根，而表現爲心物互動、循環、提升的既統合又分殊的情形。從分殊之觀點來看，興爲由心及物與由物及心之互動、循環與提升；從統合的觀點而言，興義的基礎乃是以心物原非二分，天人存乎人心亦同時見在於宇宙爲依據。從興義可看先秦兩漢思想心物相合、互動、提升的思想，無怪乎興義特爲先秦兩漢習詩、說詩學者所重視。

2. 比義的心物交感及其特質

關於比的說解，漢人之解釋較爲一致而易懂：

比，比方於物。（鄭眾語）

事類相似謂之比。（《釋名・釋典藝》）

比，密也。二人爲从，反从爲比。（《說文》）

比，見今之得失，不敢斥言，取比類以言之。（《鄭玄注周禮・大師》）

「事類相似」意指著比亦以心物、天人之相通爲基礎。然而在心物關係上，比乃是「比方於物」乃是明顯之託喻，是爲由心及物的單向表現。

3. 賦義的心物交感及其特質

先秦兩漢對賦的說解亦如比，較興爲清楚而無異義：

敷奏以言。（《尚書・舜典》）

賦，斂也。从貝，武聲。（《說文》）

敷布其義謂之賦。（《釋名・釋典藝》）

賦之言鋪，鋪陳政教善惡，鋪亦敷之借字。（《鄭玄注周禮・大師》）

其曰「敷奏以言」、「敷布其義」皆是指賦乃是直敘其義，在此直敘其義的同時，心物兩者皆可能包括在內而同時呈現，因此心物之關係必須就當時之詩

〔註 54〕文幸福指出的毛傳不標「反興」現象也可以作爲心物之間爲互動提升的旁證。因爲從心性論的角度來說，互動、提升之方向必爲正向，不可能有反向的情形。參見文幸福，《孔子詩學研究》（台北：學生書局），1996 年 3 月，頁 84～89。

句而定。

簡單說來，賦、比、興三者皆是以心物之相通爲根本，然興義完全是先秦兩漢詩經學天人互動、循環、提升的表現，比則是由心及物，是爲明確之託論，而賦則是直述其情景，乃是心物兩者同時呈現，而關係亦直接而明顯者。

（二）先秦兩漢詩經學微觀世界的發展

前述賦、比、興三者所表現的心物關係乃是普遍見於先秦兩漢詩經學甚至是詩學，而爲先秦兩漢詩學微觀世界的普遍基型。在此普遍基型之下，心物之關係還存在著因爲天人意識的變化而導致的內部變動。要探索先秦兩漢詩經學的微觀世界的細部變動必須落實地從當時學者對詩篇字詞或文句的訓詁著手，在已形成較具系統的詮釋當中尋求訓詁相異及相同之處，再參以該詮釋系統之天人思維，如此即可於訓詁之同異情形加以解釋，以明微觀世界中心物互動之發展情形。必須注意的是，單一而孤立地觀察先秦兩漢某一詮釋系統對文字的詮釋而無其他對照或相應者是很危險或是不可能的事，因爲當時自明性的說解極少，若無參照很容易落入空泛的概念申述或是自說自話，而無法觸及實際之情形與眞正之特點。以今日可見之先秦兩漢詩經學資料來說，具有系統之詮釋當爲毛詩、三家詩，以及後期之鄭玄箋注毛詩。前文已述，毛詩與三家詩無論就經學承傳或是思想型態皆有大差異，而鄭玄之箋毛亦有相當程度異於毛詩之傳統。因此以此三者爲對象進行細部的分析，當有助於了解單一詩篇中心物交感之變化情形。

1. 由毛傳與三家詩訓詁之差異看詩歌詮釋中的世界

（1）毛傳與三家詩訓詁之差異

對先秦兩漢四家詩之訓詁從文字、語義、學脈等方面進行研究早爲研究《詩經》之重要方向而蔚爲大國，而針對三家詩與毛詩之學脈差異而從訓詁著手著亦所在多有。自清代後期以來，漢代今文學的興起，研究三家詩學者即針對三家詩訓詁之來源而言三家詩訓詁之有據，而藉以申斥毛傳。〔註 55〕而民國以降，王國維等學者亦尋找毛詩訓詁之源，〔註 56〕而見毛傳之說亦並非無據。從這些學者的研究來看，三家詩與毛詩之訓詁皆可能承自先秦故訓、各有其源而各具某種程度的代表性。這些對四家詩訓詁之取材、來源及字詞

〔註55〕此於清代治三家詩學者多有所見。
〔註56〕王國維〈書毛詩故訓傳後〉云：「毛詩故訓多本爾雅。而傳之專言典制義理者，則多用周官。」，見《王觀堂先生全集》第四冊。

意旨進行研究自然是最為基本而必要的工作，然而更深一層地面對各家詩訓詁整體之情形，訓詁之整體固然與學脈有關，然而就詩學實踐而言訓詁畢竟須要落實到詩歌實際之文字及語境，因此在訓詁最早形成的時期即不可避免的必須涉及選擇、安排、甚或再解釋以明詮釋者所欲傳達之意旨。由此，四家詩之訓詁一方面可以為純粹文字學的課題，一方面則可能涉及認識、安排以維持詮釋時單一詩篇語境完整的內在要求，而後者即在訓詁的整合上與詮釋者之內在思維相通。如前所述，單一而孤立地看待某一詮釋是很危險的事，透過整體的比較與分析可以較為完整地看出四家詩訓詁所表現之內在思維，三家詩與毛詩之訓詁各自有先秦故訓的依據，而漢代三家詩因為經學內部要求的原因，其對訓詁的更動可能是極少而保留相當程度荀子學的原貌。因此，本部分由四家詩訓詁觀察詩歌詮釋的微觀世界即就訓詁在心物兩方面表現之同異進行觀察，以期了解先秦兩漢詩經學早期心物互動之情形。

要從訓詁觀察早期之詩經學心物互動的情形，可從重章入手。對三家詩與毛詩的訓詁差異表現來說，在重章上出現的情形極多。大致而言，三家詩面對重章，除非是詩篇文字本義明顯即有差異者，三家詩通常都會將重章之文字變化部分朝義同或是義近方向闡釋。而毛詩則與三家詩不同，毛傳之訓釋詩篇，就重章而言，無論是原本文字本義即存在之明顯差異，或是在允許將其釋為義同、義近（此點可以在與三家詩之訓詁比對中看出）的情形下，毛傳多半選擇了相異訓釋方向。因此，就整體語境來說，毛傳對重章選擇了義異的方向，而三家詩選擇了義近或義同的方向，其所造成的結果即是毛傳的詩篇訓詁要較三家詩之訓詁在章法的變異上要大的多。而從心物互動的角度來看，章法的變異與否即涉及人內在思維的變異，也就是心物互動更為活潑。茲敘述其情形於下：

從統計的角度看，四家詩非因訓詁之選擇而造成章法差異的情形有 179 例，此種情形乃是原詩重章中相異之文字本然如此的結果，就心物互動求異的角度來說並無太大意義。四家詩訓詁完全相同，而無章法之變化者，此為完全重章之情形極少，僅 5 例。四家詩各章之間原本即非重章者計有 101 例。較為重要的，三家詩因為訓詁選擇而造成重章章法差異的情形並未出現。相反的，僅有毛詩存在著在訓詁有選擇可能時，其選擇了差異的方向而造成了章法差異情形，此種情形不少而有 19 例。除此之外，四家詩面對重章時，重章文字本身之語義即有差異，因此本身已具有章法之變化，但因為毛詩之訓

詁較三家詩更富變化而意涵豐富的情形亦存在，故特別選出可為毛詩訓詁選擇之佐證。〔註57〕茲繪表格並略為舉例以了解其情形：

	為訓詁造成	非訓詁造成	特例
毛詩有章法差異	19		
三家詩有章法差異	0		
四家詩皆有章法差異	0	179	1
四家詩完全重章	5		
四家詩無重章	101		

在此一表格之中，第三類四家詩皆有章法差異但非訓詁所造成者，以及第五類四家詩無重章兩種，其因為本身即因詩句詞義本身的關係而存在著章法之變換與天人互動變化的情形，可見在《詩經》本文當中即已存在著天人交感互動的情形。此種情形由本節第一部分心物相通之基本原理中，心物情、理相通的例子裡，將心物對應相通的各個單元聯繫起來即可見心物互動之大概。最值得注意的是第一、二及第四類，由此三類之差異可以看出先秦詩經學因為天人意識而表現在實際詩篇詮釋上詩篇微觀世界的不同。首先觀察第一類毛詩有章法差異者且為訓詁所造成的例子，〈葛覃〉詩云：

> 葛之覃兮，施于中谷，維葉萋萋。黃鳥于飛，集于灌木，其鳴喈喈。

> 葛之覃兮，施于中谷，維葉莫莫。是刈是濩，為絺為綌，服之無斁。

在此二章之中，所要觀察的乃是各章的前三句，毛傳：

> 萋萋，茂盛貌。

> 莫莫，成就之貌。

可見毛詩以首、二章之前兩句「莫莫」與「萋萋」二詞為異，一為茂盛，一為成就，兩者有著語義深淺的變化。三家詩則不同，魯、韓詩則以「莫莫」與「萋萋」相同，而為「茂也」，〔註58〕則魯、韓詩以前二章首二句為同。由「莫莫」與「萋萋」在訓詁語義的差異，可見毛詩對外在客體之描述所呈現之變化，在首、二章之間毛詩所造成的情境差異也較三家詩為多。又〈卷耳〉詩亦是顯現外在客體之變化但為另一種釋義之方式，其詩句云：

> 陟彼崔嵬，我馬虺隤。我姑酌彼金罍，維以不永懷。

> 陟彼高岡，我馬玄黃。我姑酌彼兕觥，維以不永傷。

〔註57〕詳細分析的情形，請參考附錄六：毛詩與三家詩字詞訓詁與章法關係表
〔註58〕見王先謙，《詩三家義集疏》上冊（台北：明文書局），1988年10月，頁19。

對於「馬」之形容，毛傳云：

> 虺隤，病也。
>
> 玄馬病則黃。

而魯詩以「玄黃」爲「病」，與「虺隤」同義。〔註58〕毛傳之釋並非不知「玄黃」爲釋馬病之貌，然其卻以顏色之角度強調「玄馬病則黃」釋之，則見毛傳實是描繪了當下之馬之情狀，進而表現了客觀之變化情形。

除了客體的變化，還有一類爲環境雖異，但在主體——人情的闡釋上，毛詩趨異而三家詩不異者，〈草蟲〉詩：

> 喓喓草蟲，趯趯阜螽。未見君子，憂心忡忡。亦既見止，亦既覯止，
> 我心則降。
>
> 陟彼南山，言采其蕨。未見君子，憂心惙惙。亦既見止，亦既覯止，
> 我心則說。
>
> 陟彼南山，言采其薇。未見君子，我心傷悲。亦既見止，亦既覯止。
> 我心則夷。

本詩客體之物的部分有差異，爲詩句本然如此，但是主體之情的部分，毛詩趨於三章皆異，而三家詩則類同。毛傳云：

> 忡忡，猶衝衝也。……惙惙，憂也。……夷，平也。

「衝衝」指心不安定貌，〔註60〕與「憂」猶有一段距離；「夷」釋爲「平」，亦與「降」、「說」之近於「悅」不同，可見毛傳三章之情實有明顯之變化。至於三家詩「忡忡」、「惙惙」皆釋「憂」，「降」、「說」、「夷」之釋義皆近於「悅」，其心境之變化較不明顯。由此可見毛傳此處不僅是客體之物有變化，主體之情亦相應有所變化，至於三家詩則主客之間的互動並不明顯。

除了對客體、主體各自詮釋而顯示的心物互動情形外，還有一類主客之互動原本存在，但毛傳之訓詁要較三家詩表現出更豐富的意涵，〈還〉：

> 子之還兮，遭我乎猺之閒兮。並驅從兩肩兮，揖我謂我儇兮。
>
> 子之茂兮，遭我乎猺之道兮。並驅從兩牡兮，揖我謂我好兮。
>
> 子之昌兮，遭我乎猺之陽兮。並驅從兩狼兮，揖我謂我臧兮。

本詩三章，而三章皆有變化，但是毛詩之釋義更有曲折，其表現在於「還」、

〔註58〕見王先謙，《詩三家義集疏》上冊（台北：明文書局），1988 年 10 月，頁 28。
〔註60〕揚雄《太玄經‧四‧遇》：「次二：衝衝兒遇不受定之論。」何遜《何水部集‧七召》：「神忽忽而若忘，意衝衝而不定。」

「茂」、「昌」三字。毛傳：

> 還，便捷之貌。
>
> 茂，美也。
>
> 昌，盛也。

明確以三字義異，各自描寫男子之樣態。至於三家詩則略有不同，齊詩對則以此三字爲地名，《漢書・地理志》云：

> 臨甾名營丘，故齊詩曰：「子之營兮，遭我嶩巙之閒兮。」

「巙」作「猲」，「字異而義同」。〔註61〕故齊詩與毛相異處當其以「營」爲地名。「茂」、「昌」亦爲地名，《呂氏家塾讀詩記》引《崔靈恩集》注云：

> 茂、昌，俱齊地。

可見齊詩以三字爲地名。韓詩異與齊詩，其以「還」作「嫙」，而釋之云：

> 嫙，好貌。〔註62〕

而「茂」、「昌」二字，韓詩亦當釋爲「好」，馬瑞辰云：

> 釋文引韓詩作嫙，云：嫙，好貌。據下章子之茂兮，子之昌兮，茂
>
> 昌皆爲好，則還者嫙之假借，從韓詩訓好爲是。〔註63〕

則馬瑞辰以爲韓詩以三字同訓，而對毛傳以三字異義不以爲然。比較毛、齊、韓詩對「還」、「茂」、「昌」三字之訓釋，則齊以三字爲三地，韓以三字同訓，而毛則分釋三義。齊詩三字雖異義，但僅爲專有名詞之指涉，別無其他意涵；而韓詩則以一義釋之。至於毛詩，則富於變化。

　　整體而言，毛傳這樣的情形（第一類）計有十九例，而將重章詮釋爲毫無變化者僅有五例（第四類）。最爲明顯者當爲三家詩。三家詩在有選擇的可能性時，其辭義訓釋朝差異方向走，而毛詩朝相同方向的情形一個例子也沒有（第二類）。因此，綜合以上毛傳與三家詩因爲訓詁所造成的章法差異，可知毛詩訓詁在主體、客體兩方面皆有所表現，或側重主體之變化以見心物之互動，或側重客體之變化以見心物之互動。此種毛傳與三家詩之差異，顯示著毛詩之詮釋在章法變換上，以章法背後呈現之微觀世界上，心物互動變化極爲頻繁而重要。毛詩與三家詩在訓詁表現上的不同而顯現心物互動輕重的

〔註61〕見王先謙，《詩三家義集疏》上冊（台北：明文書局），1988年10月，頁377。

〔註62〕見陸德明，《經典釋文・毛詩音義上》（台北：商務印書館），四部叢刊本，頁27。

〔註63〕見馬瑞辰，《毛詩傳箋通釋》（台北：廣文書局），1980年8月，卷9頁91。

情形實有特殊之意義而值得深究。

（2）訓詁差異的意義──納事於情亦或以事節情

前述毛詩與三家詩在訓詁所表現之差異，以及由此而造成之章法變換情形，代表著毛詩要較三家詩重視心物之互動。然而毛詩何以特別重視詩篇中心物之互動，而透過訓詁加以表現，此種情形必須回到詮釋之目的──成德加以觀察。

無論是毛詩或者是三家詩的詮釋，都以成德爲其目的。而如何達成此一目的，作爲被詮釋的文字上是大致相同的，可是其背後的思維卻不一樣，此種不一樣的思維即爲如何面對情感的問題。前文已經說過，毛詩之詮釋乃是以肯定人情爲前提，而三家詩之訓詁大約是承繼荀子之路，而荀子之言詩乃是以節情態度爲主。由此，毛詩面對詮釋之態度，乃是由人情之共通爲前提，希冀以普遍存在於人性之光明之情喚醒遮蔽之人心，以期達於成德；而荀子一路則是以禮防之。換句話說，毛詩在實際進行詮釋時，歷史之事件在其眼中並非教訓，而是將事件納入其喚醒德性之心，以此達到移風易俗之目的。而荀子在實際詮釋時，則是以事件爲教訓，而以事節情。我們可以從第三章第四節毛詩之必然以二南爲情感之正，而與變風互動，然而三家詩之通義卻以國風爲刺詩看出此一內在之思維。此一內在之思維落實於詩篇之訓詁，則顯現在毛詩訓詁特重人與自然交流時動作的變化上，在情境之塑造中意圖達到觸動人心之目的，而三家詩只須傳達出事件之原貌，在義理至上的前提上，修飾文句、創造情境乃是次要的。舉例而言，毛詩之刺，乃是人民有禮義，望國君能感悟無禮。因爲承認情，所以以性情之正、變感動之，希望能觸動其情而自我提升，至於三家詩之刺則不然，董仲舒《春秋繁露·祭義》篇云：

> 以詩爲天下法矣。何謂不法哉？其辭直而重有再歎之，欲人省其意
> 也，而人尚不省，何其忘哉！孔子曰：「書之重，辭之復。嗚呼，不
> 可不察也，其中必有美者。」此之謂也。

「以詩爲天下法」，即見三家詩側重詩之義理。對於非德之人如何令其返於德呢？則是「其辭直而重有再歎之，欲人省其意」。董仲舒在此以文辭之「直」與「重」而「再歎」之，即見其實際之釋詩乃著重在直見其義、直言其理，而透過「再」三之「重」複意圖達到目的。董仲舒重視「質」、「重」之想法在其他家詩亦可隱約看出，《漢書·儒林傳》：

> 王式，字翁思，東平新桃人也。事免中徐公及許生。式爲昌邑王師。

昭帝崩，昌邑王嗣立，以行淫亂廢，昌邑群臣皆下獄誅，唯中尉王
吉、郎中令龔遂以數諫減死論。式繫獄當死，治事使者責問曰：「師
何以亡諫書？」式對曰：「臣以詩三百五篇朝夕授王，至於忠臣孝子
之篇，未嘗不爲王反復誦之也；至於危亡失道之君，未嘗不流涕爲
王深陳之也。臣以三百五篇諫，是以亡諫書。」

王式爲申公再傳弟子，是爲魯詩之說。其以「三百篇當諫書」，「反復誦之」
以意感昌邑王之荒淫，參以魯詩面對情感之態度，可見其內在之思維應與董
仲舒之思想類同。由此可知，毛詩與三家詩在訓詁上的差異所造成的章法變
換與心物關係實是與其背後之性情與成德之思想有關。毛詩因爲性情爲本末
的關係，因此情感之抒發多爲正面之德性表現，是故納事於情，在事件的呈
顯變化當中使情志得以提升。而三家詩對情感則採節情態度，因此事件的出
現著重在情感之轉化節制與否，因此以事節情，毛詩與三家詩訓詁差異的根
源實即爲孟、荀性情觀的差異。

　　簡單說來，《詩經》本身文字即普遍存在了心物交感的情形。不過，從毛
詩與三家詩對重章中主客體（心物）兩部分文字訓詁之同異可以看出，毛詩
較三家詩要刻意地追求章法之變換與心物兩者互動的頻繁與變化。而毛詩對
章法之變化與心物之頻繁互動的重視，顯示著在詩學詮釋之實踐中，物事與
人情之間的關係。毛詩納事於情，而三家詩則以事節情，會造成心物互動，
以及對事物運用差異的原因乃在於孟、荀性情觀的不同。

2. 心物交感與「興」、「比」、「賦」

　　毛傳與三家詩訓詁上的差異大致代表著先秦時期詩經學對心物互動的兩
種態度。詩經學發展至兩漢，代表著西漢中、晚期氣化宇宙觀流行思潮的三
家詩雖不見於訓詁，但由該時期的用詩亦可得見。此一時期的用詩在歷史題
材中發展出情境的描寫，從《外傳》之初現、迄劉向《列女傳》到《易林》，
都顯現出先秦兩漢詩經學心物之間的關係日益密切。此種心物之密切關係在
東漢鄭玄箋釋毛傳中表現的更爲清楚，鄭玄之箋釋毛傳，顯現著詩句詮釋的
差異。在這些詮釋差異當中，毛鄭二人對賦比興的實際認知差異即表現出從
先秦至兩漢心物交感的變化發展。考察鄭玄箋注毛詩與毛傳對賦比興內涵的
實際闡釋，可以發現兩點變化，茲分別敘述於下：

（1）興義之標注由開端向全篇擴散

　　專就興所出現的位置而言，毛詩之言興，最早應是偏於開端的，未落於

開端的例子極少，〔註64〕毛傳〈鹿鳴〉首二句「呦呦鹿鳴，食野之苹」曰：

> 興也。苹，萍也。鹿得萍，呦呦然鳴而相呼，懇誠發乎中。以興嘉樂賓客，當有懇誠相招呼以成礼也。

即是以全詩首二句以言其意旨，而首二句則是以外在客體之鹿，以起內心賓客之情，心物之間有所互動。興義的標注發展至鄭玄，明顯地從篇首擴散至全篇：

> 具，猶皆也。涼風用事而眾草皆病，興貪賊之政行而萬民困病。（鄭箋〈四月·二章〉）

> 鴛也，鶴也，皆以魚為美食者也。鴛之性貪惡而今在梁，鶴絜白而反在林，興王養褒姒而餕申后，近惡而遠善。（鄭箋〈白華·六章〉）

> 烝，眾也。淠淠然涇水中之舟順流而行者，乃眾徒舩人以楫櫂之故也，興眾臣之賢者行君政令。（鄭箋〈棫樸·三章〉）

皆是鄭玄明確興而毛傳無之例子。由此可以明確知道鄭玄之興的不只出現於篇首，而及於篇中任何一處，此種毛傳與鄭玄對興看法的變化，除了有經學上的意義外還代表著心物互動間有著不同的意涵。〔註65〕

從天人意識的角度來看，先秦持心性論立場的儒家最重者為意念之始的勃發，筆者以為毛傳之興義雖標注於篇首，然其實是在一開始即在心物之交感下，即物見性、性中有理而透過興體之詮釋對全篇詮釋之意旨傾向發揮的指標的作用，其間心物之間的關係是活動、聯想而兼隱喻的。及至鄭玄，鄭玄明確將興義之詮釋移至全篇各處，每一處皆可以有各自之喻，是將毛詩舊義著重起始意念、有著指向性意義的興，縮減至每一處，每一處顯現新的心物互動。這些新的互動依附著新的事物的出現，顯現新的天人關係和意涵，而此種關係和意涵就內在理路來說，可能是在詩學本體自覺之後，詩經學所呈現之詩學思想如同宇宙論一般成為一系統。因此，詩即為一小宇宙，故能對此小宇宙進行細膩的解釋，參照鄭玄前的王充即有全篇結構觀念，〔註66〕則鄭玄之字句說解或即是由此內在之思想理路而生。鄭箋〈葛覃〉首章後半「黃鳥于飛，集于灌木，其鳴喈喈」的例子可以看得更清楚：

〔註64〕如〈車鄰〉詩。

〔註65〕從經學來看。鄭玄以前，詁訓、論、說、傳皆單行；加上漢代詩學在劉歆以前可能未有章句，而重在大義。因此，毛傳或西漢末期以前三家詩之詮釋（含興）應是就大義立言，而毛傳詳於篇首亦因此。至鄭玄乃發明注之體例，將其置入經文之間，因此就此舉本身而言即有必要就各小段文字切實說解。

〔註66〕說見第五章。

葛延蔓之時則摶黍飛鳴，亦因以興焉。飛集聚木，興女有嫁于君子
之道。和聲之遠聞，興女有才美之稱達於遠方。

本詩首章上段「葛之覃兮，施于中谷，維葉萋萋」毛傳即以爲興，而下段未
有論及，但鄭玄則在下段又提其爲興，則下段之「黃鳥于飛」三句對鄭玄來
說，又是心物之間新的互動關係的產生。由此，將鄭玄與毛傳對興義的解釋
相較，鄭玄在單首詩歌的體會上，要較毛傳更爲細膩而明確。

（2）由「賦」、「比」、「興」向「賦兼比興」移動

鄭玄與毛傳詮釋涉及心物互動的相異處還有一項明顯的特點，即鄭玄之
箋毛傳，明確地表現出賦兼比興的情形。早期的毛詩，賦、比、興三項皆有，
毛傳釋爲賦、比、興者，鄭玄多傾向將其釋義爲賦兼比興的情形，而此一情
形可看出毛詩與鄭玄心物互動的不同與發展，茲分別就毛詩之興、比及賦三
者爲鄭玄釋爲賦兼比興的情形討論於下。

甲、毛傳釋爲興，然鄭玄則明顯釋爲賦而興者。毛傳之興部分有賦而興
的味道，但多半十分隱晦，其間賦的痕跡並不明顯，而鄭玄則進一步表現顯
現賦的意義，而將賦與興結合於釋詩之中，〈采菽〉詩云：

采菽采菽，筐之筥之。

毛傳曰：

興也。菽，所以芼大牢而待君子也。羊則苦，豕則薇。

而鄭玄則箋之云：

菽，大豆也。采之者，采其葉以爲藿。三牲，牛羊豕，芼以藿。王
饗賓客有牲俎，乃用鉶羹，故使采之。

〈采菽〉的例子於毛傳之訓釋中隱約還可看出賦的影子，不過毛詩之言興兼
及賦的色彩者不多，其言興多半以喻爲主，而鄭玄箋毛詩則明顯將其釋爲賦
兼興。屬於此類的有〈園有桃〉、〈鴛鴦〉、〈頍弁〉、〈車舝〉、〈椒聊〉、〈綢繆〉
等詩。茲舉〈綢繆〉一詩爲例以明其情形：

綢繆束薪，三星在天。

毛傳云：

興也。綢繆，猶纏綿也。三星，參也。在天謂始見東方也。男女待
禮而成，若薪芻待人事而後束也。三星在天，可以嫁娶矣。

則毛傳之意，係以參星出現之時爲嫁娶之時。不過，毛詩不以三星在天之參
星爲實見之景，〈綢繆〉小序云：

刺晉亂也。國亂則婚姻不得其時焉。

參以「三星在天」之下文爲「今夕何夕，見此良人」可知，首章之言「三星在天」實是以參星之婚姻得時，刺當時詩人所見之非時，故爲興。鄭玄之箋異於毛詩，其文云：

> 三星，謂心星也。心有尊卑，夫婦父子之象，又爲二月之合宿，故嫁娶者以爲候焉。昏而火星不見，嫁娶之時也。今我束薪於野，乃見其在天，則三月之末、四月之中，見於東方矣，故云不得其時。

鄭玄之箋釋，則以三星爲心星，與毛傳之參星不同。其又云「三月之末、四月之中，見於東方」，是鄭玄以爲詩文爲當下之描寫。由此可見，鄭玄異毛傳之釋顯現了鄭玄欲合於當下人事發展的想法。〔註67〕

乙、毛詩原爲比，而鄭玄將毛詩之比釋爲賦而比者。屬於此類情形的有〈東門之墠〉、〈干旄〉等詩，茲舉〈干旄〉一詩爲例，毛傳〈干旄〉「素絲紕之，良馬四之」二句云：

> 紕，所以織組也。總紕於此，成文於彼，願以素絲紕組之法御四馬也。

則毛傳之意，係以爲織絲之法與御馬之法類同，是爲比。鄭玄則有不同的理解，其箋釋云：

> 素絲者以爲縷，以縫紕旌旗之旒縿，或以維持之。浚郊之賢者既識卿大夫建旄而來，又識其乘善馬。四之者，見之數也。

此段文字言爲賢者見卿大夫乘馬建旄而來，而「四」爲其見卿大夫乘馬之數，可見鄭玄實不只以「素絲紕組之法」與御馬相通，還設定某一情境，以溝通織絲與御馬兩者。由此，鄭玄不只承繼毛詩之比義，還加上當下之情境，而顯現比兼賦的色彩。除了〈干旄〉一類的情形外，鄭玄之箋釋還有一例十分特別，亦顯現比兼賦者。〈氓〉詩云：

> 桑之未落，其葉沃若。于嗟鳩兮，無食桑葚。于嗟女兮，無與士耽。
> 桑之落矣，其黃而隕。自我徂爾，三歲食貧。淇水湯湯，漸車帷裳。

此二段文字毛傳之義未明，然齊詩以爲比，也許與毛詩類同，《易林・履之噬嗑》云：

> 桑之將落，隕其黃葉。失勢傾側，而無所立。

王先謙云：

〔註67〕 事實上，鄭玄對本詩各章中三星之位置還賦予時間推移之變化，而顯現章法和情志的變化，然而孔穎達非之，更可見鄭玄本處刻意用心之處。

此以桑落、未落興己色盛衰。

詩言桑落，特繪其落之情形，謂將落之時其葉必先黃而後隕，喻婦
人色必先衰而後被棄逐也。〔註68〕

可見無論是桑之未落、已落，皆是比女子自身之比。鄭玄之箋注異於齊詩，
其文云：

桑之未落，謂其時仲秋也。於是時國之賢者刺此婦人見誘，故于嗟
而戒之。鳩以非時食葚，猶女子嫁不以禮，耽非禮之樂。

桑之落矣，謂其時季秋也。復關以此時車來迎己。徂，往也，我自
是往之女家。女家乏穀食已三歲貧矣，言此者明己之悔不以女今貧
故也。幃裳，童容也。我乃渡深水，至漸車童容，猶冒此難而往，
又明己專心於女。

其明言仲秋、季秋，而仲秋託以國家賢者之言，季秋託以女子之自述，皆表現
鄭玄以桑之情狀為當時確實發生之情事。鄭玄之說解較為曲折，但亦可從鄭玄
之刻意曲折為之看出其對當時情境敘寫之重視，因而表現出比兼興的傾向。

丙、毛詩原為賦而鄭玄釋為賦兼比興的情形。就毛詩之言，其言賦部分
亦有喻的意味，毛傳〈伐檀〉「坎坎伐檀兮，寘之河之干兮，河水清且漣猗」
詩句云：

坎坎，伐檀聲。寘，置也。干，厓也。風行水成文曰漣。伐檀以俟
世用，若俟河水清且漣。

就文句而言，「伐檀」與「河水」相連應為賦，然毛傳乃在此之上，各就伐檀
與河水本身言其義，可知毛傳之想法當有喻之成分。不過毛傳以賦兼及譬喻
的情形並不多，鄭玄箋釋時較毛傳為常見，如〈旱麓〉、〈鳧鷺〉、〈出其東門〉、
〈漸漸之石〉、〈棫樸〉等詩皆屬此一情形。茲〈出其東門〉一詩為例說明於
下，〈出其東門〉詩云：

出其東門，有女如雲。

毛傳曰：

如雲，眾多也。

則毛傳之意係以「雲」指女子之多也，乃實際之所見。而鄭玄之箋云：

有女，謂諸見棄者也。如雲者，如其從風，東西南北，心無有定。

〔註68〕見王先謙，《詩三家義集疏》上冊（台北：明文書局），1988年10月，頁295
～296。

其指「如雲」係指雲之隨風方向無定，如同人心之無定，顯示鄭玄賦兼比的詮釋傾向。通觀以上三種情形，會發現毛傳之興、比、或賦，原本即有部分兼及的情形，只是鄭玄表現的更爲清楚而頻繁。無論是比、興兼賦、或是賦兼比興的情形，比、興意指著對客體之物指涉著某一主體認知的象徵，而賦則顯示了詮釋者對詩歌情境發展與完整的重視。就心物互動的角度來說，比與興的心物之間的聯結乃是聯想或喻況式的，間接的；而賦則是敘事體，心物之間直接而明顯。鄭玄將兩者結合顯示著鄭玄在一首詩歌的詮釋之中意圖同時揉合直接與間接的方式，以形成敘事之中意象紛呈的效果，而此舉就心物互動的角度來說，其情形要較原始之型態複雜而富於變化。

由上述討論興義在毛傳與鄭箋的兩種變化可知，鄭玄之興一方面著重全篇意意象的變動，一方面則以「賦兼比興」合直接、間接於一。表面上看起來，這兩種變化似乎無關，然而鄭玄之強調興義須落於全篇，而執著於明確地對其心物之關係與意義的再詮釋，實是另一種整體敘事要求的表現。由於鄭玄敏銳觀察到詩中客體與主體之間已經產生變化，因此原先一段之情志世界至次段文字已有所不同，此時對變化之客體與主體再加解釋以明其間之關係也就十分重要。當然本文並非將毛傳與鄭玄之心物互動對立，事實上鄭玄之作法在毛傳之中多少都可以找到，因此鄭玄可能只是依循毛傳納事於情的思路將其發展的更爲明確而清楚。

由上述的討論可知，先秦兩漢心物交感的微觀世界主要以賦、比、興三者爲先秦兩漢詩經學微觀世界的普遍基型。賦、比、興三者皆是以心物之相通爲根本，然興義完全是先秦兩漢詩經學天人互動、循環、提升的表現，比爲由心及物之明確託論，而賦則是直述其心物互動之情景。就微觀世界的發展而言，先秦時期因爲性情思想的關係，毛詩表現爲特重情境之塑造，納事於情；而荀子及早期之三家詩則重視重複而表現了以事節情。從先秦到兩漢，心物之互動日趨密切，從《外傳》、《列女傳》到《易林》漸漸顯示了從荀子傳統中脫離，而重視情境的情況。此種心物之互動至鄭玄達到高峰，鄭玄以毛傳爲本，從毛傳之重情境思路向前推進，將全篇之詮釋發展爲一連串新的心物關係變化又連貫的情形。

三、先秦兩漢詩經學心物交感下的鉅觀世界

上述已對心物之互動表現在詩歌中微觀世界之情形有所討論，從微觀角

度外在擴大到鉅觀，即顯現爲各家有系統詩經學因爲其心物立場不同而形成的各自之世界特點。要進一步的討論毛詩與三家詩中鉅觀世界的情形，可以從整體世界中的兩個基本向度──時間與空間著手。〔註69〕就時間方面，可以從兩個角度加以觀察，即爲線性時間以及節序的態度，而空間方面則是對國家的理解方式，茲分別論述其情形於下：

在時間的先後順序認知上，毛詩與三家詩有所不同，我們可以從毛詩正變觀下的時間觀念看出端倪，毛詩大序云：

　　至于王道衰，禮義廢，政教失，國異政，家殊俗，而變風變雅作矣。

表面上看起來時間似乎存在著歷史先後的線性思維，其實不然，由本節前文對毛詩正變說的考察知道正變之間並非時間先後的線性發展思維。首先，豳風爲變風，而二南爲正風，但周公卻同時出現兩地，因此毛詩若是重視歷史時間之先後，斷不會發生將周公同居於正變的現象。其次，正風小序之中明言有衰世之詩，因此盛衰與否亦非由歷史線性之時間先後所決定。

由此可知，毛詩之時間觀念實受德性之觀點所主宰，其面對不同時代之詩加以安排時所著重的是在德性盛衰之觀點，由德性盛衰言變化而非由時間言變化。換言之，德性之盛衰與歷史先後無關，而在於人自身有無礪進。

三家詩在時間之線性理解以及時序的看法則異於毛詩，三家詩的時間觀念係以循環觀爲主軸，在循環觀下，春夏秋冬乃是順序而成者，而《詩經》爲單一朝代周朝之詩，故其言盛衰乃是時序之先後進行，故爲線性時間之先後。在此一時序春秋夏冬的思維下，盛衰與線性時間之發展恰爲相應，因此在面對詩篇時即將盛衰與線性時間之先後合一，而在詩篇之安排解釋上與毛詩有不少相異之處。屬於三家詩思維的最佳範例即爲鄭玄，其不自覺地將自身氣化宇宙觀思維下的線性時間加之於毛詩而論毛詩之謬的情形已於第三章第四節舉例描述。

在時序方面，毛詩對於「時」之態度多爲禮制之角度，少言時序與人情之內在互動關係，此點已在第三章第四節略爲提及，茲列舉毛詩各說以明其詳情。時序之於毛詩，多半爲禮制或生活須求，少有明確言及時序之義者，毛傳〈天保〉：「禴祀烝嘗，于公先王」詩句云：

────────────

〔註69〕關於時間與空間爲宇宙的兩個基本向度，似乎是今日科學之「常識」。事實上，在先秦兩漢即有此一思想，如《易傳》之「列爲四時，判爲五行」，其中的四時即是時間。五行則多與空間相關，然而至後來，五行也統攝了時間的觀念。

春曰祠，夏曰禴，秋曰嘗，冬曰烝。

是言四季之祭祀，又〈七月〉：「九月築場圃」云：

春夏爲圃，秋冬爲場。

又如〈葛屨〉：「糾糾葛屨，可以履霜」云：

夏葛屨，冬皮屨，葛屨非所以履霜。

皆是以禮制、生活等層面與時序結合。表面上看，毛詩此處時序之義表現出對時序的重視，然而筆者以爲，毛詩或許對時序有所關注，然其重時序並非因爲體會時序輪轉背後天人相應之宇宙論思維，而多半只是承自古代禮俗已有的隨時序而動的概念，因此幾乎沒有闡述四時之義的文字出現。毛詩對於婚時的看法明確表現了此一想法，毛傳〈東門之楊〉詩「東門之楊，其葉牂牂」二句云：

興也。牂牂然盛貌。言男女失時不逮秋冬。

又毛傳〈野有死麕〉詩「有女懷春，吉士誘之」二句云：

懷，思也。春不暇待秋也。

由「男女失時不逮秋冬」與「春不暇待秋」可知，毛傳以男女之嫁娶當在秋冬之際，而毛傳以秋冬爲婚時的主張，與後來氣化流行時三家詩的說法，以及鄭玄之箋注毛詩大異。鄭玄注毛其主張婚時當在春季，鄭玄箋毛詩曰：

謂仲春之時，嫁取之月，婦之父、壻之父相謂昏姻。鄭箋〈我行其野〉

道中始有露，謂二月中，嫁取時也。鄭箋〈行露〉

倉庚仲春而鳴，嫁取之候也。鄭箋〈東山〉

零，落也。蔓草而有露，謂仲春之時，草始生、霜爲露也。《周禮》：
「仲春之月，令會男女之無夫家者」。鄭箋〈野有蔓草〉

此四例皆主張婚禮在於仲春。又鄭箋〈匏有苦葉〉「士如歸妻，待冰未泮」詩句云：

冰未泮，正月中以前也。

此處亦應爲春季，不過是爲孟春。惠棟云：

正月：小過、蒙、益、漸、泰……此論證蔡邕〈明堂月令論〉易與月令合也。詩〈匏有苦葉〉云：「士如歸妻，待冰未泮。」箋云：「冰未泮，正月中以前也。」易漸卦：「如歸，吉。」漸，正月卦，正與詩合。〔註70〕

〔註70〕見惠棟《易漢學》（台北：成文書局），無求備齋易經集成本，頁41。

可見鄭玄之主張實反映漢代易學流行下之卦氣生成思想，亦屬氣化宇宙論之內容之一。事實上，此種因爲氣化流行而造成的改變，至少在東漢前期即已出現，《白虎通·嫁娶》篇言嫁娶之時云：

> 嫁娶必以春者，春、天地交通，萬物始生，陰陽交接之時也。詩云：
> 「士如歸妻，迨冰未泮。」

則《白虎通》亦以春季爲嫁娶之時。考察《白虎通》言嫁娶「必以春」的著眼點，不在於禮制，而在於春乃是「天地交通，萬物始生，陰陽交際之時」，可見以嫁娶爲春的看法實是自宇宙之生成角度加以論述。必須一提的是，三家詩、鄭玄與毛詩對婚時的差異，並非三家詩甚至是荀子古義，乃是漢代後起之新說，早期三家詩對於婚時的看法與毛詩相同，王肅《聖證論》云：

> 吾幼爲鄭學，之時爲謬言尋其義，乃知古人可以於冬。自馬氏以來，乃因周官而有二月。詩東門之楊：「其葉牂牂」，毛傳曰：「男女失時，不逮秋冬。三星，參也，十月而見東方，時可以嫁娶矣。」又云：「時尚暇務須合昏因，萬物閉藏於冬，而用生育之時，娶妻入室，長養之母亦不失也。」孫卿曰：「霜降逆女，冰泮殺止」。詩曰：「將子無怒，秋以爲期。」韓詩傳亦曰：「古者霜降逆女，冰泮殺止」，「士如歸妻，迨冰未泮」，爲此驗也。〔註71〕

可見早期三家詩仍保留部分古代的禮俗，而婚時之所以會在漢代產生變化，乃是隨著漢代氣化思想的普遍而逐漸受到影響的結果。董仲舒《春秋繁露·循天之道》云：

> 天之道，嚮秋冬而陰來，嚮春夏而陰去，是故古之人霜降而迎女，在泮而殺内，與陰俱近，與陽俱遠也。

董仲舒本段文字仍以秋冬爲婚時，然其已從陰陽、男女之角度解釋之，以爲女子即爲陰，故「迎女」當應「陰來」，只是董仲舒這種以人應陰陽之思維，至後來易學卦氣之流行，已爲時序和人之互動取代，故有《白虎通》及鄭玄之對婚時看法的轉變。

　　是故，我們可以看到，西漢末年易學流行觀點之下，其時著重時序與人之互動的觀點已然普遍而有所影響，而此種氣化觀點下的時序與人的互動在三家詩學之中可以普遍見到，《詩·推度災》曰：

> 〈四牡〉，草木萌生，發春近氣，役動下民。

〔註71〕見孔穎達，《周禮正義》（台北：藝文印書館），《十三經注疏》本，卷14頁15。

是人與外物之互動即為節氣與人之關係。又高誘注《淮南子‧繆稱訓》：「春女思，秋士悲，而知物化矣」亦曰：

> 春女感陽則思，秋士感陰則悲。

高誘之注與毛傳〈七月〉「春日遲遲，采蘩祁祁，女心傷悲，殆及公子同歸」詩句有點類似，其文云：

> 遲遲，舒緩也。蘩，白蒿也，所以生蠶。祁祁，眾多也。傷悲，感事苦也。春女悲，秋士悲，感其物化也。殆，始。及，與也。豳公子躬率其民，同時出同時歸也。

而鄭玄箋之云：

> 春女感陽氣而思男，秋士感陰氣而思女，是其物化，所以悲也。悲則始有與公子同歸之志欲嫁焉。女感事苦，而生此志，是謂豳風。

孔穎達疏曰：

> 養蠶之時，女有傷悲之志。更本之言春日遲遲然而舒緩，采蘩以生蠶者祁祁然而眾多。於是之時，女子之心感蠶事之勞苦，又感時物之變化，皆傷悲思男，有欲嫁之志。時豳公之子躬率其民，共適田野，此女人等始與此公子同時而來歸於家。

分析上述諸說，會發現高誘與鄭玄皆將男女、陰陽、春秋等概念聯繫，而以春配女、秋配男，明確闡釋男女受時序節氣的影響。毛詩雖然有陰陽之概念，[註72] 但未曾用於本詩之詮釋之中，僅言其感於時物之變，是毛詩舊說未以時序節氣與人之關係為重，加上毛詩此處著重在女子之情因公子之化而得其歸宿，可見毛詩面對氣化世界中心、物之間互動下注重德性之立場。

空間方面，毛詩與三家詩在空間上表現的最大差異在於國家的認識，前文已在毛詩與三家詩對「唐」國家說解之差異略為提及，顯示三家詩對國家的理解實顯現氣化宇宙觀之思維而趨於地理國家，而毛詩則採德性之立場而表現德性國家的思維。此種毛詩與三家詩在國家理解的差異於詮釋之中十分常見，例如以下對鄭國淫邪之解釋，毛詩〈溱洧〉小序：

> 〈溱洧〉，刺亂也。兵革不息，男女相棄，淫風大行，莫之能救焉。

則毛詩以為鄭國之淫，當是「兵革不息」、「男女相棄」之國家動亂的情形，當屬禮壞樂崩之德化國家敗亡之情景。而三家詩與毛詩不同，其由土地風俗之角度加以解釋，習魯詩之高誘注《呂氏春秋‧本生》篇曰：

〔註72〕說見本章第二節。

　　鄭國淫辟，男女私會於溱洧之上，有絢盻之樂勺藥之和。

此說言及「男女私會」現象，以及「鄭國淫辟」之說法，然未詳其意旨。許慎《五經異義》記曰：

　　今論說鄭國之爲俗，有溱洧之水，男女聚會，謳歌相感，故云鄭聲

　　淫。……鄭詩二十一篇，說婦人者十九矣，故鄭聲淫也。〔註73〕

今論即是指今文之三家詩，《異義》然此處未明其爲三家中之何家。《白孔六帖》曰：

　　通義云：鄭國有溱洧之水，會聚謳歌相感，今鄭詩二十一篇，說婦

　　人者十九，故鄭聲淫也。

則《異義》之說當即爲《六帖》之所本。此處《六帖》言「《通義》云」，皮錫瑞《經學概論》以爲不知爲劉向《通義》亦或《白虎通義》，〔註74〕但不管爲何，《白虎通》與劉向皆可以視爲魯詩一脈，而《白虎通》還可以視其爲三家詩所共同認知者。考《異義》之說，以「鄭國之爲俗，有溱洧之水，男女聚會，謳歌相感，故云鄭聲淫」可見已將鄭聲與鄭國等同，〔註75〕而言其淫邪。至於淫邪的原因，《白虎通・禮樂》篇明言云：

　　孔子曰：「鄭聲淫」何？鄭國土地民人，山居谷浴，男女錯雜，爲鄭

　　聲以相悅懌，故邪僻，聲皆淫色之聲也。

此說不言戰亂或施政，而言鄭國之「土地民人，山居谷浴，男女錯雜，爲鄭聲以相誘悅懌」，可知魯詩以鄭國淫邪爲土地民俗之緣故，此一論點與毛詩大異。不只是魯詩，韓、齊詩的看法亦同，韓詩云：

　　（《韓詩外傳》）曰：溱與洧，說人也。鄭國之俗，三月上巳之日於

　　兩水上招魂續魂，祓除不祥，故詩人願與所說者俱往觀也。〔註76〕

　　韓詩曰：「溱與洧詩文云：詩人言溱與洧方盛流洹洹然，謂三月桃花

　　水下之時，士與女方盛流秉蘭兮。秉，執也。蕑，蘭也。當此盛流

　　之時，眾姓與眾女執蘭而拂除。鄭國之俗三月上巳之月，此兩水之

〔註73〕見孔穎達，《禮記・樂記》疏（台北：藝文印書館），《十三經注疏》本，卷37頁7。

〔註74〕見皮錫瑞，《經學通論・二詩經通論》（台北：人人文庫本），頁32。

〔註75〕若就鄭聲淫本身則應是音樂，但魯詩則兼意義，《魯詩遺說考》引服虔注以爲鄭聲淫乃兼音樂與意義兩者，頁165。皮錫瑞又詳論之，加以分篇考察，見《經學通論・二詩經通論》（台北：人人文庫本），頁32

〔註76〕見李昉，《太平御覽・妖異部二》（台北：大化書局）1977年5月，卷886。

上招魂續魄，拂除不祥。〔註77〕

由「鄭國之俗，三月上巳之日於兩水上招魂」、「三月桃花水下之時，士與女方秉蘭兮」可知，韓詩之言與與鄭國淫邪有關的「溱洧」之俗，亦係從氣化之觀點，而不從德化之觀點。至於齊詩，如同對唐國之以星象分野之說揉合地理觀念加以解釋，其表現的宇宙論思想更爲明顯，《漢書‧地理志》云：

> 武公與平王東遷，卒定虢、會之地，右雒左（沛）〔洧〕，食溱、洧焉。
> 土陿而險，山居谷汲，男女亟聚會，故其俗淫。鄭詩曰：「出其東門，
> 有女如雲。」又曰：「溱與洧方灌灌兮，士與女方秉菅兮。」「恂盱且
> 樂，惟士與女，伊其相謔。」此其風也。吳札聞鄭之歌，曰：「美哉！
> 其細已甚，民弗堪也。是其先亡乎？」自武公後二十三世，爲韓所滅。

則齊詩明言鄭國之（風）「俗淫」的原因是在，土陿而險，山居谷汲，男女亟聚會，下並舉鄭風之詩以爲實證。至於將地理與星象相合的情形，在齊詩之中自然也會出現，〈地理志〉又云：

> 韓地，角、亢、氐之分野也。韓分晉得南陽郡及潁川之父城、定陵、
> 襄城、潁陽、潁陰、長社、陽翟、郟，東接汝南，西接弘農得新安、
> 宜陽，皆韓分也。及詩風陳、鄭之國，與韓同星分焉。鄭國，今河南
> 之新鄭，本高辛氏火正祝融之虛也。及成臯、滎陽，潁川之崇高、陽
> 城，皆鄭分也。本周宣王弟友爲周司徒，食采於宗周畿內，是爲鄭。

由齊詩之星象分野將國家與星象相合，以及土地之影響爲風俗可知，齊詩亦以氣化觀點言國家，以及國家內部之風土民情。

由以上的討論可知三家詩與毛詩對國家之理解，一爲偏向氣化觀念下的地理國家，一爲偏向德教觀念下的國家。事實上，三家詩之氣化觀點之地理國家，在西漢前期的《史記》之中即可看出，《史記‧貨殖列傳》：

> 齊……其俗寬緩闊達，而足智，好議論，地重，難動搖，怯於眾鬥，
> 勇於持刺，故多劫人者，大國之風也。其中具五民。

又《史記‧齊太公世家》太史公論贊曰：

> 吾適齊，自泰山屬之琅邪，北被于海，膏壤二千里，其民闊達多匿
> 知，其天性也。

都是從氣化之地理義解釋國家、以及國家之民俗之意義，可見三家詩對地理空間之理解，可能早自秦漢之際氣化思想的盛行即已有所呈現而改變。

〔註77〕《太平御覽‧香部三》，卷983。

　　與鉅觀世界之時間向度相同的是，三家詩對於毛詩之德性國家亦非全然不知者，《漢書‧匡衡傳》：

　　臣竊考國風之詩，周南、召南被賢聖之化深，故篤於行而廉於色。
　　鄭伯好勇，而國人暴虎；秦穆貴信，而士多從死；陳夫人好巫，而
　　民淫祀；晉侯好儉，而民畜聚；太王躬仁，邠國貴恕。由此觀之，
　　治天下者審所上而已。

從本段匡衡自德性之角度言國君之化可知三家詩之釋氣化國家應是隨著氣化思想而形成者。由此詩經學之探討亦可見，先秦兩漢天人意識之於詩學思想之表現並非截然二分。在實際的發展情形上，兩漢詩經學所體現之詩學思想雖然隨著天人意識的變化而體現了變化的情形，然此一情形實是新舊揉雜同時呈現者。不過，從另一個角度來說，兩漢詩學此種新舊雜揉的情形亦未必不是一種情智、古今衝突的形式表現，如此一來，表面上看似混亂的情形實亦顯現出唯有兩漢才有的天人意識，而又見兩漢詩學思想異於前代之特點。

　　最後，前述第三章第四節已論及鄭玄《毛詩譜》亦顯現線性時間以及地理國家的思想，而由本節之論述可知鄭玄之思維實是承自漢人以降的氣化思維，故其世界之表現與三家詩類似。不過，若將鄭玄之微觀與鉅觀世界結合來看，會發現鄭玄之箋釋實際上乃是以毛詩之訓詁爲文本，以三家詩之氣化觀念爲思想之依據，其原本偏於變化之文本中結合氣化之地理國家和線性時間的兩者，而表現出較之毛傳與三家詩更爲豐富的心物互動情形。以今日的眼光觀之，鄭玄之採毛傳爲文本而釋以氣化之思維無亦於與今日之文學詮釋最爲接近，如此一來，則鄭玄之箋釋毛詩似乎也應該有新的不同評價。

　　總而言之，從鉅觀的角度來看，先秦兩漢心物交感而成之世界實有德化與氣化之不同。無論是時間或是空間，毛詩的世界觀都是傾向於德性的，而德性之世界就心物互動之角度來說即是心性論下道德本心與物結合、互動而成者。至於中、後期的三家詩與鄭玄則是以氣化之立場面對地理之物以及時序之輪轉，因而表現出的地理之國家以及重時序和線性之時間觀念。毛詩與三家詩後期、鄭玄等對世界認知的改變，與現今對世界的認知十分接近，心物互動之情形也大致相同。

　　　　　※　　　　　※　　　　　※　　　　　※

　　由本節的討論可知，先秦兩漢詩經學心物之交感乃是以心物之相通爲基礎。在心物相通方面，先秦兩漢詩經學心物之相通乃是以「一」、「二」、「多」

與常變兩種思維縱橫交錯加以表現，而以風雅正變說爲典型。在心物之互動上，先秦兩漢心物互動的情形可以從微觀與鉅觀兩個角度加以觀察。在微觀角度下，心物之互動乃是以賦、比、興爲其典型，其中最爲詩經學重視之興，還是典型的先秦兩漢天人互動、循環、提升思想的體現。就微觀世界的細部發展來說，代表荀子學的三家詩訓詁較毛詩表現出重視重章、少有變化的情形。此種毛詩與三家詩訓詁的差異顯示著毛詩相對於三家詩更爲重視情境與氛圍的變化與塑造，隱藏著心性論立場與荀子認知心對待情感的基本差異。在荀子之後，鄭玄詮釋毛傳表現出賦比興三者互相滲透，而貼近文句的情形。鄭玄代表著漢代對於心物互動日益密切而清晰的體認。

從微觀世界放大到鉅觀世界，先秦兩漢的鉅觀世界可以分成毛詩之心性論與漢人之氣化觀兩大型態。就時間而言，毛詩心物互動而成之世界乃是德性思維下的時間，而漢代後期的三家詩與鄭玄則重視線性時間之先後與時序與人之互動。空間方面，毛詩大致上循著德性之思路而展現爲德性國家，而三家詩與鄭玄則明顯爲氣化地理之世界。總而言之，先秦兩漢詩經學所表現之種種心物互動亦因天人意識的發展而有不同的表現，其不同表現之背後乃是以天人相合爲其思想依據。

第四節　先秦兩漢詩經學心物感通之基礎與境界

前文已對心物交感之內在思維——心物相通，以及心物交感之情形有所敘述。然而心物交感與相通的基源以及心物交感、相通所追求的最終境界爲何，此一涉及起始之動力與最終目的的問題猶待解決。以先秦兩漢詩經學而言，心物交感及相通的基礎與境界即爲「中」（誠）與「和」之觀念，而「中」、「和」之概念對先秦兩漢思想來說，通常皆爲一組同時並存，相互關聯之概念。爲了行文之清晰與方便計，茲先討論「中」之意涵，至於「中」、「和」之緊密關係將於「和」之討論部分再加說明。

一、先秦兩漢詩經學心物感通之基礎——「中」與「誠」

（一）先秦兩漢「中」與「誠」的思想

1. 先秦兩漢的「中」的思想

「中」的思想在中國思想早期即已有相當重要的地位，《尙書》曰：

汝分猷念以相從，各設中於乃心。(〈盤庚中〉)

爾克永觀省，作稽中德。(〈酒誥〉)

「設中於心」、「中德」都是對人心之操持，「中」爲心之依止。「中」的觀念，爲儒家所發揚，而成爲儒家共同的主張，《論語‧雍也》曰：

子曰：「中庸之爲德也，其至矣乎！民鮮久矣。」

「中庸」即用中，由孔子之感嘆可見「中」之概念早有，雖然於春秋之時已微，但是仍爲儒家所極力推重者。

對儒家而言，對「中」概念深入發揮者，當屬《中庸》一書，《中庸‧第一章》即云：

喜怒哀樂之未發，謂之中；發而皆中節，謂之和。中也者，天下之大本也；和也者，天下之達道也。致中和，天地位焉，萬物育焉。

對《中庸》而言，其「中」、「和」之概念應當是與「天命之謂性，率性之謂道」之思路相通的。「中」即「天命之謂性」的心性，即天道性命相貫通之本源之義。因此「中也者，天下之大本也」，即指「天命之性爲大本」。〔註78〕由此天命之性之無限充擴，上達於天，而能達成己成物之境界，此即下文「致中和，天地位焉，萬物育焉」之意義。朱熹注「中」曰：「天下之理皆由此出」，注「和」曰：「天下古今之所共由」，則《中庸》之「中」爲天下之源，「和」爲宇宙萬物之成就，中和之概念實已縱貫天人，而有本體論之意味。相較於《中庸》言「中」之偏於本體論意義，《孟子》著重自人行事一面言「中」之含義，《孟子‧盡心下》曰：

孔子不得中道而與之，必也狂狷乎！

《孟子‧離婁下》亦曰：

湯執中，立賢無方。

《孟子》舉孔子、商湯之重「中道」或「執中」，皆是就外現之行事一面言「中」。《易傳》與《中庸》之立場類似，發揮「中」的本體思想，而兼及於外發之中行，《乾‧文言》曰：

大哉乾乎，剛健中正。

是以「中正」稱乾道變化之義，實有形上之意味。又《訟‧象傳》曰：

利見大人，尚中正也。

〔註78〕見唐君毅，《中國哲學原論‧原道篇（二）》（台北：學生書局），1992 年 3 月，頁 81。

朱熹注云：

> 中者，其行無過不及；正者，其立不偏。〔註79〕

則《易傳》之「中」兼及於外發之中行，其言人之行事乃是法中正之道。事實上，本體意義之「中」與外發情感或行為之「中」乃是相通者，此點於論及「中」之本體意象的《中庸》與《易傳》皆然。對《中庸》來說，內在未發之「中」乃是通於已發、外現之中行。唐君毅曰：

> （中庸）以中指喜怒哀樂未發前之內在的心之性……論語中所謂中行，孟子所謂中道、執中，則皆就其通兩端而謂之中。……中庸後文引孔子「執其兩端，用其中于民」，則此蓋意在以未發之中釋兩端之中，而通此二中之義。〔註80〕

可知「中」兼及於內在心性及外在情感與行為，又《同人卦・象傳》曰：

> 文明以健，中正而應，君子正也。唯君子為能通天下之志。

則《易傳》亦主張人若執中，則「中正而應」，可以跨越人我之藩籬，唯有「中」始能由內及外，發揮感通萬物之義。

荀子與孟子類同，其言「中」乃是就人行事一面立言，不過收攝於重禮之思想，《荀子・儒效》曰：

> 先王之道，仁之隆也，比中而行之。曷謂中？曰：禮義是也。

則荀子亦重「中」，而以其為聖王之道，並以禮義為「中」之內涵。又《荀子・禮論》曰：

> 禮者，以財物為用，以貴賤為文，以多少為異，以隆殺為要。文理繁，情用省，是禮之隆也。文理省，情用繁，是禮之殺也。文理情用相為內外表裏，並行而雜，是禮之中流也。故君子上致其隆，下盡其殺，而中處其中。步驟馳騁厲騖不外是矣。是君子之壇宇宮廷也。人有是，士君子也；外是，民也；於是其中焉，方皇周挾，曲得其次序，是聖人也。故厚者，禮之積也；大者，禮之廣也；高者，禮之隆也；明者，禮之盡也。

其言「禮之中流」，又言君子「而上致其隆，下盡其殺，而中處其中」，可見荀子將「中」與「禮」之意義結合，而以禮之「中」為聖人之所行及成就世

〔註79〕見朱熹，《周易本義注》（台北：商務印書館），四庫全書本。

〔註80〕唐君毅《中國哲學原論・原道篇（二）》（台北：學生書局），1992年3月，頁81。

界之軌則。觀察荀子以禮釋「中」的思維，實反映其成德之思路。荀子之言
「中」，未有心性本源之義，蓋以荀子之成德動力不本在心性，而在於先王之
道。因此，我們可以看出荀子一方面承繼傳統的「中」的思想以其爲成德之
重要關鍵，一方面也將此關鍵之中與其禮的思想相合，而以禮言「中」。由此，
荀子之「中」乃是循其既定之循禮以成德的思維方式，而在人心之外，成爲
人心或人事遵循之道。

　　「中」的思想發展至漢代，董仲舒以「中」納入其天人、宇宙之體系，《春
秋繁露・循天之道》曰：

> 天地之經，至東方之中，而所生大養，至西方之中，而所養大成，
> 一歲四起，業而必於中，……故君子怒則反中，而自說以和；喜則
> 反中，而收之以正；憂則反中，而舒之以意；懼則反中，而實之以
> 精。夫中和之不可不反如此。……行中正，聲嚮榮，氣意和平，居
> 處虞樂，可謂養生矣。

其言「東方之中」、「西方之中」而歸於「一歲四起，業而必於中」等等，實
是以「中」爲「天地之經」，將「中」爲天地變化之氣共同具有之特點。不過，
由「中者，天地之美達理也，聖人之所保守也」文字可知，「中」對董仲舒而
言既爲天道之內容表現，原先《中庸》之「中」所具有之心性之義即不存在，
而與荀子接近，但「中」仍爲天道內容故爲人所法，而通貫於天人之際。

　　不只如此，董仲舒的「中」，還與「和」的概念相配，而成爲其氣化宇宙
論思維下如同陰陽二元之相輔相成之概念，《春秋繁露・循天之道》云：

> 成於和，生必和也；始於中，止必中也；中者，天地之所終始也，
> 而和者，天地之所生成也。夫德莫大於和，而道莫正於中，中者，
> 天地之美達理也，聖人之所保守也，詩云：「不剛不柔，布政優優。」
> 此非中和之謂與！是故能以中和理天下者，其德大盛，能以中和養
> 其身者，其壽極命。

其言「成於和，生必和」、「始於中，止必中」，並以「中」、「和」分別爲天地
之終始以及所以生成原因，而歸之於以「中和」「理天下」、「養其身」，表現
了董仲舒以「中」、「和」爲二元對待之相輔相成之觀念。

　　「中」的思想發展至東漢，雖有對災異說有所修正之思潮，然漢人以氣
言「中」的立場仍然存在，趙岐注《孟子・離婁下》「中也養不中」句云：

> 中者，履中和之氣所生。

前述之「中」乃是表現於天人、主客等範疇之中道、中行，趙岐言「中」的根源，乃是於中和之氣，是可見東漢時之言「中」仍是氣化宇宙論思維闡釋之，在氣化之立場下，「中」乃是縱貫天人者。

由上述可知，先秦兩漢儒家言「中」之思想實有本體及外在之現象兩個含義。孟子與荀子就外現之中行釋「中」；《中庸》點出「中」之心性意義，並以其兼及外在之中行，而能通達於人我、心物以上達於天。荀子則以禮釋「中」，將「中」視為外在之律則，而為成德實踐之依循。兩漢自董仲舒以降，則是以宇宙論觀念釋「中」，以「中」為「天之所用」而為各種生化貫通天人萬物之氣所共同顯露的特質。由此，「中」對先秦兩漢儒家而言乃是天人或心物之際得以感通、互動的關鍵與基礎，無論是心性論或是宇宙論之思維皆須歸源於中之思維，在此思維之下，一方面使心物之相通、互動得到可能，一方面萬物亦因此得以成就。

2. 先秦兩漢的「誠」

除了「中」之外，先秦兩漢「誠」的思想和「中」相當類似，皆涉及人心之本源而兼於天人之際的範疇。《中庸·第二十章》：

> 誠者不勉而中，不思而得，從容中道，聖人也。

本文第三章第一節已述，「誠」乃是《中庸》極力發揮而且為最重要之概念，而此處言「誠者不勉而中」，言聖人為「從容中道」，皆是以「誠」與「中」相通。對《中庸》來說，「中」，即心性之大本，即「誠」。而「中」的全體顯現即心性之顯現，亦即「至誠」之境地，因此「中」與「誠」就心性之本而言實為一事。除了《中庸》之重「誠」，荀子亦有論及「誠」之文字，《荀子·成相》曰：

> 治之經，禮與刑，君子以修百姓寧。明德慎罰，國家既治四海平。
>
> 治之志，後勢富，君子誠之好以待。處之敦固，有深藏之，能遠思。
>
> 思乃精，志之榮，好而壹之神以成。精神相反，一而不貳、為聖人。
>
> 治之道，美不老，君子由之佼以好。下以教誨子弟，上以事祖考。

荀子的「誠」，即為「一而不貳」。「一而不貳」與荀子所提倡之「虛一而靜」類似，但亦有所不同。「虛一而靜」純然為心術，而荀子之「誠」以「由之佼以好。下以教誨子弟，上以事祖考」釋其內涵，可見荀子之「誠」還有兼於實際人世之行為、參與實際萬物之生養，而上事天的意義，故為貫通心物、天人範疇之概念。由此荀子之言「誠」實包括「靜」的思維在其中。不過，

就思想理路來說，「虛一而靜」乃荀子認知心的主要涵義，故其「誠」亦應屬認知心一路。唐君毅曰：

> 荀子之心，即只在第一步為理智心，而次一步則為一意志行為之心。此意志行為之心，乃能上體道而使之下貫於性，以矯性化性者。……荀子之言誠，亦不似孟子之重在直繼天道之誠而思誠，以為人道之反身而誠。而要在知道而守道行道，以措之於矯性化性之行。而此誠之工夫，則為致誠誠篤之工夫。……荀子之致誠，乃由致誠而明。……荀子之「誠信生神」，「盡善挾洽之謂神」，「神莫大於化道」，則精神凝聚，而使人之自然生命之本始材樸，由蒸矯而變化，與善挾洽，以化同於道之境也。〔註81〕

明確可見荀子之「誠」為認知心一路，其為意志行為之心，而應為納「靜」於「誠」者，此種納「靜」於「誠」的思想對兩漢有所影響，以詩學的立場來說，「誠」與「靜」的差異和關聯十分重要，本節後將詳述。「誠」字發展至兩漢，已具有氣化宇宙論之意義，《春秋繁露‧深察名號》曰：

> 故心之為名，栣也。人之受氣苟無惡者，心何栣哉？吾以心之名得人之誠，人之誠有貪有仁，仁貪之氣兩在於身。身之名取諸天，天兩，有陰陽之施，身亦兩，有貪仁之性；天有陰陽禁，身有情欲栣，與天道一也。

「以心之名得人之誠」，而心之名為栣，則董仲舒之誠乃是材質之性、氣化立場之性，故下文又以貪仁之性釋之。而以貪仁之性為內容的「誠」，同時也是相應於天之陰陽而生。因此，則原本《中庸》由心性而見天命之「誠」，遂轉為天人感應之立場，而為宇宙論下之思維。

東漢時期，王充雖然對災異有所微辭，然而其主「誠」、以「誠」通天人之際的思維仍然存在，《論衡‧藝增》篇云：

> 詩云：「鶴鳴九皋，聲聞于天。」言鶴鳴九折之澤，聲猶聞於天，以喻君子修德窮僻，名猶達朝廷也。〔言〕其聞高遠，可矣；言其聞於天，增之也。彼言聲聞於天，見鶴鳴於雲中，從地聽之，度其聲鳴於地，當復聞於天也。夫鶴鳴雲中，人聞聲仰而視之，目見其形。耳目同力，耳聞其聲，則目見其形矣。然則耳目所聞見，不過十里，使參天之鳴，人不能聞也。何則？天之去人以萬數遠，則目不能見，

〔註81〕見唐君毅《中國哲學原論‧導論篇》（台北：學生書局），1993年2月，頁141。

> 耳不能聞。今鶴鳴，從下聞之，鶴鳴近也。以從下聞其聲，則謂其
> 鳴於地，當復聞於天，失其實矣。其鶴鳴於雲中，人從下聞之；如
> 鳴於九皋，人無在天上者，何以知其聞於天上也？無以知，意從准
> 況之也。詩人或時不知，至誠以為然；或時知，而欲以喻事，故增
> 而甚之。

前段文字反對人不在天上故不可得知鶴鳴是否真的傳達於天，顯現了王充務
實的態度。不過，誠如謝大寧所言，災異之於漢人乃是通義，乃是不得不承
認與接受者，因此王充後文遂提出見解，以釋經書之文字。王充言「詩人或
時不知，至誠以為然」，是以「誠」為通天人之際的關鍵，表現了先秦兩漢儒
家重「誠」的思維。

（二）先秦兩漢詩經學心物感通之基礎──「中」、「誠」的思想

先秦兩漢重「中」、與「誠」的思想已見於前述，對此一時期來說，「中」
與「誠」的思想實為先秦兩漢天人貫通之基礎。此一特點亦表現於先秦兩漢
之較具系統的四家詩學之中，就毛詩而言，毛詩即著重「中」，毛傳〈賓之初
筵〉詩「酌彼康爵，以奏爾時」曰：

> 酒所以安體也。時，中者也。

即是以人之操持當為「中」。又毛傳〈思文〉詩「思文后稷，克配彼天，立我
烝民，莫匪爾極」詩句云：

> 極，中也。

則是以周之先祖后稷與天相配，而以「中」為天人共同肯定者，此處的「中」
因為兼天人而言，因此或許有《中庸》論「中」的本體論意涵。「極」訓為「中」
在〈園有桃〉亦然，其注「謂我士也罔極」一句曰：

> 極，中也。

可見做為士的標準為「中」，而見毛詩言「中」兼及外現之中行。由此可知，
毛詩之「中」，實合人心、行事、與天人之際三者，其通達於天人而為發揮心
性以成德以躋聖之重要關鍵，故為心物交感、貫通天人的基礎。不只是毛詩，
三家詩亦重視「中」，並以「中」為人之所持，而為天人之關鍵，《韓詩外傳》
卷五云：

> 王者之政，賢能不待次而舉，不肖不待須臾而廢，元惡不待教而誅，
> 中庸不待政而化。

是以王者應當持中庸之道，此點表現了先秦儒家的傳統。《韓詩外傳》卷八又

云：

> 傳曰：居處齊則色姝，食飲齊則氣珍，言語齊則信聽，思齊則成，
> 志齊則盈。五者齊，斯神居之。詩曰：「既和且平，依我磬聲。」

「齊」即適當之義，即爲「中」。此處舉「傳曰」之語而言「居處」、「食飲」、「言語」、「思」、「志」之「齊」，而言「斯神居之」，並引詩「既和且平」，表現了兼及內外而言「中」，並由此「中」而「和」以事天之思想。魯詩方面亦同於韓詩，《淮南子・泰族訓》曰：

> 故大人者，與天地合德，日月合明，鬼神合靈，與四時合信。故聖
> 人懷天氣，抱天心，執中含和，不下廟堂而衍四海，變習易俗，民
> 化而遷善，若性諸己，能以神化也。詩云：「神之聽之，終和且平。」

其言聖人「執中含和」，不下廟堂而折四海」而「能以神化」是亦以「中」爲人上隮於天的關鍵。不過，《淮南子》言聖人「懷天氣，抱天心」則顯現了漢人特有宇宙論思維。董仲舒爲齊詩代表，其引詩之文字亦透露其宇宙論之立場之「中」，《春秋繁露・天道無二》篇：

> 古之人，物而書文，心止於一中者，謂之忠；持二中者，謂之患；
> 患，人之中不一者也，不一者，故患之所由生也，是故君子賤二而
> 貴一。人孰無善，善不一，故不足以立身；治孰無常？常不一，故
> 不足以致功。詩云：「上帝臨汝，無二爾心。」知天道者之言也！

其言「心止於一中」，而此「一中」爲「知天道者」之所行，可見董仲舒一貫的天道思維表現於詩經學之「中」的情形。

上述乃是就先秦兩漢詩經學的「中」的思想進行理論之敘述，以見「中」之爲天人互動之根源、基礎及貫通內外之特點。由此「中」的思想落實於詩經學之實踐當中，先秦兩漢學者從《詩經》之認知出現而表現出對詩以及風雅頌的解釋亦表現此一特點。《荀子・勸學》：

> 詩者、中聲之所止也；禮者、法之大分，類之綱紀也。故學至乎禮
> 而止矣。夫是之謂道德之極。禮之敬文也，樂之中和也，詩書之博
> 也，春秋之微也，在天地之間者畢矣。

楊倞注曰：

> 詩謂樂章，所以節聲音，至乎中而止，不使流淫也。

而裴普賢此即「中庸」之義，〔註82〕可見《荀子》以詩之表現即爲「中」。風、

〔註82〕見裴普賢，〈荀子與詩經〉，《詩經欣賞與研究續集》（台北：三民書局），1982

雅、頌之詮釋也是如此，其言曰：

> 國風盈而不愆，小雅哀而不汙。(《荀子・大略篇》)

> 國風好色而不淫，小雅怨悱而不亂。(《劉安・離騷傳贊》)

是以外現之「中」釋風、雅之大義，而外現之「中」還必然是從其情志生發。
就頌而言，頌在《詩經》乃是風雅之所依歸，而朝向上天者。其意涵乃是內
心之誠敬，兼於外發以事天，可見頌實表現「中」之上達於天之義。由此，
由風雅頌之實際詮釋可以看到，風雅頌亦呈現了「中」的源自心志而外現於
世界，最終上歸於天的天人意涵。

先秦兩漢詩經學除了依循儒家傳統「中」的思維，與「中」相應的「誠」
於先秦兩漢詩經學亦有出現，而居於成德之關鍵地位。毛詩即以「誠」爲聖
人所操持者，毛詩〈南有嘉魚〉小序明言云：

> 太平君子至誠，樂與賢者共之也。

其以「太平」與「君子至誠」合言，幾乎可說是《中庸》之天道性命相貫通
思維之表現。又毛傳〈板〉：「靡聖管管，不實於亶。猶之未遠，是用大諫」
云：

> 管管，無所依繫。亶，誠也。猶，圖也。

亦表現君王之治國，必然以「誠」爲其本。

三家詩方面，「誠」的觀念亦如毛詩，與「中」有著類似的關鍵地位，《韓
詩外傳》卷四云：

> 傳曰：誠惡惡，知刑之本，誠善善，知敬之本。惟誠感神，達乎民
> 心，知刑敬之本，則不怒而威，不言而信，誠、德之主也。

其言「惟誠感神，達乎民心」而結以誠爲「德之主」，充分顯現了韓詩對「誠」
的重視，實爲天人相通之根本。《外傳》又云：

> 君子曰：「夫使、非直敝車罷馬而已，亦將喻誠信，通氣志，明好惡，
> 然後可使也。」(卷八)

> 若夫明道而均分之，誠愛而時使之，則下之應上，如影響矣。(卷四)

前者以「誠」通「氣志」乃是言誠爲由內而外之意涵，而後者以「誠」爲通
人我，可見韓詩之「誠」乃是爲情志之源，由內向外而能通達天、人之境，
故爲成德之基礎。魯詩亦重視「誠」，不過在西漢晚期因爲天人災異思想的流

年 4 月，頁 471。

行，其言「誠」亦受到影響而略有改變，劉向《新序‧雜事四》曰：

> 鍾子期夜聞擊磬者悲，旦且召問之曰：「何哉！子之擊磬若此之悲
> 也。」對曰：「臣之父殺人而不得（生），臣之母得（生）而爲公家
> 隸，臣得（生）而爲公家擊磬。臣不睹臣之母三年於此矣，昨日爲
> 舍市而睹之，意欲贖之而無財，身又公家之有也，是以悲也。」鍾
> 子期曰：「悲在心也，非在手也，非木非石也，悲於心而木石應之，
> 以至誠故也。」人君苟能至誠動於內。萬民必應而感移，堯舜之誠，
> 感於萬國，動於天地，故荒外從風，鳳麟翔舞，下及微物，咸得其
> 所。易曰：「中孚豚魚吉。」此之謂也。

劉向言「人君苟能至誠動於內，萬民必應而感移」，是「誠」字由內而外而居
於天人交感貫通思想的表現，不過其最末以「荒外從風，鳳麟翔舞，下及微
物，咸得其所」則是典型的災異感應之說。齊詩之言「誠」，表現董仲舒宇宙
論思維下的中和觀念，《漢書‧匡衡傳》匡衡上疏曰：

> 大雅曰：「無念爾祖，聿脩厥德。」孔子著之孝經首章，蓋至德之本
> 也。傳曰：「審好惡，理情性，而王道畢矣。」能盡其性，然後能盡
> 人物之性；能盡人物之性，可以贊天地之化。治性之道，必審己之
> 所有餘，而強其所不足。蓋聰明疏通者戒於大察，寡聞少見者戒於
> 雍蔽，勇猛剛彊者戒於大暴，仁愛溫良者戒於無斷，湛靜安舒者戒
> 於後時，廣心浩大者戒於遺忘。必審己之所當戒，而齊之以義，然
> 後中和之化應，而巧僞之徒不敢比周而望進。唯陛下戒所以崇聖德。

表面上看，匡衡言「能盡其性，然後能盡人物之性；能盡人物之性，可以贊
天地之化」以及「聰明疏通者戒於大察，寡聞少見者戒於雍蔽……」等等，
皆與《中庸》之義接近，前者即《中庸》對「至誠」之說解，而後者則爲《中
庸》持中之義，則匡衡言「誠」表面上承繼了《中庸》以「誠」爲修己而動
天關鍵之思想。不過，匡衡最後言「中和之化應」，則與董仲舒以「中和」爲
一組天道之觀念類似，則匡衡之中雖爲修己、動天，然依舊是漢代齊學天人
感應的思維。最後，東漢時期災異漸變下反對意志之天的《詩經》學者亦有
「誠」通天人的思想，如前述之王充《論衡‧藝增》篇即以「誠」釋「鶴鳴
九皋，聲聞于天」之詩句。爲簡省篇幅計，茲不贅引。

　　縱觀本部分的討論，先秦兩漢之詩經學乃是以「中」或是「誠」爲人情
志之本，並爲天人、心物互動交感以達天人相合的基礎，而這與儒家之傳統

思維完全相合。

（三）先秦兩漢詩學思想的「誠」、「靜」之辨

先秦兩漢詩經學提出以「誠」或「中」爲情志之基礎並以爲天人相通、互動之關鍵思想已如上述，然而以今日先秦兩漢詩學之研究來說，猶有一重要之思想必須辨明者，此即「誠」與「靜」的關鍵之辨。過去論及詩學之發展，總以道家之思維爲主，而其中核心之論述，即爲「虛靜」一詞，以道家之「虛靜」解詩學，以虛靜爲情志之本，爲天人相通之關鍵。不過如同本文第三章第二節所述，詩學之重視當在儒家，漢代之儒家較之先秦即使並不純粹而汲取道家形上宇宙之思維，然而在部分關鍵之概念，在大方向上仍然是秉持儒家之舊說，「誠」與「靜」的看法即爲其中之一。如同本節前文在荀子之「誠」的討論中，「虛靜」自荀子開始即因爲其秉持認知心的立場而爲其所重，然而對荀子而言，「虛靜」只是持心之術，絕非能如「誠」字一般爲由內向外落實，並參予事物之變化，成就萬物之生養，而爲天人、心物相通互動的關鍵。此一立場之於漢人詩學亦然，董仲舒《春秋繁露・祭義》篇曰：

> 君子之祭也，躬親之，致其中心之誠，盡敬潔之道，以接至尊，故鬼享之，享之如此，乃可謂之能祭。

是董仲舒以「誠」爲由人及天而天人相通之關鍵。對於虛靜的理解，《春秋繁露・通國身》曰：

> 夫欲致精者，必虛靜其形；欲致賢者，必卑謙其身，形靜志虛者，氣精之所趣也；謙尊自卑者，仁賢之所事也。故治身者，務執虛靜以致精；治國者，務盡卑謙以致賢；能致精，則合明而壽仁；能致賢，則德澤洽而國太平。

其言「治身者，務執虛靜以致精」則看起來虛靜似乎又爲心之根本，然《春秋繁露・天道施》曰：

> 天道施，地道化，人道義，聖人見端而知本，精之至也，得一而應萬類之治也。動其本者，不知靜其末，受其始者，不能辭其終，利者，盜之本也，妄者，亂之始也，夫受亂之始，動盜之本，而欲民之靜，不可得也。故君子非禮而不言，非禮而不動；好色而無禮則流，飲食而無禮則爭，流爭則亂。夫禮，體情而防亂者也，民之情不能制其欲，使之度禮，目視正色，耳聽正聲，口食正味，身行正道，非奪之情也，所以安其情也。變謂之情，雖持異物，性亦然者，

> 故曰內也，變變之變，謂之外，故雖以情，然不爲性說，故曰外物
> 之動性，若神之不守也，積習漸靡物之微者也，其入人不知，習忘
> 乃爲常然若性，不可不察也。純知輕思則慮達，節欲順行則倫得，
> 以諫爭虛靜爲宅，以禮義爲道則文德，是故至誠遺物而不與變，躬
> 寬無爭而不以與俗推，眾強弗能入，蜩蛻痡穢之中，含得命施之理，
> 與萬物頡徙而不自失者，聖人之心也。

其言「動其本者，不知靜其末」，又言人乃是「以諫爭虛靜爲宅」，而強調「至
誠遺物而不與變」，則可見「虛靜」對董仲舒而言不過爲持心之術，眞正與天
人之本體相貫通者，仍在於「誠」字。由此可知對董仲舒而「誠」字是可以
涵蓋「靜」，而「靜」字絕不可涵蓋「誠」，「誠」乃是源於心、落實於人事，
在實際的行爲參與當中進行，而及於天人之際者。董仲舒的思想在劉向的著
作中也可以看到，其《說苑‧敬愼》篇云：

> 凡司其身，必愼五本：一曰柔以仁，二曰誠以信，三曰富而貴毋敢
> 以驕人，四曰恭以敬，五曰寬以靜。思此五者，則無凶命，曰能治
> 敬，以助天時，凶命不至，而禍不來。敬人者，非敬人也，自敬也。
> 貴人者，非貴人也，自貴也。……是故君子敬以成其名，小人敬以
> 除其刑，奈何無戒而不愼五本哉！

其言治身有五本，「二曰誠以信」，「四曰恭以敬」，「五曰寬以靜」，表面上看
起來「誠」、「敬」、「靜」皆爲同一位階之概念。不過，劉向末言「思此五者，
則無凶命，用能治敬，以助天時」則可見「敬」不只爲人治身之法，亦爲人
上繼於天，而達天人相合的關鍵，因此「敬」與「靜」並非完全等同者，「靜」
的位階在「敬」之下。不只如此，「誠」亦如「敬」，亦爲達於天人之際者而
高於「靜」的地位，《禮記‧祭統》篇明言云：

> 凡天之所生，地之所長，苟可薦者，莫不咸在，示盡物也。外則盡
> 物，內則盡志，此祭之心也。……身致其誠信，誠信之謂盡，盡之
> 謂敬。敬盡然後可以事神明，此祭之道也。

明言「身致其誠信，誠信之謂盡，盡之謂敬。敬盡然後可以事神明」，可知「誠」
與「敬」之思想在天人之際實爲相通，故享有同樣的地位而高於「靜」。因此，
回到劉向治身之言論可知，「誠」、「敬」、「靜」爲治身五本乃是分說，就整體
而言，「誠」、「敬」皆可涵蘊「靜」，而「靜」絕不能等同於「誠」。此種說法
與董仲舒完全一致而當爲儒家之理解。就儒家傳統而言，「靜」不如「敬」，

人是不可能執「靜」以事天，而必然依循舊說以「敬」事天，「誠」、「靜」兩者差異並非表面的差別而是於儒、道最為根本的事天之義的不同，其表現在外則是繁簡路向之差異。道家的「靜」是化繁以簡，以虛御實之路向；而儒家荀子及漢人之「誠靜」則是貫通內外之工夫，其在心物、繁簡之間，一方面念念於心之待物，藉靜以澄清心志，一方面則藉心之澄靜以行於德之所當行，習識之所當識，進而參萬物之變化、成就世界者。是故荀子之「納靜於誠」乃是在繁簡、內外之互動中以成其德者。此種「誠」、「靜」在內涵與地位的區分對兩漢詩經學與詩學思想的理解十分重要，因此理解了先秦兩漢學者對「誠」、「靜」的看法即可對今日之詩學思想或理論重新加以考慮。而此種新的考慮如此本文第三章第五節所指出的，先秦兩漢詩經學者透過對《詩經》的不斷認知與運用，至兩漢即發展、理解到：詩發於情然不止於情，而情中有理的兩面互動、含蘊的天人特點。而此種通貫天人，參與天人互動之思維對儒家來說只有「誠」才能與兩漢詩學現象的情理、天人兩面性相應，而道家「虛靜」自持不能。

二、先秦兩漢詩經學心物感通之境界──「和」

「中」之思想既為先秦兩漢詩經學所呈現之詩學心物感通、互動思想的基礎，由此「中」之基礎而發，透過心物互動而欲臻至之全德境界的內容為何即為接下來所關注的課題。就先秦兩漢的儒家思想而言，以「中」之觀念為基礎而達之境界即為「和」。透過「和」義的理解可以知道先秦兩漢詩經學種種天人互動追求之境界情形，以明中國早期詩學所追求之理想。因此，探討先秦兩漢詩經學的「和」觀念十分必要，同樣地，在對先秦兩漢詩經學「和」義進行了解之前，必先探究先秦兩漢「和」的思維。

（一）先秦兩漢「和」的思維與特點

「和」的思維於中國早期，即已受到相當之重視，《尚書·多方》云：

> 自作不和，爾惟和哉，爾室不睦，爾惟和哉。

點出人與人、與家庭中之和諧，而「自作不和」則以「和」歸結於己，由人事之內外表現出其重「和」之思想。〈多方〉又云：

> 時惟爾初，不克敬於和，則無我怨。

則是將人我與家室之「和」，與「敬」之概念相連。此種將「敬」與「和」相

連以言己之操持，乃是將自我之德性與和諧之情境進行初步的思考與聯繫。又《尚書·無逸》曰：

> 不遑暇食，用咸和萬民。

「咸和萬民」則是將「和」擴及於國家，以「和」爲國家之理想，如此一來當書之和的思想乃是奠基於心志，而爲政事、人民所追求之境界。「和」的觀念發展至春秋時期，不只是言人，而是兼及天、人兩者，《國語·鄭語》：

> 夫和實生物，同則不繼。以他平他謂之和，故能豐長而物歸之，若以同裨同，盡乃棄矣。

「和實生物，同則不繼」表現出事物多樣化下的和諧統一，在此多樣性和諧之中，萬物得以生長。因此，「和」的觀念實兼及人、天兩者，《左傳·昭公二十年》亦曰：

> 和如羹焉，水火醯醢鹽梅以烹魚肉，燀之以薪，宰夫和之，齊之以味，濟其不及，以洩其過。君子食之，以平其心。

其言「和如羹焉」，而以多樣食材調和之味，言和諧對人心之影響，則見《左傳》本文以味之「和」與人心之「和」相連。

對儒家而言，「和」的思想早期即爲其所重視，而成爲德行踐履之一環，《論語·子路》曰：

> 君子和而不同，小人同而不和。

此處的「和」、「同」與「君子」、「小人」之辨，而以德性角度強調多樣之統一，即是先秦儒家面對「和」的基本立場。先秦儒家幾乎皆重視「和」，唯其依照思想之傾向與內容，對「和」的詮釋有所不同。《論語·學而》篇：

> 有子曰：「禮之用，和爲貴，先王之道斯爲美。」

乃是就實際之道德踐履之禮而歸之於和。

自《中庸》以降，其言「和」以「中」爲本，由心性之本體而言「致中和」的萬物成就、生成而天人合德之境界，明確提及「中」、「和」之間的緊密聯繫。由於前文已有論及，茲不贅述。與《中庸》同一思路的《易傳》，其言「和」則著重宇宙「和」之境界的展現，《乾·彖傳》：

> 乾道變化，各正性命。保合太和，乃利貞。

以乾道之「各正性命」，而「保合太和」，顯現出「和」的境界下多樣性之統一特質。這種特質，依《易傳》之思想路向而言，自然是歸於心性，《咸·彖傳》：

聖人感人心，而天下和平。

其以「和」歸於「人心」，即是《易傳》「成之者性也」思想之表露，而《易傳》之「性」與《中庸》之「中」在根源處是相同的。《禮記‧樂記》也是如此，其文云：

故樂行而倫清，耳目聰明，血氣和平，移風易俗，天下皆寧。

「血氣和平」，是以人之情感出發言「和」，而通達天人，故言「天下皆寧」。又《禮記‧樂記》：

詩云：「肅雍和鳴，先祖是聽。」夫肅肅，敬也；雍雍，和也。夫敬以和，何事不行。

則見其以「和」歸於人之敬天，表現出心性論之特點。相較於《中庸》一系之思想，荀子之言「和」，著重認識之立場，分別闡釋事物及人和諧統一之重要，《荀子‧天論》曰：

陰陽大化，風雨博施，萬物各得其和以生，各得其養以成。

又《荀子‧禮論》亦曰：

天地和而萬物生，陰陽接而變化起。

乃是言世界萬物之和，以和為萬物生化之條件。就人方面來說，《荀子‧王制》曰：

故義以分則和，和則一。

又《荀子‧榮辱》：

使人載其事而各得其宜，然後使愨祿多少厚薄之稱，是夫群居和一之道也。

「義以分」與「各得其宜」，即是以認知心立場理解「和」之意義。此種認知心意義下的「和」是透過內在之情智判斷以及外在踐履互動以達成的，因此這樣的「和」乃是以人事之完成為內容，而天人之和諧相通亦是就此人事成就上事於天，別無他義。

「和」對於道家或黃老思想而言亦多有重視，《老子‧四十二章》云：

道生一，一生二，二生三，三生萬物。万物負陰而抱陽，沖氣以為和。

是宇宙萬物之成就實是以「和」為其境。又〈五十五章〉云：

含德之厚，比於赤子。毒蟲不螫，猛獸不據，玃鳥不搏。骨弱筋柔而握固。未知牝牡之合而脧作，精之至。終日號而不嘎，和之至。

　　　　知和曰常，知常曰明，益生曰祥，心使氣曰強。

此段文字先將「精之至」、「和之至」並言，可見「和」實即天地成就萬物之德的體現。下文又云「知和曰常，知常曰明」，則可見對《老子》而言，「和」實為其識道、知道之路徑，故為其自守、自持之道的內涵。《莊子》一如《老子》，亦有有不少言「和」之重要文字，《莊子・天道》篇曰：

　　　　夫明白於天地之德者，此之謂大本大宗，與天地和者也；所以均調

　　　　天下，與人和者也。與人和者，謂之人樂，與天和者，謂之天樂。

是《莊子》以「和」觀天、人兩者，亦以「和」為天人相通之境界，《莊子・田子方》篇亦曰：

　　　　至陰肅肅，至陽赫赫；肅肅出乎天，赫赫發乎地，兩者交通成和而

　　　　物生矣。

則是以「和」為陰陽生成萬物之必要條件。屬黃老思想之《管子》四篇亦發揮「和」的思想，《管子・內業》云：

　　　　和乃生，不和不生。

是《管子》亦與《莊子》有相同的看法。表面上看，道老與黃老言「和」之生物以及「和」、人之間的關係與儒家相似，然其內涵則有所不同。道家及黃老之言「和」乃是以「致虛守靜」為其根本，但儒家則是將「和」植基於「中」或「誠」的思想，《莊子・桑庚楚》篇云：

　　　　敬之而不喜，侮之而不怒者，唯同天和者為然。

可見道家之「和」與情感的關係，乃在於淡泊其情志，而以虛靜為體。〈德充符〉篇亦云：

　　　　平者，水停之盛也，其可以為法也，內保之而外不蕩也。德者，成

　　　　和之脩也。

其以「平」為法而成和，亦可見道家虛靜持心之立場。

　　「和」通天人、和以生物的思想在先秦即已發揮，漢代亦是如此，唯其時以氣之思想闡釋「和」，表現出漢代之宇宙論興趣，《漢書・公孫弘傳》：

　　　　今人主和德於上，百姓和合於下，故心和則氣和，氣和則形和，形

　　　　和則聲和，聲和則天地之和應矣。

其下文並言萬物之生為「和之至」，兼善天下、外國來朝為和之極。西漢董仲舒承此氣的觀念，以氣釋「和」，《春秋繁露・循天之道》曰：

　　　　和者，天之正也，陰陽之平也，其氣最良，物之所生也。

其以「和」爲最良之氣，爲生物之動力與條件，顯示了漢人氣化論之旨趣。不只如此，董仲舒之以氣論「和」，一如前述乃是「中」「和」並言者，《春秋繁露‧循天之道》：

> 陽者、天之寬也，陰者、天之急也，中者、天之用也，和者、天之功也，舉天地之道，而美於和，是故物生皆貴氣而迎養之。

其言「中者、天之用也，和者、天之功也」，明確表現出以中和爲天道運行之內容和表現。不只如此，董仲舒中和之思維落實在天人之間的關係上，其外在之表現與荀子類似，皆是從人事之成就以言事天而達於天人之和諧，只是荀子反對意志之天，以認知之心面對人世之提升，而董仲舒則易之以天人感應，表現出以人法天的思想。《春秋繁露‧循天之道》曰：

> 故仁人之所以多壽者，外無貪而內清淨，心和平而不失中正，取天地之美，以養其身，……故聖人勿爲，適之而已矣。法人八尺，四尺其中也，宮者，中央之音也，甘者，中央之味也，四尺者，中央之制也；是故三王之禮，味皆尚甘，聲皆尚和，處其身，所以常自漸於天地之道，其道同類，一氣之辨也，法天者，乃法人之辨。

其言「宮、甘、四尺」等中央之制；又言三王之禮乃是「常自漸於天地之道，其道同類」，是亦可見董仲舒之「中」採取天人感應之立場，而人行「中」尚「和」，從聖王之行事以與天地之中和之道相應。

東漢時期，王充雖對意志之天的災異之說有所批評，但仍以氣化思想論「和」，《論衡》云：

> 氣和者養生，不和者傷害。（〈訂鬼〉）

> 聖人稟和氣，故年命得正數。氣和爲治平，故太平之世，多長壽人。（〈氣壽〉）

> 和者，天何用成穀之道。從天降而和，且猶謂之善，況所成之穀，從雨下乎？極論訂之，何以爲凶？夫陰陽和則穀稼成，不則被災害。陰陽和者，穀之道也，何以謂之凶？（〈異虛〉）

> 陰陽之氣，天地之氣也。遭善而爲和，遇惡而爲變。（〈講瑞〉）

皆明確言氣之「和」言生物及養生、治世之義。至於「中和」之義，王充曾以「誠」字解釋之，其《論衡‧定賢》篇言云：

> 夫和陰陽，當以道德至誠。然而鄒衍吹律，寒谷更溫，黍穀育生。

推此以況諸有成功之類，有若鄒衍吹律之法。故得其術也，不肖無
不能；失其數也，賢聖有不治。此功不可以効賢二也。

本段文字言陰陽之和當以「至誠」爲本，並以爲鄒衍吹律以知物類，扶萬物
之法爲術，則明確可以看到東漢時期之儒家仍然以「誠」（或「中」）以言「和」，
與道家之思維大不相同。

　　由上述的討論可知，「和」的思維爲先秦兩漢思想家們共同重視，以「和」
爲宇宙萬物得以成就的必要條件，爲人我、天人相貫通之境界。從細部來說，
儒家之和與道家之和的根本則有所不同。道家之「和」係以「虛靜」爲本，
對儒家而言，其言「和」乃推源於「中」。儒家的中和體現於天人之關係上表
現爲人之行事以事天的思維，而這當中「中」之思維爲天人互動交感之基礎，
「和」則是最終天人合一理想境界的表現。

（二）先秦兩漢詩經學之「和」的境界

　　先秦兩漢儒家思想重「和」、以爲「和」萬物得以成就之要素，並爲天人
所共同追求的理想境界的思想在先秦兩漢詩經學有所表現。毛傳〈那〉詩「鞉
鼓淵淵，嘒嘒管聲，既和且平，依我磬聲」：

嘒嘒然，和也。平，正平也。依，倚也。磬聲之清者也，以象萬物
之成。周尚臭，殷尚聲。

毛傳〈無羊〉「大人占之，眾維魚矣·實維豐年」詩句亦曰：

陰陽和則魚眾多矣。

可見毛詩以「和」之概念釋萬物之生長成就，言萬物之成就亦係於「和」的
達至與否。毛傳〈谷風〉詩「習習谷風，以陰以雨」詩句又云：

興也。習習，和舒貌。東風謂之谷風，陰陽和而谷風至，夫婦和則
室家成，室家成而繼嗣生。

本段文字以「和」兼及天人兩者立論，其言「陰陽和則谷風至」，乃是萬物得
成之表現；「夫婦和則室家成」，則是人世得以成就之情形。由此可知，毛詩
以爲天人之間皆以「和」爲貫通，因此爲心物、主體兩者互動，同時爲主客
所追求之境界。不只如此，毛詩言「和」之思維乃是持心性論之立場，毛傳
〈長發〉詩「不競不絿，不剛不柔，敷政優優，百祿是遒。受小共大共，爲
下國駿厖，何天之龍」：

絿，急也。優優，和也。遒，聚也。共，法。駿，大。厖，厚。龍，
和也。

前者的「敷政優優」乃是人之和，後者的「天之龍」則是天之和。天之和的源頭在於人之和，而人之和的成就在於「不競不絿、不剛不柔」的中道。由此，由明確地表現出毛詩由人及天、由「中」而「和」以達天人同和之境界理想，顯示出儒家典型以「中」言「和」的特點。毛詩之以「和」兼主客兩者，為其天人互動之境界的思想亦見於三家詩，然其根本之處則略有不同。首先觀察韓詩的情形，《韓詩外傳》卷八曰：

> （子貢）曰：「賜欲休於事兄弟。」孔子曰：「詩云：『妻子好合，如鼓瑟琴。兄弟既翕，和樂且耽。』為之若此其不易也，如之何其休也！」

是言人之和。又《韓詩外傳》卷三云：

> 太平之時，民行役者不踰時，男女不失時以偶。孝子不失時以養；外無曠夫，內無怨女；上無不慈之父，下無不孝之子；父子相成，夫婦相保；天下和平，國家安寧；人事備乎下，天道應乎上。故天不變經，地不易形，日月昭明，列宿有常；天施地化，陰陽和合；動以雷電，潤以風雨，節以山川，均其寒暑，萬民育生，各得其所，而制國用。

則是以「和」為貫通天人而言，「和」由人之行而應乎天，在天人相應之下，陰陽相和生成萬物，令萬物各得其所。由此，韓詩之言「和」亦通天人立論，其言「人事備乎下，天道應乎上」，又言由人之行以見「和」，並以「和」為萬物生成之必要條件，表現了漢人中和落於天人關係上的典型思維。

　　齊詩的「和」的思想，其天人感應之思維較韓詩為明顯，齊詩學者匡衡承此思路曰：

> 臣聞教化之流，非家至而人說之也。賢者在位，能者布職，朝廷崇禮，百僚敬讓。道德之行，由內及外，自近者始，然後民知所法，遷善日進而不自知。是以百姓安，陰陽和，神靈應，而嘉祥見。詩曰：「商邑翼翼，四方之極；壽考且寧，以保我後生。」此成湯所以建至治，保子孫，化異俗而懷鬼方也。〔註83〕

其言「百姓言，陰陽和，神露應」，即顯露天人感應立場下中和思想落實於天人之際的情形。此種以天人感感思維言「和」的立場在西漢末期的魯詩也可以看得到，《漢書‧劉向傳》曰：

〔註83〕見班固，《漢書‧匡衡傳》（台北：商務印書館），百衲本。

> 諸侯和於下，天應報於上，故周頌曰降福穰穰。

則是以人之和與意志之志相應的思想，又《漢書‧楚元王傳》劉向又曰：

> 曰「飴我釐麰」。釐麰，麥也，始自天降。此皆以和致和，獲天助也。

其「以和致和，獲天助也」，顯現出人之和與天之和相通，並側重由人之行以效天的思維。由此，則後來的魯詩言「和」亦循漢人流行的天人感應之說。

由前面所知，「和」對先秦兩漢詩經學而言乃是追求天人相合的境界表現，無論是心性論立場或是後來漢人的宇宙論思維，「和」皆為萬物得以成就之原因，而存在於天人兩者。不論是主體之情志本身，或是客體之世界，皆以「和」為依歸，並且貫通於主客、心物兩者。不只如此，在西漢晚期由於詩經學的發展而對詩學本體有所認知之後，「和」更從思想層面從主客、心物所追求的境界而成為詩之重要特徵，揚雄《法言‧孝至》篇：

> 或問泰和？曰：「其在唐虞成周乎，觀書與詩溫溫乎，其和可知也。」

揚雄之「泰和」乃是其新構之宇宙論的理想，其言此一理想而以書與詩之「溫溫」言之，可見其係以宇宙論之思維釋闡詩學所追求的「和」的理想。由此，「和」不僅為詩學深層思維所追求的境界，亦體現在詩經學現象上。無論是由天而人的用詩與由人而天的詮釋，在兩者互動以求德的動機下，亦皆以「和」為其理想之境界。

三、由「中和」看詩教溫柔敦厚之特質

「溫柔敦厚」的詩教之說，源於《禮記‧經解》篇：

> 孔子曰：入其國，其教可知也。其為人也，溫柔敦厚，詩教也。疏通知遠，書教也。廣博易良，樂教也。絜靜精微，易教也。恭儉莊敬，禮教也。屬辭比事，春秋教也。故詩之失愚，書之失誣，樂之失奢，易之失賊，禮之失煩，春秋之失亂。其為人也，溫柔敦厚而不愚，則深於詩者也。疏通知遠而不誣，則深於書者也。廣博易良而不奢，則深於樂者也。絜靜精微而不賊，則深於易者也。恭儉莊敬而不煩，則深於禮者也。屬辭比事而不亂，則深於春秋者也。

而孔穎達疏云：

> 溫謂顏色溫潤。柔謂性情柔和。詩依違諷諫，不切指事情，故云溫柔敦厚是詩教也。

孔疏大約是傳統詮釋溫柔敦厚較具代表性的說法。以近代而言，對於溫柔敦

厚的詮釋大致以朱自清與徐復觀兩位學者的說法較爲重要。朱自清之說見於其《詩言志辨》一書，該書則以「中」的觀念言「溫柔敦厚」，其分別從詩教之角度言中和之教、以及援引音樂側面證成中和之思想兩個角度闡釋。徐復觀則一方面承繼了「中」的思維，一方面又推源於情感，從情感之角度重新詮釋「溫柔敦厚」，並崇尚國風，斥責孔疏，其〈釋詩的溫柔敦厚〉一文云：

> 其爲人也，溫柔敦厚，是詩教的效果。詩教之所以有此效果，是因爲詩的性格是溫柔敦厚。……孔子答時君及卿大夫問，總是一針見血，指切事情，何取於這種鄉愿性格的詩教？所以正義的解釋，乃由長期專制淫威下形成的苟全心理所逼出的無可奈何的解釋。……詩是「情動於中」的產物。照我的看法，溫柔敦厚，都是指詩人流注於詩中的感情來說的。……〔註84〕

縱觀各說，孔疏言性情、言顏色，朱自清以「中」言詩教，徐復觀言「詩的性格」和「詩人流注於詩中的感情」等等，則涉及到詩之根本情感以及動人的層面的問題，這些問題可以以本節對先秦兩漢之「中和」思想詳加闡釋，茲討論其內容於下：

（一）「和」與「柔」

「溫柔敦厚」原意應是指詩教之人有「和柔」之表現，「柔」與「和」相連，應是原義。然而由前述可知，對先秦兩漢詩經學所體現之詩學思想而言，「和」與「中」實爲緊緊相繫的一組觀念，故「柔」之所以生，即與「中」有關。因此前人孔穎達、朱自清、徐復觀皆推源於詩人之情志實爲有據。

（二）「中」與「溫柔」

就「中」的解釋而言，朱自清以「中」論詩人之志應爲確義，蓋先秦兩漢詩學思想之「中」，實與心志有關，此點已見前述。由此反觀徐復觀之說，即知徐說多就情感之表現言「溫柔」，其立論略於心性本源，因此對於詩人情志與詩教之間所涉及的人我感通的層面無法解釋清楚。〔註85〕

因此，要解釋詩教之「溫柔」，應循朱自清之思路加以思考。朱說之立論雖然無誤，然其說或言中和之教，或就音樂立說，皆由側面立言，〔註86〕而未能

〔註84〕詳參徐復觀，《中國文學論集》（台北：學生書局），1990 年，頁 445～448。
〔註85〕對徐復觀而言，其論述詩教並未察覺此一問題。
〔註86〕見朱自清，《詩言志辨》（台北：開今文化公司），1994 年 6 月，頁 203～208。

正面以儒家天人意識下中和之旨詮釋。筆者以爲，「溫柔」之說實先秦兩漢詩學思想精粹所在，其直承儒家中和之旨，乃涉及心物、人我、天人之根本及關係，因此不宜輕易放過而當以中和之思想直接闡釋之。以先秦儒家言「中」之概念而言，儒學之道，就其所執而言當在於「中」，然而在成德之取徑上，則有側重「剛中」、或側重「柔中」之分別，《易傳》即有「剛中」、「柔中」之語：

> 同人，柔得位得中而應乎乾曰同人。同人曰，同人于野亨，利涉大川。乾行也。（《同人卦・彖傳》）
>
> 臨，剛浸而長，說而順。剛中而應，大亨以正，天之道也。（《臨卦・彖傳》）

「柔得位得中」即爲「柔中」，而「剛中而應」即爲「剛中」。又〈性自命出〉亦云：

> 凡物不異也者。剛之樹也，剛取之也。柔之約，柔取之也。四海之內，其性一也。其用心各異，教使然也。

「剛之樹也，剛取之也。柔之約，柔取之也」即見其剛、柔兩路。德性之取徑即有剛中、柔中之分，此一觀念落實此各經之中，則各經因其理論之特質亦應有偏剛或偏柔之特點。以《易》而言，《易》雖兼言剛柔，然其以乾卦爲尊，故其思想之傾向應偏於剛中一路，〈乾卦・彖傳〉云：

> 乾道變化，各正性命。

象曰：

> 天行健，君子以自強不息。

是《易》傾向〈乾卦〉代表之「動」、「健」。天道之動、健即爲「剛中」，〈無妄卦・彖傳〉曰：

> 無妄，剛自外來，而爲主於內。動而健，剛中而應，大亨以正，天之命也。

因此《易》之所重當在「剛中」。相對於《易》之「剛中」，詩之所重則偏於「柔中」，毛傳〈芄蘭〉：「芄蘭之支」一句云：

> 君子之德，當柔潤溫良。

毛詩小序亦云：

> 〈葛覃〉，后妃之本也。后妃在父母家，則志在於女功之事，躬儉節用，服澣濯之衣，尊敬師傅，則可以歸安父母，化天下以婦道也。

即可見詩經學所重之偏柔一路。然而此處文字所顯現的偏柔思想還有其他可

能的解釋——指情感之偏柔而言，而不一定是「柔中」。此一問題可以從兩點加以觀察：第一、先秦兩漢詩經學對情感、心志的理解並非剛柔對立的理解，而是有著多層次的看法，《韓詩外傳》卷二：

> 外寬而內直，自設於隱括之中，直己而不直人，善廢而不悒悒，蘧伯玉之行也。故爲人父者，則願以爲子，爲人子者，則願以爲父，爲人君者、則願以爲臣，爲人臣者，則願以爲君。名昭諸侯，天下願焉。詩曰：「彼己之子，邦之彥兮。」此君子之行也。

「外寬而內直」，可見韓詩以爲人之心志實有內外層次之別，「外寬」即是「柔」，而「內直」是「剛」，因此就情感之表現乃是剛柔兼具者。又《韓詩外傳》卷二亦曰：

> 子夏讀詩已畢。夫子問曰：「爾亦何大於詩矣？」子夏對曰：「詩之於事也，昭昭乎若日月之光明，燎燎乎如星辰之錯行，上有堯舜之道，下有三王之義，弟子不敢忘，雖居蓬戶之中，彈琴以詠先王之風，有人亦樂之，無人亦樂之，亦可發憤忘食矣。詩曰：『衡門之下，可以棲遲；泌之洋洋，可以樂饑。』」夫子造然變容，曰：「嘻！吾子始可以言詩已矣，然子以見其表，未見其裏。」顏淵曰：「其表已見，其裏又何有哉？」孔子曰：「闚其門，不入其中，安知其奧藏之所在乎！然藏又非難也。丘嘗悉心盡志，已入其中，前有高岸，後有深谷，泠泠然如此既立而已矣，不能見其裏，未謂精微者也。」

此處的表裏之說，亦顯現了心志之多種層次的可能。由先秦兩漢詩經學對心志情感的多層次認知可以知道，以爲詩經學對情感持偏柔立場的解釋實有問題。

其次，先秦兩漢詩經學之言情不只是限於情感之「剛柔」，而有以「中和」的思想詮釋情感的情形，孔安國云：

> 〈關雎〉樂而不至淫，哀而不至傷，言其和也。〔註87〕

孔安國習魯詩，亦傳毛詩，所以此處所言與毛詩合，孔安國以「和」統言〈關雎〉之義，顯現〈關雎〉不只是情感外現之「中」而已，還與「和」之思想相關。又習齊詩之班固〈離騷·序〉亦曰：

> 〈關雎〉哀周道而不傷。

則班固釋〈關雎〉亦以情感之「中」言之，但參以前文齊詩〈關雎〉天人之

〔註87〕見《論語·八佾》篇疏（台北：藝文印書館），《十三經注疏》本，卷3頁11。

義可知，〔註80〕班固亦與孔安國相同，其情感之「中」應該也與「和」的思想相連。不只如此，本文第三章第四節已述，毛詩之言「樂而不淫」、「哀而不傷」乃是心性論思想下性情本末之觀念下情志本體之善的呈現，由此情志之善之充擴即發為情感、世界之「和」，可見毛詩亦以情感與中和思想相連。由此可知，對先秦兩漢詩經學而言，情感之表現實有兼及於中和而立論者，以此參於前述情感兼具剛柔的說法，可以知道先秦兩漢詩經學所認同的柔，應當是如同易傳「剛中」之思想一致，必須推源至心志之本源以立論，絕非僅就情感之外現立說而已。在此一觀點下，「剛中」或「柔中」乃是指思路之偏陰、偏陽或是偏情、偏理而言，至於情感表現的溫柔與否，則是另一層次的問題。先秦兩漢之剛柔，乃是互動、並存的，絕不可能單獨存在，是故就心志而言亦不可能為純剛或純柔，而必然同時兼具剛柔兩者，因此會表現出多層次、多樣的情感。

因此，從詩之「柔中」觀察外現之情感可以發現兩點今日言情者必須注意的事項。第一，詩之「柔中」與外現情感之「中」實有本末之差異，情志所操持之「中」所外現的情感，或許包含了情感表現時其程度之大小、輕重之「中」，但實不止於此。因為僅由情感外現之程度之「中」，而失其本源操持之義，是不可能達到世界之「和」境界的。第二、「柔中」並非指情感之表現全為柔，而與剛對立。「柔中」之所指，乃是詩在群經中所走之仁之一路之表現，若就詩中情感之為剛還是為柔，其表現自然是兼而有之，絕非只有柔之表現。〔註89〕

「柔」之義既如上述，應與「中」的概念相關，那麼「溫」又該如何解釋？觀察前人較重要的說法，朱自清僅釋「中」之義，而未針對「柔」字有明確解說；孔疏以人之顏色釋溫；而徐復觀則以情感之角度言溫，以詩人情感之蓄積蘊釀解釋之。縱觀諸說，當以孔疏為是，徐復觀之說則有相當之疑義。為申論之清晰與方便故，茲先討論徐復觀說法之誤，後明孔疏之依據以明「溫」之意旨。以先秦兩漢詩經學而言，徐復觀之言溫之內容與進路有三點問題：其一，徐說係以「溫」言「中」為其基本立場，並以為「溫」可得「柔」，此訓與毛詩

〔註80〕　參見第三章第四節。
〔註89〕　林耀潾即以為詩有剛柔兩端，不專為柔，其說雖不可謂不正確，然其對於心志之層次，以及剛柔和中之特質缺乏了解，故其論仍不能調和「中」與「剛柔」兩者，而未能推源、統整於中的思想。參林耀潾，《先秦儒家詩教研究》（台北：天工書局），1990 年 8 月，頁 190～201。

不合，蓋毛詩之訓「溫」，並無徐復觀以「溫」為本，並藉「溫」以釋「柔」的情形。毛傳〈抑〉：「荏染柔木，言緡之絲，溫溫恭人，維德之基」云：

　　緡，被也。溫溫，寬柔也。

又毛傳〈小宛〉：「溫溫恭人」又云：

　　溫溫，和柔貌。

「寬柔」、「和柔」都是以「柔」之某種狀態言「溫」，並非由「溫」來解釋「柔」，在解釋的理論次序上有著先後的不同。其次，徐復觀從情感生發進路言溫而生柔，進而推尊國風的細膩說法，也不合先秦兩漢詩經學對國風的理解。《禮記‧樂記》云：

　　寬而靜，柔而正者，宜歌頌。廣大而靜，疏達而信者，宜歌大雅。
　　恭儉而好禮者，宜歌小雅。正直而靜，廉而謙者，宜歌風。肆直而
　　慈愛，商之遺聲也。商人識之，故謂之商。齊者，三代之遺聲也。

由此段文字所言，「柔」乃是言頌，而言其「柔而正」；至於徐復觀盛言的「國風」，則是「正直」，乃「廉而謙」之人所歌者，此解與徐復觀心中理想之溫柔敦厚大異。其三，專就從情感角度來說，溫是否必導致柔，此係徐復觀想當然耳之說，就儒學之思想而言，情感之積累與柔兩者之間不一定有著必然性。「仁者必有勇」，即意謂著情感之沈澱未能導致柔的表現，亦有可能產生力量。

　　由此，徐復觀之立論應不可信，就先秦兩漢思想來說，孔穎達之疏實有其根據，其以顏色言「溫」的思想在先秦儒學時常出現：

　　君子所性，仁義禮智根於心。其生色也，睟然見於面，盎於背，施
　　於四體，四體不言而喻。《孟子‧盡心上》
　　誠則形，形則著，著則明，明則動，動則變，變則化，唯天下至誠
　　為能化。《中庸‧二十三章》

「誠」、四端之性，實即為心性論之「中」，由此內在之操持之「中」而外現而「形著」，是為《孟子》一系之心性論觀點。毛傳〈淇奧〉「瑟兮僩兮，赫兮咺兮」詩句明確表示了此種想法，其文云：

　　瑟，矜莊貌。僩，寬大也。赫，有明德赫赫然。咺，威儀容止宣著
　　也。

「威儀容止宣著」即「形著」，而「形著」乃是「赫赫」「明德」，明顯合於《中庸》、《孟子》之說。不只是先秦，漢人持氣化宇宙觀其亦肯定人德之外現，《韓詩外傳》卷二云：

上之人所遇，色爲先，聲音次之，事行爲後。故望而宜爲人君者、
容也，近而可信者、色也，發而安中者、言也，久而可觀者、行也。
故君子容色，天下儀象而望之，不假言而知爲人君者。詩曰：「顏如
渥丹，其君也哉！」

其言「色爲先」，即著重由德性而外現之形神表現。《韓詩外傳》卷四亦曰：

孔子見客，客去。顏淵曰：「客、仁也。」孔子曰：「恨兮其心，顙
兮其口，仁則吾不知也，言之所聚也。」顏淵蹴然變色。曰：「良玉
度尺，雖有十仞之土，不能掩其光；良珠度寸，雖有百仞之水，不
能掩其瑩。夫形、體也，色、心也，閔閔乎其薄也。苟有溫良在中，
則眉睫著之矣；疵瑕在中，則眉睫不能匿之。詩曰：「皷鐘于宮，聲
聞于外。」

「苟有溫良在中，則眉睫著之」明確出表示人因爲內德之茂而能形於外的想
法。由此，則先秦兩漢詩經學「溫柔」二字，意指君子內心操持之「柔中」，
由此「柔中」而外現則表現出情態之「和柔」、或是「寬柔」；至於「溫」，乃
是兼及於情志之內外而言，乃是整體生命精神之展現，由此可知孔穎達之疏
較徐復觀之說爲弘大，並且合於早期之儒學思想。

（三）「敦厚」之義旨

對於「敦厚」之義，孔疏之意大約依附於依違諷諫之中，但此說不當，
林耀潾已有所論述；〔註90〕至於徐復觀則以情感之層次言詩人之情感當有所
積累蘊釀。不過，從天人意識的角度來說，「敦厚」之旨無須另起一義，運用
「柔中」的概念即可詮釋，使「溫柔敦厚」四字可以成爲一致思想的展現。
毛傳〈椒聊〉「碩大且篤，椒遠且，遠遠且」詩句云：

篤，厚也。言聲之遠聞也。

則「敦厚」指詩教之感化力量無遠弗屆，因此可以視爲發於「柔中」力量的
展現，而通於「和」的思維。可知毛詩之「敦厚」一如「溫柔」，可以溯源至
情志的層面，並達於形著、外王之路。《詩·含神霧》亦曰：

詩三百五篇。詩者，持也。在於敦厚之教，自持其心。諷刺之道，
可以扶持邦家者也。

此處先言「敦厚之教」，敦厚之所以能爲「教」，即是肯定「敦厚」乃是能感

〔註90〕見林耀潾，《先秦儒家詩教研究》（台北：天工書局），1990年8月，頁193～
201。

通人我，故能使聞者自我提我。而由「自持其心」四字觀之，詩教之所以能感通人我的關鍵實在於心志，亦即「中」的思維。先秦兩漢詩經學的「中」，無論是心性論與宇宙論，皆及於情志之層面。由此，則齊詩「敦厚」之義亦與毛詩相通。簡單的說，就詩教的角度言「敦厚」乃是形容之語，進一步追究其源，則「敦厚」之本與情志之「柔中」相關，而爲生命從「柔中」生發兼及內外之內聖外王思想的顯現。由此觀察徐復觀以情感釋「敦厚」之說，會發現徐說在先秦兩漢詩經學雖不能謂無據，然亦未達心志本源——「中」的思維，只就字面直接生發其義，而從今日創作者之情感一面立論，可能不合於先秦兩漢「敦厚」之思維。

　　進一步探討「敦厚」的「厚」之義，會發現「敦厚」還有更深一層的天人意涵。「敦厚」如「地」，與「天」相對待，在先秦兩漢思維當中與「柔中」一樣皆屬陰柔、情理一路。《坤卦·象傳》云：

　　　　至哉坤元，萬物資生，乃順承天。坤厚載物，德合无疆，含弘光大，

　　　　品物咸亨。牝馬地類，行地无疆，柔順利貞，君子攸行。

坤、代表陰，有柔順、博厚、載物之義，而與乾之陽剛相對待，我們可以將這種陽陰、陽剛之對待整理爲如一的觀念系統：

　　　　天——高明——陽——剛

　　　　地——博厚——陰——柔

將這套系統之對應回顧本節前文會發現，「敦厚」與「溫柔」皆屬陰，皆偏於情，在天人意識的思路中恰爲一致，皆屬坤、地之範疇。如此，敦厚爲情志之厚的說法恰可爲本文前述以詩探情志一途故爲「柔中」的說法做一補充，而可以將「溫柔」與「敦厚」表面上不同的兩組概念，視爲互相闡發，而同歸一路的思維方式。

　　　　※　　　　※　　　　※　　　　※

　　總結本節對「中和」討論可知，「中」乃是人之所操持，使人得以通人我、及萬物的關鍵，也是詩經學所體現詩學思想主客互動交感的基礎；而「和」則是當時詩學成德目的下最終追求之境界。觀察先秦兩漢詩經學的「中和」思想，即可見先秦兩漢詩學思想中，以情志爲本，而情通萬物以至於天人合一之理想。不只如此，先秦兩漢詩經學所表現之「中和」思想還可與詩教「溫柔敦厚」互通，而從「溫柔敦厚」的理解當中對詩學秉持之「中」了解的更爲清楚。「溫柔敦厚」雖指的是詩教的效果，然其本實可推源於情志，而見情

志由內而外、通達天人的思想。「溫柔敦厚」中的「柔」，指的是當時詩經學
在先秦兩漢儒學思想所體現之「柔中」一路，「柔中」乃是直承於儒家的中庸
思想，唯其取徑乃是偏於柔而相對於《易傳》偏於剛中的思維。「柔中」並未
指情感表現之偏剛或偏柔，因為就天人意識的角度而言，由此內在之「柔中」
而外發之情感必然兼及剛柔兩者，而顯現出心志之多層次的情形。由「柔中」
之路而外現於形貌即為「溫」，而「敦厚」則是生命兼及內外境界的顯現而言，
其著眼點在於如地之博厚寬廣。因此「溫柔敦厚」皆是偏重陰柔一路思想的
闡發，「溫柔敦厚」之詩教，亦當是此「柔中」之路，由「中」而「和」之化
育、和柔萬物之境界下方有之情形。最後，以《中庸》之一段話語，以明儒
學之各種面向，以見先秦兩漢詩經學之言詩與詩教，實乃沿著成德之動機，
朝著內外、天人兩路之回歸與展現，《中庸・三十一章》：

> 唯天下至聖，為能聰明睿知，足以有臨也。寬裕溫柔，足以有容也。
> 發強剛毅，足以有執也。齊莊中正，足以有敬也。文理密察，足以
> 有別也。溥博淵泉，而時出之，溥博如天，淵泉如淵。見而民莫不
> 敬，言而民莫不信，行而民莫不說，是以聲名洋溢乎中國，施及蠻
> 貊。

「聰明睿知，足以有臨也。寬裕溫柔，足以有容也。發強剛毅，足以有執也。
齊莊中正，足以有敬也。文理密察，足以有別也。」聖人之有智、有仁、有
勇，實為儒學之極，而先秦兩漢之言詩及詩教，即屬由情志之仁一路以期達
於仁、智、勇三者兼美之境界。

第五章　先秦兩漢意象思維與詩歌之定位
——兼論創作詮釋與文辭

　　從現象來看，先秦兩漢詩經學包含詮釋與用詩，用詩雖以詮釋為其體，然用詩實不等同於詮釋，詮釋偏於情而用詩偏於理。從深層意識來看，先秦兩漢詩經學所反映之詩學思想又涉及心物等主客層面，而以主體之志為其源。由此，則先秦兩漢詩經學所表現之詩的概念實源於志而不止於志。由此一特點觀察傳統詩言志的說法，會發現詩言志可能僅限於解釋詩的源頭或是詩之特質等層面。在這些層面之外，先秦兩漢詩經學之思想還涉及客觀之理、客觀之物以及情理、主客之間的關係與互動等問題，僅就詩言志之角度是無法涵蓋的。先秦兩漢詩經學言志之論述亦云：

　　　　詩以言志。（《左傳·襄公二十七年》）

　　　　詩無隱志。（《孔子詩論》）

　　　　詩者，志之所之也。（《毛詩大序》）

　　　　詩是言其志也。（《荀子·儒效》）

　　　　詩之為言，志也。（《春秋·說題辭》）

　　　　詩言志。（《漢書·禮樂志》）

皆非指詩即志。因此，從先秦兩漢詩經學所反映出來的現象與深層意識的種種詩學思維都指向一個根本的問題，此即：詩該如何定位？其本質究竟為何？此一直接涉及詩學本體之問題便是本文最後面對種種先秦兩漢詩經學現象與內涵的最後關鍵問題。由本文之探討可知，先秦兩漢詩經學種種表現之詩學論述皆可推源於天人意識之思想，因此對於詩歌之定位與本質的了解也必然

從天人意識著手。考量先秦兩漢天人意識與詩經學之情形，先秦兩漢詩歌之本質應與意象之概念有關。是故，本章擬就先秦兩漢意象論與詩歌之關係進行探討，以期從先秦兩漢詩經學出發對先秦兩漢詩歌之定位與本質進行了解。除此之外，先秦兩漢意象論除了與詩學之本質相關外，與意象思想相關的如創作與詮釋、文辭等論題，其範圍雖不僅限於詩學，然亦包括詩學在內，因此本章亦一併論及，以明先秦兩漢詩學思想在創作、詮釋以及文辭的看法與表現。

第一節　先秦兩漢意象思維與詩歌之定位

一、先秦兩漢意象論之特點

　　關於意象，前章第二節已就象之為觀物思維之歸趨有所論述，然而明確討論意象一詞的含義。意象一詞，首見於《易‧繫辭上》，其文云：

> 是故形而上者謂之道，形而下者謂之器，化而裁之謂之變，推而行之謂之通，舉而錯之天下之民謂之事業。是故夫象，聖人有以見天下之賾，而擬諸其形容，象其物宜，是故謂之象。聖人有以見天下之動，而觀其會通，以行其典禮，繫辭焉以斷其吉凶，是故謂之爻。極天下之賾者存乎卦，鼓天下之動者存乎辭，化而裁之存乎變，推而行之存乎通，神而明之存乎其人，默而成之，不言而信，存乎德行。

張立文從哲學範疇的整體角度指出，意象思維的客體不惟有形之事物，除了以具體事物之形象為對象外，還有包括實、虛兩類的對象，共涵括了象象、象實、象虛、實象、實實、實虛、虛象、虛實、虛虛等九個範疇。〔註1〕就本文而言，張立文係以九種邏輯範疇架構中國思想之縱橫發展情形，其側重點與本文不同，本文探討之諸多概念若以其分類觀之，大部分屬於象象、象實、象虛、實象、虛象等和象有關的邏輯範疇，其中象之實乃是「一種想象的、理性的存在物」，象之虛則較象之實為「抽象」。由此，則先秦兩漢意象思維中的對象可以為具體可見之物、亦可為想象之存在物，亦可為較為抽象之概

〔註1〕　參見張立文，《中國哲學邏輯結構論》（北京：中國社會科學出版社），2002年1月，頁59～66、134、145。

念。從天人意識的角度觀察意象，會發現上文《易繫辭》之「聖人有以見天下之賾」即見象乃是心源於其對客體的觀照，「觀其會通」、「神而明之，存乎其人」則見象乃是存乎、通貫天人之間者，至於「存乎德行」則體現象的思維乃是以德義爲其意義之歸趨，可知意象乃是源於心之觀照客體、透過心物之互動而生者，其存乎天人、心物之間，具有某種客觀性，能隨著視界之大小而展現的一體思維。先秦兩漢的意象思維，正好可以爲該時期的詩經學表現之種種思想特點做出詮釋而加以定位。

二、先秦兩漢詩經學之意象特點與詩歌之定位

先秦兩漢詩經學所反映出來的詩學意象特點可以分別從以下幾點加以觀察：

（一）先秦兩漢詩學思想下的志及範疇

先秦兩漢詩學思想以志爲其源，然不止於志，而存乎於天人、主客之間。前文已述，先秦兩漢詩學所走乃柔中一路，並由柔中而同時向天人兩範疇展開其論述。其所涉及之範疇雖然是主客體兩者，但仍然是以志爲本者，此點與意象始於主體之觀照客體，而透過心物之互動而界於天人、心物之間的特質類同。

（二）先秦兩漢詩學的客觀性思維

先秦兩漢詩經學所反映出來的客觀性普遍存在於現象與深層等層面。就現象來說，用詩用詩相對於詮釋而言偏於理，且多以用詩思考、認識世界。因此先秦兩漢詩學用詩之現象即表現爲客觀性。

就深層來說，無論是主體之情感或是客體之物，皆存在「一」、「二」、「多」的思維，其中「一」爲常，而「二」、「多」爲變中之常或常中之變，皆表現出通貫通主客世界之理。

再就現象與深層的關係來看，先秦兩漢詩經學深層意識之心物兩面以及心物互動乃是通貫存在於用詩與詮釋之現象者。因此就現象與深層之間來說，深層之意識實爲客觀性者。

由此可見，先秦兩漢詩經學現象之用詩、深層意識下心物的「一」、「二」、「多」、以及深層意識本身皆具有某個程度的客觀性，而此種客觀性通貫於天人、心物之間而與意象之特點亦類同。

（三）先秦兩漢詩學思想的德義

就現象而言，先秦兩漢之詮釋與用詩兩者皆以統合於德義之中，而此一特點在深層意識的心物表現和互動上也是如此。此種先秦兩漢詩學的德義意識與先秦兩漢時期意象的德義思維相合。

三、先秦兩漢詩歌之定位 —— 詩學意象論

由前三點詩學意象之特點，可見意象之思維落實於先秦兩漢詩經學所體現之詩學思想實已兼及於各個層面。從現象而言，用詩偏理而詮釋偏情，因此用詩與詮釋可以用意象論思維加以統合；而深層意識之部分亦同，心與物之中皆有情理，心物之互動對待亦爲情理之對待，因此深層意識中心與物亦可爲意象論思維統合；再擴大至現象與深層的情形，現象偏情，而深層爲理，因此詩經學現象與深層意識之間亦爲意象論思維。由此，先秦兩漢意象思維中隨著視界之大小而展現的一體統合性的特點在先秦兩漢詩經學中亦可找到，由此可知，以意象之概念闡釋先秦兩漢詩經學種種現象與深層之意識表現實爲恰當。

先秦兩漢詩經學所反映之詩學思想以意象概念加以定位還可以引用音樂之理論作爲旁證，在《禮記樂記》中即有以樂爲象的思想，《禮記・樂記》：

> 樂者，心之動也。聲者，樂之象也。文采節奏，聲之飾也，君子動其本。

此段文字之敘述蓋以爲音樂源於心，而發爲聲。其聲之表現具有客觀性質之「文采節奏」，而這些音聲節奏皆須以心志爲其本。由此，音樂之源於心而具有客觀之特質，又歸源於德義之特色即與意象之思維相同，因此〈樂記〉云：

> 樂其象，然後治其飾。

明確提出以象釋樂的想法。由此可見，本文以意象思維對先秦兩漢詩歌加以定位實非無據，而可以推源至音樂之意象思維。

以上乃是就先秦兩漢詩經學之種種特點而對先秦兩漢之詩歌概念加以定位。若就先秦兩漢詩學意象思維的實際發展來說，以詩爲意象的認識乃是從模糊到自覺的過程。對先秦及漢代早期來說，詮釋與用詩以及內在之深層意識等詩學意象之思維早已存在，只是尚未自覺，此時詩學之特點往往依附於音樂之理論生發。﹝註2﹞最遲至讖緯之後，詩爲象的思想乃進入自覺之想法，

﹝註2﹞ 例如前文第三章第四節即可見毛詩大序引〈樂記〉之文字。

《易林》之創作即爲詩爲象的典型顯現。

第二節　先秦兩漢意象思維與詩經學反映之創作、詮釋及文辭觀念

　　圍繞著先秦兩漢意象思維的一個主要課題即爲創作詮釋與文辭等概念，以今日文學之觀點來說創作詮釋與文辭亦爲極其重要者。如同本章開端所言，由意象思維相關的創作與詮釋並不限於詩學在內，然亦涵括詩學，因此於此處加以論述應爲必要。茲分別就就意象思維下對創作詮釋與文辭之看法加以討論，再就此創作詮釋與文辭之觀念落實於詩經學的情形進行討論，以明其義。

一、意象論與先秦兩漢詩經學之創作與詮釋觀念

（一）意象論與創作、詮釋

　　先秦兩漢意象思維下的創作與詮釋的展開乃是以德爲核心，落實於聖人之概念以立論者，《易・繫辭上》：

> 是故天生神物，聖人則之。天地變化，聖人效之。天垂象，見吉凶，聖人象之。河出圖，洛出書，聖人則之。

是以聖人以天地萬物之形象變化等天道爲闡釋之內容。《易・繫辭上》又云：

> 聖人設卦觀象，繫辭焉而明吉凶，剛柔相推而生變化。

則聖人之創作文辭乃是明象之意，以明天地萬物變化之情，可見《易傳》以聖人創作文辭爲闡明天地之德，以贊天地之化育。不只如此，聖人之創爲文辭還有天人意識下的參贊踐履之義，《易・繫辭下》：

> 天下之動，貞夫一者也。夫乾確然，示人易矣；夫坤隤然，示人簡矣；爻也者，效此者也；象也者，像此者也，爻象動乎內，吉凶見乎外，功業見乎變，聖人之情見乎辭；天地之大德曰生，聖人之大寶曰位。

由「一」而「乾坤」而「變化」即爲天地運行之道，乃是聖人創作之內容。此一天地之道不唯聖人所揭示內容，亦爲聖人所行而光大者，故曰「聖人之情」，此聖人之情的外現即爲文辭。可見文辭不惟爲顯示天之道而生，亦爲天人同德的踐履之義，可參贊天地之化育，爲宇宙萬物生化之道。因此對先秦兩漢意象論而言，創作實兼及於揭示與實踐天之道之義，乃是在天人合德基

礎下天道運行化成萬物的表現。

　　相較於聖人創作文辭爲參贊天地，成就天地德業之行爲與表現，先秦兩漢的詮釋思維亦在意象論中得到開展，而以聖人創造之文辭爲對象加以展開，《易‧繫辭上》：

> 君子居則觀其象而玩其辭，動則觀其變而玩其占。是以自天祐之，
> 吉无不利。

則詮釋之目的在於理解聖人所立之象或辭，而知天之德爲目標。此種知天之德不只是認知的，而且是道德實踐的，乃是具體表現於道德之行爲之中以躋於聖人之德爲目標。

　　由上述可知，先秦兩漢意象論下創作與詮釋實以聖人爲樞鈕，聖人兼具理想之作者與讀者，而以知天之道，合天之道爲內涵。聖人作爲作者，透過創作文辭之行爲，參天、贊天之德；另外，君子欲成其德義亦以聖人之情爲目標，由知、行等踐履闡述文辭，求知聖人與天之德。如此，則創作與詮釋文辭兩者之過程順逆相反，一爲由天而人，一爲由人而天，皆以道德爲義，以聖人爲關鍵，將此點與《中庸》的天之道與人之道相比，實爲相同的天人順逆二路。而從第四章第一節的討論可知，無論是聖人或凡人，其順逆之展現皆以「一」、「二」、「多」爲其內在之內涵。由此，則創作與詮釋順逆展現之內在結構即如同聖凡之順逆，亦爲「一」、「二」、「多」者，其中創作因天而生故爲由天而人，其結構展現爲「一──二──多」，詮釋爲由人而天，其結構之展現爲「多──→二──→一」。兩者之「一」、「二」、「多」完全相同，其中的「一」爲「誠」，「二」爲仁智，而「多」則是多種、多樣之象與文辭的展現。

（二）先秦兩漢詩經學之創作、詮釋觀念

　　前文對意象思想所生發的種種創作與詮釋觀點在先秦兩漢詩經學中亦可得見。首先，就創作與詮釋之概念來說，《韓詩外傳》云：

> 天見其象，地見其形，聖人則之。〔註3〕

是以聖人以天爲象而創作、參贊的思維。又《韓詩外傳》卷五：

> 孔子學皷琴於師襄子而不進。師襄子曰：「夫子可以進矣！」孔子曰：
> 「丘已得其曲矣，未得其數也。」有間，曰：「夫子可以進矣！」……
> 師襄子避席再拜曰：「善！師以爲文王之操也。」故孔子持文王之聲，

〔註3〕見蕭統，《文選》（台北：藝文印書館，宋淳熙本）應吉甫〈晉武帝華林園集詩〉注，卷20頁19。

　　　　知文王之爲人。……傳曰：聞其末而達其本者、聖也。

則是舉聖人孔子爲例，言其聽樂而知文王之聖。而文王乃是上配於天者，此
爲儒家之通義。由此，則先秦兩漢詩學亦以聖人兼及理想之作者與讀者，而
以天之德義爲其核心之思想。而兩則分別從創作部分言「聖人則」天之象，
詮釋部分「聞其末而達其本者」，則天之象乃是成天之德，故爲由本及末，而
知聞聖人之德，則是由末達本。由此可見先秦兩漢詩經學之言詮釋與寫作如
意象論思維一般，皆落實於聖人之概念以立論，表現爲順逆的結構而歸之以
德義的情形。除此之外，我們也可從當時的音樂思想側面看出先秦兩漢詩經
學所表現之創作與詮釋的順逆關係，《禮記・樂記》云：

　　　　故鐘鼓管磬，羽籥干戚，樂之器也。屈伸俯仰，綴兆舒疾，樂之文
　　　　也。簠簋俎豆，制度文章，禮之器也。升降上下，周還裼襲，禮之
　　　　文也。故知禮樂之情者能作，識禮樂之文者能述。作者之謂聖。述
　　　　者之謂明。明聖者，述作之謂也。

禮樂之文主要指樂之演奏及禮之行儀，乃是由末而本者，故爲「述」。而禮樂
之情即爲禮樂之始，是由本而末，故爲「作」。「述」即爲詮釋，而「作」爲
創作，而述作之內容皆以禮樂爲對象。由前文第四章第一節可知，禮樂就儒
家而言即爲人成德之二元要求，因此〈樂記〉之言述作乃是順逆向而以德爲
其內容者，而音樂之順逆極可能是與詩學相通者。

　　　其次，在創作與詮釋之內在結構方面，「一」、「二」、「多」之結構亦有見
於先秦兩漢詩經學。《韓詩外傳》卷三云：

　　　　傳曰：易簡而天下之理得矣。詩曰：「政有夷之行，子孫保之。」忠
　　　　易爲禮，誠易爲辭，賢人易爲民，工巧易爲材。

是以「一」爲「誠」，可知先秦兩漢詩經學不僅以「誠」爲其心物互動之本源
與基礎，進而表現出「誠」於當時詩學概念之重要。此一本源基礎落於詩歌
之創作來看，「誠」即詩人之心志，詩人秉此心志之「誠」，外發而爲創作，
此一情形與《易傳》言「脩辭立其誠」思維類同。進一步來看，我們亦可見
西漢以後的創作概念涵蘊虛靜的思維，《春秋・說題辭》曰：

　　　　詩者，天地之精，星辰之度，人心之操也。在事爲詩，未發爲謀，
　　　　恬淡爲心，思慮爲志，故詩之爲言，志也。

王令樾釋之云：

　　　　爲詩之前，計度其如何創作，此乃說明謀篇之法。恬淡爲心是說作

> 詩之謀度全出於心，而心必以恬淡自處，始能應謀度之用。思慮爲
> 志，是說作詩起於情志之動，而情乃由所見引起所思，所以思爲志
> 之體。……由外及內，言之精細，足以輔助詩序作詩之義。〔註4〕

此處言恬淡、言思慮之志，皆可見西漢時期儒家之論創作以恬淡爲持心之術，
包含虛心的情形。而由前章第四節可知，此種虛靜的思維，仍舊是以「誠」
爲本，而取其創生、貫通之志之義，此點我們從《春秋・說題辭》言「思慮
之志」亦可隱約看出。

就讀者來說，詮釋之目的乃在於知聖人之志，《韓詩外傳》卷五云：

> 楚成王讀書於殿上，而倫扁在下，作而問曰：「不審主君所讀何書
> 也？」成王曰：「先聖之書。」倫扁曰：「此眞先聖王之糟粕耳！非
> 美者也。」成王曰：「子何以言之？」倫扁曰：「以臣輪言之。夫以
> 規爲圓，矩爲方，此其可付乎子孫者也。若夫合三木而爲一，應乎
> 心，動乎體，其不可得而傳者也。則凡所傳，眞糟粕耳。故唐虞之
> 法，可得而考也，其喻人心，不可及矣。」

此段文字係借自《莊子・天道》篇，不過韓詩之意應當不是反對如同莊子之
反對詩書，而是讀詩書當不限於字句而以眞切實踐、躋於聖人之境爲目的。
如此，則先秦兩漢詩經學之詮釋亦如同意象論下的思想，乃是眞知眞行者。

先秦兩漢詩經學創作與詮釋之「二」如同意象論以爲仁智爲內容，《韓詩
外傳》卷八曰：

> 孔子燕居，子貢攝齊而前曰：「弟子事夫子有年矣，才竭而智罷，振
> 於學問，不能復進，請一休焉。」子曰：「賜也，欲焉休乎？」曰：
> 「賜欲休於事君。」孔子曰：「詩云：『夙夜匪懈，以事一人。』爲
> 之若此其不易也，若之何其休也！」

此段文字係以子貢之語爲反面立論，其言子貢才竭而智罷，振於學問，不能
復進，是明確表現出君子之修習，乃是透過仁智者，可以處於詮釋之君子乃
是以才學爲躋聖之關鍵。而從另一面創作來說，聖人之創爲文辭即爲德性之
實踐，而前文第四章第二節已明言聖人之實踐乃是透過仁智者，茲不贅述。

在先秦兩漢詩經學創作與詮釋之「多」來看，意象論下的創作與詮釋實
可含蘊詩學之表現，而爲多樣多種之表現，而兩者簡單易明，故不多舉例。

簡單說來，先秦兩漢詩經學所表現出來詩學創作與詮釋的思想乃是以聖

〔註4〕 見王令樾，《緯學探原》（台北：幼獅文化公司），1984 年 4 月，頁 189。

人爲樞紐，而表現方向相反但結構相同的爲「一 —— 二 —— 多」與「多 ——
二 —— 一」順逆思想。最爲特別者，是先秦兩漢詩經學之創作與用詩實爲相
通者，無論在德義下的角色，以及兩者與詮釋之關係，創作與用詩皆表現出
相同之思維特點。

　　由前面的討論可知，先秦兩漢意象論下的創作與詮釋皆是在德性之踐履成
就上加以立論而爲「一 —— 二 —— 多」與「多 —— 二 —— 一」順逆思想者。
由此一特點出發，則先秦兩漢之創作與詮釋所面對之文辭的認知與今日以爲的
純粹知識之義有相當的差距，而當從德性之成就加以觀察。由於先秦兩漢詩經
學所表現出來的詩學傾向於德性之成就，而少就純粹知識加以立論。因此，創
作的實際指涉以及本義之意涵皆有著與今日不同的認知情形，此種情形充分顯
現出先秦兩漢詩學思想的儒家特點，也同時顯現出後世所謂的文學即是從此一
特點下，隨著天人意識之發展而生的情形，茲分別討論於後。

　　首先，觀察創作觀念的部分。先秦兩漢詩經學所反映出來當時詩學的創
作與詮釋思維皆是以德性角度加以理解的，因此從德性踐履之角度觀察創
作，會發展所謂的創作之於先秦兩漢詩學思想，並非如同今日以爲的創作詩
歌，而是表現出創作概念與用詩之相通情形。先秦兩漢之創作論與詮釋論皆
是結合於德者，作者論爲「一 —— 二 —— 多」，而詮釋則是由詩中萬象中返
回，兩者皆以德爲目標，故爲「多 —— 二 —— 一」。由此回頭看用詩，用詩
之產生實亦自運用者之德，用詩或透過詩句而展現各式之理，或經由賦詩而
展現其情志之所取，故亦爲德之履踐與展現，所以用詩亦爲「一 —— 二 ——
多」的過程。因此，從意象思維下，以德性之成就爲創作與詮釋之內涵角度
觀察，作者之寫詩與用詩之動機、行爲實爲相同，〔註5〕我們可以從最早《詩
經》產生詩之後即繼之以用詩，以及西漢末期《易林》之寫詩與用詩之結合
等現象得到印證。換句話說，用詩與寫詩在先秦兩漢之學者而言，實是同一
動機而生，且沿著相同之思路發展。不只如此，詮釋之於用詩、寫詩之關係
亦兩兩類同，在先秦兩漢寫詩與詮釋、用詩與詮釋兩兩之間皆具有同樣的互
動思維與關係。因此，從成德之角度與用詩之角色與表現來看，我們可以說
先秦兩漢之用詩亦爲創作的形式之一。

　　不只如此，我們還可以從此一用詩即創作的思維了解何以作者論在西漢

〔註5〕　事實上，用詩與創作之相同處不只在動機而已，若將注視之眼光放大到詩學
　　　　之外，而以論著爲範圍，會發現用詩者其實是在著述，表現其思想者。

後期方才展開的情形。在用詩與今日之寫詩尚未合爲一體之前，用詩即行德之義，因此直敘其義理。而西漢後期之用詩與創作一體，透過敘述萬物變化之象本體行其德，因此必須就識、知之法加以論說，此種識、知萬物之象即爲今日文學習以爲常的作者論範疇之探究。換句話說，此一情形以今日之文學角度和定義來說，就現象而言，有了「詩爲象」的明確自覺之後，今日以爲的創作也才眞正得到肯定與發展的機會，而作者論亦隨即萌發。我們可以從先秦兩漢詩學早自《孟子》、《呂氏春秋》即已多少對詩篇作者有所認知，然卻要到劉向《列女傳》才大量創擬詩篇作者，而與《易林》之創作互爲表裏的情形，看出先秦兩漢詩學思想對創作之肯定實與意象思維在現象上有著密切的關係。此種先秦兩漢詩學先有詮釋現象後才有完備之作者論之特色，亦爲中國文學之特點，而此種文學理論之特點實可由先秦兩漢詩學發展之內在思維──象的自覺中得到解釋。

其次，在本義方面，以今日之角度來看，本義之追求似乎是以作者爲假設，然而仔細觀察先秦兩漢詩經學的情形，會發現在德義之下，作者與讀者並非判然二分而是相互交雜的情形。在毛詩之詮釋即包括作者與讀者二者，而表現德義觀下成德才是第一要事，而此一要事是通達於作者與讀者，乃是必須在知行當中同時完成者。從先秦兩漢詩學作者與讀者互爲交雜的情形觀看本義，會發現對先秦兩漢詩學來說，本義之認定似乎同時牽涉到作者與讀者之互動，而且此種互動乃是刻意而有意識而爲之者，並非今日詮釋學意義下的情形。

不只如此，若從思想的角度觀察德性動機下本義的內在思路，會發現本義之理解實涉及眞、善路向的問題。在思想方面，孟子雖提出詩言志，然其又言「以意逆志」之說，而歸於德性之實踐。荀子亦然，其亦言詩言志，然又言「善爲詩者不說」，〔註6〕其立場與孟子相似，皆是以德性一面見其本義。而此本義之理解在在先秦兩漢來說應是持以善爲眞體、眞善一致的立場，是故在追求善的同時即本義。也就是說，本義極可能會隨著詮釋者德性之體會而變動，在實際之路向上乃是以善爲最高位階者。而此一理解與今日詩學本義之理解並不相同，今日以爲的本義乃是眞在善外，在眞的探求中企求眞善一致者，由此，則先秦兩漢詩學思想從德性一面言本義，與今日「求眞」動機言本義，在表現上似乎皆是眞善一致的想法，在思考的路向上卻不完全相

〔註6〕 見《荀子·大略》（台北：商務印書館），四部叢刊本。

同。當然，先秦兩漢詩學思想以眞爲體，而言眞善一致的路向在西漢晚期有所變動。在西漢晚期以詩爲象之本體思想已然成熟，其思想在眞善的立場上一如今日詩學乃是眞善一致者，然其思路之進路卻是以眞爲善，因此本義的追求遂成爲考慮的重要問題。筆者的這種看法可以從以下兩點得到佐證：第一、言詩篇作者的意識在《呂氏春秋》已略有見，然而至劉向《列女傳》才大量出現，並試圖加以編造，而《呂氏春秋》與《劉向》皆是有明顯之宇宙論意識者。第二、在西漢劉向以前極少有人眞正意識到今日本義意義追求爲第一要務，迄西漢晚期才有「三家詩皆非本義，與不得已，魯最近之」的明確一段話出現。難道先前的詩學家對於眾說紛耘之「本義」異說皆視而不見，而不約而同地容忍他人對《詩經》解釋，不加辯駁？筆者以爲，比較可能的原因應該還是先前的詩學乃是德性之善爲第一要義的原因。

　　由此，則先秦兩漢詩學對本義的特殊理解或許可以解釋許多後來詩經學與詩學研究者纏訟不休的問題，例如毛詩與三家詩何者爲眞？毛詩之大序、古序、毛傳、續序之間何以有違異的情形？〔註7〕眞正的本義爲何？凡此種種對照起先秦兩漢詩學之本義理解，似乎顯示出後來部分學者自身之立場，進而顯現出部分學者追求本義的背後所表現出來自身之本位與某種程度上的「創造性」。

二、意象論與先秦兩漢詩經學之文辭意識

　　從前面對先秦兩漢詩經學所顯現之創作與詮釋思想的探討可知，創作文辭之概念在先秦兩漢以德性爲踐履思路下相較於今日以爲的寫作還有一段距離。事實上，先秦兩漢的文辭意識亦是如此，文辭之探究在德性前提下，亦非今日純粹以爲的自詮釋與創作中生發，而有著類似於以用詩爲創作的思路與情形。對先秦兩漢而言，關於文辭意識的探求可以分成兩大論題：其一爲文辭意識的產生和發展，其二爲文辭的根源與要求。前者自現象面加以觀察，後者自內在之理路加以探究，而這兩者和意象論皆有直接的關係。

（一）意象論與先秦兩漢之文辭意識

1. 文辭意識的發展

　　以今日對文辭之重視相比，先秦時期對文辭的重視是較薄弱的，此一時

〔註7〕　當然，會造成序傳違異的情形可能不只一種，然本義應可解釋其中一部分的現象。

期對於文辭並非毫無自覺,只是在德義的思維下居於次要而可忽略的地位,其中比較明顯的代表思想,即爲《孟子》與《莊子》之說。對《孟子》而言,其主張「不以文害辭,不以辭害意」,顯示出《孟子》之文辭雖有所認知,然未加以重視而正面論述。而道家之《莊子》亦有得魚忘筌、得意忘言之說法,〔註8〕表現出類同於《孟子》的思維。不過,在先秦時期,《孟》、《莊》對於文辭的看法並非全然代表該時期的文辭思維。《易傳》的意象論即不同於先秦《孟》、《莊》的想法,其由意象之思想中轉出對文辭的重視,《易・繫辭上》曰:

> 子曰:書不盡言,言不盡意。然則聖人之意,其不可見乎?子曰:
> 聖人立象以盡意,設卦以盡情僞,繫辭焉以盡其言。

當中可以看出,象、辭即爲知、達聖人之境的媒介,因此文辭即在此德性之動機下受到應有的重視。

不只如此,《易傳》還在對象、辭的重要意識上,對辭有著較前代爲細膩的分析,《易・繫辭下》曰:

> 凡易之情,近而不相得則凶,或害之,悔且吝。將叛者其辭慚,中心疑者其辭枝,吉人之辭寡,躁人之辭多,誣善之人其辭游,失其守者其辭屈。

以德性之角度,言各式各樣之人之立辭特點。此種《易傳》重視文辭以達德之想法,可謂漢人重視文辭之先驅。

對漢代而言,其文辭之意識雖仍依德性之思想脈絡,但已有正面申述而重視文辭地位的文字出現。陸賈《新語・愼微》曰:

> 君子居亂世,則合道德,采微善,絕纖惡,脩父子之禮,以及君臣之序,乃天地之通道,聖人之所不失也。故隱之則爲道,布之則爲文,詩在心爲志,出口爲辭,矯以雅僻,砥礪鈍才,雕琢文彩,抑定狐疑,通塞理順,分別然否,而情得以利,而性得以治。

其言「詩在心爲志,出口爲辭,矯以雅僻,砥礪鈍才,雕琢文彩,抑定狐疑,通塞理順,分別然否,而情得以利,而性得以治」由情志申述至文辭,又從文辭返回情志,其中表現出文辭對於治情利情以達德的重視。同樣的想法,亦可見於劉向《說苑・善說》篇:

> 孫卿曰:「夫談說之術,齊莊以立之,端誠以處之,堅強以持之,譬

〔註8〕 見《莊子・外物》(台北:商務印書館),四部叢刊本。

稱以諭之，分別以明之，歡欣憤滿以送之，寶之珍之，貴之神之，如是則說常無不行矣。」夫是之謂能貴其所貴。傳曰：「唯君子爲能貴其所貴也。」詩云：「無易由言，無曰苟矣。」鬼谷子曰：「人之不善而能矯之者難矣。說之不行，言之不從者，其辯之不明也；既明而不行者，持之不固也；既固而不行者，未中其心之所善也。辯之明之，持之固之，又中其人之所善，其言神而珍，白而分，能入於人之心，如此而說不行者，天下未嘗聞也。此之謂善說。」子貢曰：「出言陳辭，身之得失，國之安危也。」詩云：「辭之繹矣，民之莫矣。」夫辭者人之所以自通也。主父偃曰：「人而無辭，安所用之。」昔子產脩其辭，而趙武致其敬；王孫滿明其言，而楚莊以慚；蘇秦行其說，而六國以安；蒯通陳說，而身得以全。夫辭者乃所以尊君、重身、安國、全性者也。故辭不可不脩而說不可不善。

本段文字言種種談說之術，而言「辭不可不脩而說不可不善」即意識到文辭之重要，故有種種之討論。不只如此，劉向《列女傳・母儀傳》當中還有欣賞文辭的思想出現：

衛姑定姜者，衛定公之夫人，公子之母也。公子既娶而死，其婦無子，畢三年之喪，定姜歸其婦，自送之，至於野。恩愛哀思，悲心感慟，立而望之，揮泣垂涕。乃賦詩曰：「燕燕于飛，差池其羽，之子于歸，遠送于野，瞻望不及，泣涕如雨。」送去歸泣而望之。又作詩曰：「先君之思，以畜寡人。」君子謂定姜爲慈姑過而之厚……頌曰：衛姑定姜，送婦作詩，恩愛慈惠，泣而望之。數諫獻公，得其罪尤。聰明遠識，麗於文辭。

本段文字由志的路向而言文辭之麗，表現欣賞文辭的情形。如此一來，西漢晚期文辭的地位已較前代大不相同，甚至成爲欣賞的對象。《漢書・地理志》亦云：

少昊之世有爽鳩氏，虞、夏時有季蒯，湯時有逢公柏陵，殷末有薄姑氏，皆爲諸侯，國此地。至周成王時，薄姑氏與四國共作亂，成王滅之，以封師尚父，是爲太公。詩風齊國是也。臨菑名營丘，故齊詩曰：「子之營兮，遭我虖嶩之間兮。」又曰：「俟我於著乎而。」此亦其舒緩之體也。

其明言由齊國之歷史言其立國於臨淄，並由此以言齊詩爲「舒緩之體」，表現

鑑賞的態度，約是最早的論詩體文字，而此種論詩文字之出現應是與齊詩之本體兼結合地理意識相關者。文辭的發展至東漢有著更爲具體而具系統的思維，王充《論衡・正說》篇曰：

> 說事者好神道恢義，不肯以遭禍，是故經傳篇數，皆有所法。考實根本，論其文義，與彼賢者作書，詩無以異也。故聖人作經，賢者作書，義窮禮竟，文辭備足，則爲篇矣。其立篇也，種類相從，科條相附。殊種異類，論說不同，更別爲篇。意異則文殊，事改則篇更，據事意作，安得法象之義乎？

本段文字所謂的法象，乃是指災異之天人相應之說。此處先言「義窮禮竟，文辭備足」，乃是傳統以德義角度言文辭的立場，其後王充續言立篇之法，「種類相從，科條相附，殊種異類，論說不同，更別爲篇」，言立意材料必循客觀之特點加以辨別安排，則可見王充之文辭概念已提升至整體的高度加以觀照，故王充〈正說〉篇又曰：

> 夫經之有篇也，猶有章句也；有章句，猶有文字也。文字有意以立句，句有數以連章，章有體以成篇，篇則章句之大者也。

「經者，不易之稱」，篇則章句之大者，是以經文之大義爲最重要。然王充此處由文意、立句、連章至成篇一路展開其思維，顯示出文辭之認識在東漢時期已然發展爲一套層次井然，脈絡分明的整體性思想。

2. 文辭的本源與要求 —— 情志與誠信

先秦兩漢意象論下的文辭思維自聖人之參贊天地變化而來。如此，聖人如何識、行天地之道，即是聖人如何創作文辭的思想表現。本文第四章第四節已言，「誠」爲心之本體，能創生萬物，而通達於天人之際，由此，「誠」爲德性之本源觀點落實於文辭，即以「誠」即爲文辭之源，而文辭之要求自然也歸於「誠」，《易・乾文言》曰：

> 脩辭立其誠。

如前所述，聖人之立辭不僅是爲了明天地之道，而參贊天地之化育。因此，「脩辭」的本身即爲天地之道的體現與實踐，而天地之道的體現實踐對《易傳》而言必推源於心性之本體，故從「誠」入手，而言「立其誠」。由此，「誠」遂爲創作文辭之始，間接成爲文辭之要求。此種由「誠」而生發的間接要求，若專就文辭本身來說，即是信的思想。

對先秦兩漢文辭意識的要求來說，《易傳》中所表現的「誠」爲文辭之信

的根源思維僅是其中較具代表的想法，而點出文辭之信與內在心性之關係。事實上，先秦兩漢的信的思想源遠流長，其成爲文辭之要求乃是經過階段性的發展。

　　早期的信，大約還以實際之踐履之義爲主，《左傳・襄公二十六年》：

　　　伯州犁曰：「合諸侯之師，以爲不信。無乃不可乎。夫諸侯望信於楚
　　　也，是以來服。若不信，是棄其所以服諸侯也，固請釋乎。」子木
　　　曰：「晉楚無信久矣，事利而已。苟得志焉，用有信。」大宰退，告
　　　人曰：「令尹將死，不及三年，求逞志而棄信，志將逞乎。志以發言，
　　　言以出信，信以立志，參以定之。」

杜預注曰：

　　　志、言、信以三者具，而後身安存也。

可知《左傳》之文當是以志、言、信之次序言「志成」，而信居最末，乃成其志必要之條件。如此則春秋時期之信主要當在行事之要求，偏於實踐之義。對儒家來說，孔子之言信，則將信攝入德性之範疇，而爲德性踐履的一環：

　　　子曰：「君子不重則不威，學則不固。主忠信。無友不如己者。過則
　　　勿憚改。」（《論語・學而》）

　　　子以四教：文，行，忠，信。（《論語・述而》）

　　　子張問崇德、辨惑。子曰：「主忠信，徙義，崇德也。愛之欲其生，
　　　惡之欲其死。既欲其生，又欲其死，是惑也。」（《論語・顏淵》）

　　　子曰：「君子義以爲質，禮以行之，孫以出之，信以成之。君子哉！」
　　　（《論語・衛靈公》）

可知對孔子來說信大致上還是指外在德性踐履之要求。較爲特別的是《論語・學而》篇的例子：

　　　有子曰：「信近於義，言可復也；恭近於禮，遠恥辱也；因不失其親，
　　　亦可宗也。」

有子言信近義，則似乎以爲信有如義之特點，有著某種客觀、放之皆準而相對於情的特性。

　　信的思想發展至戰國時期之儒家，由傾向外在行爲踐履要求之義向內在發展之情志發展，《性自命出》云：

　　　凡聲其出於情也信，然後其入撥人之心也厚。

此例即以外在之聲為信，外在之聲因為信，故有感通人我的特點。而外在之聲能信，實乃推源於情志之信。《性自命出》續言云：

> 察，義之方也。義，敬之方也。敬，物之節也。篤，仁之方也。仁，性或生之。忠，信之方也。信，情之方也。情出於性。愛類七，唯性愛為近仁。

「信，情之方也」可見其以情言信的想法，而《禮記・表記》亦曰：

> 子曰：恭近禮，儉近仁，信近情，敬讓以行，此雖有過，其不甚矣。
>
> 夫恭寡過，情可信，儉易容也。以此失之者，不亦鮮乎。

此處言「信近情」，又言「情可信」，亦是就（情）志之角度言信。由此，相較於孔子時期之信，信實已從外在之德轉而至內在之志，信已成為志之要求。當然此時的信的概念雖然轉為志一面立論，其原來外在之言語、行為之信仍然存在，情志之信的提出一如《易傳》之「誠」為信源的想法，乃是將外在言語之信乃是與內在志之信相通，而以志之信為本，故《性自命出》曰：

> 未言而信，有美情者也。

此例以言之信推言於情志之美，可看出信的概念及於內外的特點。簡單的說，先秦兩漢的文辭要求係以信為內涵，而信之本源，乃是推源於志，為由志而生發者。

（二）意象論與先秦兩漢詩經學之文辭意識

前文已對先秦兩漢時期對文辭的看法做出討論，其中所舉之例證，幾乎皆為詩學之例。因此，先秦兩漢詩經學所反映出來的詩學文辭意識，即是從《孟子》之次要的地位向重視發展為漢代重文辭、知文句結構的情形。前文所舉漢代的陸賈《新語・慎微》篇、劉向《說苑》、《漢書・地理志》以及王充《論衡・正說》篇等言論皆可為詩學因德義而重文辭之例證。先秦兩漢詩經學之文辭意識既然為經由德義而為漸次發展的過程，此一重視文辭意識之發展若就詩經學內部加以觀察，將可以看出更為細膩的內容。而此種詩經學內部所反映出來的詩學文辭意識的體現與實踐，可以從詮釋與用詩兩大詩經學現象中看出大致的情形。

1. 先秦兩漢詩經學文辭意識的實踐

就先秦兩漢詩經學之詮釋而言，詮釋乃是藉著詩篇之文字以探索其德義、實踐其德義者。因此，在追求與實踐德義的過程當中，必然就文字之本

身加以注視，《孔子詩論》做為早期詩學思想的重要代表，其即以德性之申述
為主軸，統合論述與文字、大義兩者。在論述德義之中，即存在對文字之初
步理解。《孔子詩論》云：

> 兩矣。其四章則愉矣。以琴瑟之悦，凝好色之願，以鐘鼓之樂，……
> 〈〈第十四簡〉〉

本簡應與第十簡「〈關雎〉以色喻於禮」有關，而落實於〈關雎〉四章之文字，
可見《孔子詩論》於詮釋與申述之中對文字的探求。當然，此種文字之探求
以今日之觀點而言仍是十分原始的，距離今日字斟句酌的讀詩解詩仍有一大
段距離。因為仔細地觀察此處《詩論》對文字之注視，乃是透過「喻」的方
式進行，並結合論述與文字而發。而如同第三章第五節所言，喻的方式，乃
是在實際操作之中肯定客觀情理之存在，並藉由思想之聯繫人我、物我以對
德義進行探求，其背後有著一定成分的直觀因素存在。由此，則先秦早期詩
學思想對文字之注視與今日之方式有所不同。馬王堆帛書《德行》篇明言云：

> 辟而知之，謂之進之；弗辟也，辟則知之矣，知之則進耳，……榆
> 而知之謂之□，□弗榆也，榆則知之，知之則進耳。榆之也者，自
> 所小好榆庠所小好，荍芍（淑女，窹）昧求之。思色也。求之弗得，
> 晤昧思伏，言其急也。繇才繇才，輾轉反厠。言其甚□□□如此其
> 甚也。……繇色榆於禮，進耳。

「榆」當為「喻」，而後半段「荍芍……」開始應是就〈關雎〉一詩「窈窕淑
女……」一段立論。本段文字前半段言「辟則知之矣，知之則進耳」、「喻則
知之，知之則進耳」是透過喻與聯想之法闡明德義之追求，此亦直承孔子之
思路。〔註9〕後半段則直接用《詩經》文句闡述之。由此可見，先秦時期詩經
學所反映之詩學思想實是在成德動機之下，透過喻況法進行，進而使文辭之
意識得到初步發展與實踐。除此之外，本文第四章第三節亦言及先秦兩漢詩
經學各自的成德動機、思想有所不同，此種不同實已體現於訓詁之中，例如
毛詩與三家詩之文字訓釋之差異，即顯現出性情思維下毛詩對特重情境下對
文字之講求，而此種對文字的講求很可能是在孟子明言「以意逆志」的讀詩
方式後，在詮釋之自覺下漸次發展的。同樣的，後期鄭玄賦比興釋義變化與
發展也顯現出隨著時間、以及天人思維的不同下，文辭之理解更為細密的情
形。由此可知，先秦兩漢詩學文辭之意識可以從詮釋看出其端倪，其對文辭

〔註9〕　如《論語》所記孔子與子夏論詩之語，文見第三章第二節。

之實踐乃是沿著天人意識之進展而表現出日益成熟的認識。

在用詩方面，先秦兩漢之用詩就外在行爲來說即爲運用詩句。在用詩運用詩句的外表行爲底下，其內在之思路則是闡發此詩句所具有之德理。因此，用詩在追求德義的同時，其必須透過對於文字與文字所塑造的各種情境，方能對德義加以掌握。在此一情形下，詩句作爲一德性之中介，乃在有意無意當中使運作技巧得到鍛鍊而進步。我們可以從先秦兩漢用詩的發展中看出此一駕馭詩句的現象。由第三章第二節的討論可知，先秦兩漢的用詩隨著時代的發展，對文字越來越敏感而趨於細密，其運用也越來越簡潔，其從交叉隨意之援引，漸次發展爲就事論事、引用詩句，再趨向於以同類證同類、甚至引用詩句混同以爲一事之敘述而富有情節之變化的情形。由此可知，先秦兩漢文字意識的發展乃是與用詩之理的追求相關。〔註 10〕由這些用詩中表現出詩歌本身文字的理解與駕馭，即爲某種程度詩篇文字之掌握。

音樂之形上思維所體現客觀規律特質亦可爲先秦兩漢詩經學用詩所體現的文辭意識做一補充。用詩之理與音樂之客觀性實有相通之處，兩者皆源於情而不只於情。而先秦兩漢的音樂理論即有因爲意識到音樂客觀性的存在而對音樂客觀性的種種進行探討者，《禮記‧樂記》云：

> 樂其象，然後治其飾。是故先鼓以警戒，三步以見方，再始以著往，復亂以飭歸。奮疾而不拔，極幽而不隱，獨樂其志，不厭其道；備舉其道，不私其欲。是故情見而義立，樂終而德尊。君子以好善，小人以聽過，故曰：「生民之道，樂爲大焉。」

「樂其象，然後治其飾」，飾，即爲樂音變化的意識與要求。由此，〈樂記〉此段文字對樂音的描述——「奮疾而不拔，極幽而不隱」，即是從其意識到樂爲象當中而來。荀子亦有類似於《禮記‧樂記》的說法，而沿著象的思維之下論音樂形式之種種變化，《荀子‧樂論》：

> 聲樂之象：鼓天麗，鍾統實，磬廉制，竽笙簫和筦籥發猛，塤篪翁博，瑟易良，琴婦好，歌清盡，舞意天道兼。鼓其樂之君邪。故鼓似天，鍾似地，磬似水，竽笙簫和筦籥，似星辰日月，鞉柷、拊鞷、椌楬似萬物。

〔註 10〕 當然，直接就用詩內部文字之掌握情形爲對象進行研究才是最爲重要的。不過，本文限於篇幅的關係，此一隨著用詩的發展而呈現對文字意識掌握的情形只能留待來日另文撰述。

其言「聲樂之象」下鼓、鐘、磬、竽笙……等樂器樂音之特質，顯現出荀子之樂爲象的音維之下，對各種樂器樂音表現之特質加以討論而重視的情形。而將音樂因爲象而展現的各種樂器樂音的描述與先秦兩漢詩經學所反映之詩學思想相對照，則可見先秦兩漢詩學經由用詩而表現的文字意識之覺醒實屬應然。

　　由上述可知，先秦兩漢詩經學所反映當時詩學之文辭意識乃是透過德的觀念而加以重視，此一特點落實於詩學內部來說，即是循詮釋與用詩二路之發展而表現。〔註11〕

2. 先秦兩漢詩經學對文辭之要求

　　先秦兩漢詩經學對文辭之要求乃是以信爲其內容，毛詩小序云：

> 〈采菽〉，刺幽王也。侮慢諸侯，諸侯來朝，不能錫命。以禮數徵會之，而無信義，君子見微而思古焉。

是以信爲人行爲之要求。《韓詩外傳》卷八：

> 魏文侯有子曰擊，次曰訴，訴少而立以嗣，封擊中山。三年莫往來，其傅趙蒼唐曰：「父忘子，子不可忘父，何不遣使乎？」擊曰：「願之，而未有所使也。」蒼唐曰：「臣請使。」……君子曰：「夫使、非直敝車罷馬而已，亦將喻誠信，通氣志，明好惡，然後可使也。」

其言「喻誠信，通氣志，明好惡」，則表現出信貫通於志、言語、行爲的特點，而爲言語、志之要求。當然，先秦兩漢詩經學之重信亦如思想層面一般，乃是推源於「誠」者，《韓詩外傳》卷六云：

> 子曰：「不學而好思，雖知不廣矣；學而慢其身，雖學不尊矣。不以誠立，雖立不久矣；誠未著而好言，雖言不信矣。

其言「誠未著而好言，雖言不信」與《易傳》之「誠易爲辭」的思路可謂一致。

　　細心的讀者會發現，先秦兩漢詩經學所表現之言語與行爲之信似乎與文辭之要求無關。然而由前文之討論可知，先秦兩漢詩經學所反映之詩學文辭意識並非今日單純的知識認知意義，而是以實踐之思維加以思考，進而表現在詮釋與用詩之現象當中。因此，對先秦兩漢詩學思想而言，今日以爲的文辭之信的要求實蘊含於言語、行爲之信之中，在言語、行爲之信當中可以看

〔註11〕就創作一面來說，西漢流行的賦亦可爲先秦兩漢詩學在注意德的追求之中而對文辭有所意識、發展之佐證。漢代大賦重視文采即是肯定透過文辭可以表現理，換言之，漢賦爲了德的須求而注意到文辭，此一意向與用詩和詮釋全然相同。

出其對文辭的立場。

3. 信為詩之本質

由上述可知，先秦兩漢詩經學所反映之詩學文辭意識係以情志為體，並順此情感之要求過渡到文辭的要求。此種要求的內涵，即是以「誠」為本體，而表現信的思想。不只如此，以「誠」為本體生發之信的思想，亦有由「誠」而之信，以「信」直接言詩之本體的情形。

以「信」為詩之本體之思想自然是在重天人思路的齊詩中產生，《漢書・李尋傳》：

> （李尋對曰）臣聞五行以水為本，其星玄武婺女，天地所紀，終始所生。水為準平，王道公正脩明，則百川理，落脉通；偏黨失綱，則踊溢為敗。書云「水曰潤下」，陰動而卑，不失其道。天下有道，則河出圖，洛出書，故河、洛決溢，所為最大。今汝、潁畎澮皆川水漂踊，與雨水並為民害，此詩所謂「爗爗震電，不寧不令，百川沸騰」者也。其咎在於皇甫卿士之屬。唯陛下留意詩人之言，少抑外親大臣。

李尋語即本齊詩四始以水為首之語，〔註12〕顯現出齊詩以水為天地之始，而重水之創生意義的情形。進一步觀察水之於齊詩的意義，會發現齊詩之重水實含有信的思維，《詩緯》曰：

> 木神則仁，金神則義，火神則禮，水神則信，土神則智。

其言「水神則信」，是水德之內容為信。如此一來，水原本為五行之本、天地之始的思維即為信的思想承繼，若參以齊詩「詩者，天地之心」的思想脈絡，可知信的觀念至西漢晚期的齊詩已然與本體論思想相連繫，而具有宇宙生成論的意味。

齊詩重信之思維頂多是接近以信為五行天地之始義，而與「詩者，天地之心」類同，還不是明顯的以詩為信的本體論思想。明顯的以詩為信的思想在東漢的《白虎通》一書，《白虎通・五經》篇云：

> 經所以有五何？經，常也。有五常之道，故曰五經。樂仁，書義，禮禮，易智，詩信也。人情有五性，懷五常不能自成，是以聖人象天五常之道而明之，以教人成其德也。

〔註12〕 參見陳喬樅，《齊詩遺說考》（台北：新文豐圖書公司），叢書集成新編本，頁470。

「詩，信也」，明確地提出詩之本體爲信的思維。表面上來看，《白虎通》的五經配五性、五常的思想似乎與齊詩無關，實際上卻是以五行生化的宇宙論思維爲其背景，《白虎通・情性》篇云：

> 土尚任養，萬物爲之象，生物無所私，信之至也。

可見《白虎通》當中的信，乃是其宇宙論五行思維中的一環。《白虎通》的信，居中央土之位置而爲生物之源。縱觀《白虎通》之說與齊詩之說，會發現齊詩所重在水，而白虎通所重在土，似乎表現了不同的五行系統。然而在不同系統之中，詩的地位仍舊與信相配，而居於生物源始之義，是可見以「信」爲詩之本體之思維在西漢末期之後即已確立。

不只如此，我們還可以從西漢晚期迄東漢「詩爲信」的本體論思維看出其中還暗喻著詩之本源爲柔中的想法，楚簡《六德》篇：

> 知可爲者，知不可爲者，知行者，知不行者，謂之夫，以智率人多。
>
> 智也者，夫德也。
>
> 能與之齊，終身弗改之矣。是故夫死有主，終身不變，謂之婦，以
> 信從人多也。信也者，婦德也。

信爲婦德，而與智之夫德相對，從夫婦之相對可以看出剛柔相對的思維。由此信之特點乃在於柔。因此，西漢晚期迄東漢時期詩爲信的思維，實代表著由「誠」爲詩學基礎漸次發展至本體之「信」的概念，而此一詩爲信的發展實相應於當時詩學思想以柔中爲本的情形，而可爲詩學爲「柔中」一路的旁證。

最後，此種詩爲信的思維還顯現出一層涵義，可以爲前述先秦兩漢拈出信作爲文辭之要求的補充。此即：信其雖源於志，然實爲主客、情理二者同時之要求。也就是說，信不惟存乎人的性情之間，亦存乎天地之中，爲天人相合的思維的表現。此種信天人特點與「誠」的思維十分類似，先秦兩漢之言「誠」，乃是以「誠」爲心志之本體，而通達或兼存於人我、天人之際。

　　　※　　　　※　　　　※　　　　※

本章嘗試從先秦兩漢意象之思維對詩歌加以定位並解答當時認知之詩究竟爲何的問題。對先秦兩漢詩經學所表現之詩學思想來說，無論是詩學之現象、深層，或是現象與深層之間皆呈現以情志爲本源，而兼及於主客並歸源於德義的情形。此種先秦兩漢詩學思想呈現的特點，皆與意象之概念相類同，因此以意象概念定位先秦兩漢詩歌應屬恰當。從先秦兩漢詩學意象論看待創作詮釋與文辭等概念，先秦兩漢詩經學所反映之詩學創作與詮釋觀念乃是圍

繞著德義而生發，其以聖人爲對象，以成德爲思想之核心而表現爲「一──二──多」與「多──二──一」的順逆過程。最爲特別的是，用詩在德性之動機之下其結構與表現與創作完全相同；而在現象之發展上，用詩繼創作之後而生，末又與創作合流，兩者亦呈現密切的關係。由此，若不侷限於詩歌創作之觀點，則先秦兩漢詩經學者之用詩以表達理義，亦可視爲創作之型態之一，而此種詩學理論之現象爲先秦兩漢德義的特殊表現。類似的情形在先秦兩漢詩經學所體現之詩學文辭意識上亦可看到，先秦兩漢詩學的文辭意識在德性之動機下受到重視，並透過用詩與詮釋而表現，其對於文辭之要求亦循著德性基礎之「誠」的思維而表現爲「信」的概念。「信」的概念對先秦兩漢詩學而言，乃是源出於性情而及於界於主客之間的文辭，成爲文辭之要求。不只如此，從先秦兩漢詩經學所體現之詩學之「信」的概念最後還從文辭之範疇擴及本體之層次，使信成爲詩歌本體之內涵而有「詩爲信」的說法。由此一「詩爲信」的概念深入探討，還可以發現此一想法亦爲「柔中」之路，而可爲前章「柔中」之說的佐證。

第六章　結　論

　　先秦兩漢詩學之理論研究包含經學、文學、思想三個層面，而以詩經學
爲研究之主要範圍。不過就過去先秦兩漢詩經學以及其所呈現之詩學思想研
究來說，大多數的論述呈現無法對此三方面同時考慮，而在論述上各自爲政
的不完備情形。本文自先秦兩漢思想上最重要的天人意識出發，試圖以從天
人意識面對經學，觀察其間的脈絡、發展與理論架構。在結合思想與經學探
索先秦兩漢詩經學的同時，從中並可觀察詩學之文學意義一面生發之情形。

　　由本文第二章可知，天人意識爲先秦兩漢思想最重要的核心，因此先秦兩
漢詩經學之重要典籍、文獻或學者皆對於天人之課題或流行之思潮有所認知，
從而使原本今古文詩學之界限得到溝通。從另一個角度來說，先秦兩漢詩經學
在該時代之學者思想或典籍、文獻中亦佔有極其重要之地位。由此，則本文以
天人意識之角度切入先秦兩漢詩經學通貫立說以明其時之詩學思想即屬可能。

　　就思想角度來說，天人意識可以涵蓋先秦兩漢思想各個重要的概念，進
而顯示出天人意識多樣、多層次之二元對待互動以及統合於德義的特點，而
此一特點與先秦兩漢詩學之多樣面貌與種種概念之意蘊實有類同之處。爲了
能同時掌握天人意識與詩學兩者，本文以「一──二──多」與「多──二
──一」思維結構爲論述之核心通貫之，如此既能從「一──二──多」與
「多──二──一」中看出先秦兩漢詩經學之橫向理論系統，也能較有條理
地看出理論系統中各個重要概念之縱向歷史發展。

　　在橫向之理論體系方面，先秦兩漢詩經學所表現之詩學體系乃是以德爲
核心之思想，發爲現象與深層意識兩者，而此二大領域所涉及之範疇或概念
皆可以「一──二──多」與「多──二──一」之思想統貫之。

　　深層意識方面，先秦兩漢詩經學所表現之詩學主體情感與客體之物皆爲「一
──二──多」與「多──二──一」者。對先秦兩漢詩經學所呈現之詩學

思想而言，情感之「一」爲聖人，「二」爲仁智或是主體之情理，而「多」爲多種、多樣之自然與德性情感，其中多種之情感透過仁智之互動以躋於德，表現爲「多──二──一」的過程，其中的「一」落實於具體之情感上還表現爲敬與哀的認同。客體之物方面，先秦兩漢詩學思想之物的指涉即客體之物或人事，其中可以由客體人世之展現以及觀物之思維加以探討。在客體人世之展現上，其表現爲「一」、「二」、「多」者，其中「一」爲天，「二」爲陰陽，而「多」則爲多樣或五行之思想，而客體之人世乃是由天或是參贊天德之聖人所成就，故其表現乃是「一──二──多」的型態。在觀物思維方面，先秦兩漢詩學之觀物思維亦表現爲「一」、「二」、「多」者。其中的「一」爲德性，「二」爲邏輯思維與形象思維或是客體之情理，而「多」則爲多樣之觀察方式，至於「一」之德性內涵則爲生生之德，其具體之表現即爲對「春」之意涵的認同。由於觀物之時所側重者乃是收攝於主體德性之提升者，因此其方向乃是「多──二──一」者，表現出其客體乃是由主體而生發的主中有客特點。從此主體之心所表現之情感與客體之物出發，先秦兩漢詩經學所表現之詩歌心物交感的世界即在心物二元當中呈現多種之型態，而透過心物之互動以達到成德之要求。由此，則先秦兩漢詩歌之心物交感之世界實亦爲「一」、「二」、「多」之結構者，而此種心物互動之世界的背後實際還存在著心物兩者「一」、「二」、「多」結構與意義上之相通，顯示出天人相通之思維。

在先秦兩漢詩經學之現象方面，先秦兩漢詩經學之兩大現象用詩與詮釋乃是共同以心物二元及其互動之思維爲其內涵者，顯示出用詩與詮釋之內在亦爲互通，只是詩學之詮釋偏於主體之志而通向客體，而用詩則表現客觀性而落實於情。而由前文可知，無論是用詩與詮釋那一種現象，其背後之結構皆是以天、人爲其「二」，在內容之發展與內在之思維皆透過天、人之概念進行互動而各自有其偏重。兩者皆向上以期於成德而以德爲「一」，向下並表現爲多樣之用詩或詮釋之現象，故用詩與詮釋亦皆爲「一」、「二」、「多」之結構者，只是用詩由客觀性出發故爲「一──二──多」的過程，而詮釋從情歸於德，表現爲「多──二──一」的情形。用詩與詮釋的關係也同時奠基於天、人二元之概念，所謂用詩乃是透過天的思想進而貞定人的地位，闡性情之義，因此其思路表現爲由天而人而側重於客觀性之條理，而詮釋則是由人之情志出發，指向德性之完成，其路向乃是由人而天而側重於情，因此在天人、情理之互動思維下，詮釋與用詩兩者亦形成二元之互動，其依歸亦以德爲「一」，而展現爲多樣之詩學

現象。如此一來，用詩與詮釋之間實爲方向相反之對應結構，二者之間形成互動、循環、提升而統合於德的情形。只是用詩之客觀性乃是由情志而展現者，因此用詩之雖側重於客觀之理而實以詮釋爲其體，此種現象中的情理關係亦表現出主中有客的色彩。由此，則先秦兩漢詩經學之現象亦層層展現爲天人意識下「一──→二──→多」與「多──→二──→一」之思維結構。

更進一步地深索先秦兩漢詩經學現象與深層意識的層層「一──→二──→多」與「多──→二──→一」思維而呈現之天人系統的根源，此一天人意識之種種對待、互動與提升乃是歸結於本體之「誠」或「柔中」的思想，由此「柔中」爲動力與基礎同時向內之心與向外之物展開，貫通於心物內外以及用詩與詮釋之間，以期達於「和」之境地。

由此可知，先秦兩漢詩經學所呈現詩學思想之橫向展現實爲完整的儒學思想的體系，其間詩學現象與詮釋之內在結構與關係，層次井然，而統攝於德義之下，茲繪圖表以呈現先秦兩漢詩學思想之系統於下：

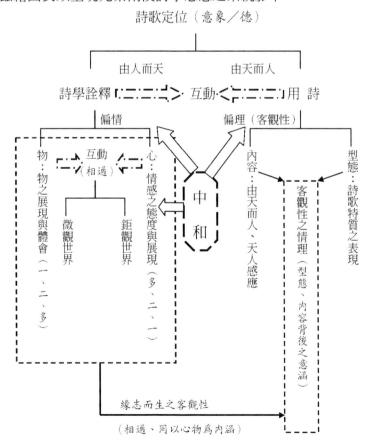

在歷史的縱貫發展上，先秦兩漢詩經學現象與深層意識之發展亦隨著德義而發展，進而表現出五個時期的變化。其中詩經學現象所涉及者主要為詮釋、用詩，以及詮釋與用詩之間的互動關係。詩經學所蘊藏之詩學深層意識則主要與主體之情感、客體之物，以及主、客體互動之微觀與鉅觀世界。而從現象與深層意識之交叉觀察可以得知，先秦兩漢詩經學所反映之詩學思想實為意象思維由隱至顯的表現，其中文辭與本義之意識亦隨著意象思維之發展而深入。而以上所言之各個概念皆隨著天人意識之變化而有著不同之展現，為清晰計以下茲分期、分點歸納本文論述所得之情形：

（一）西周至春秋時期的天人意識與詩學思想

1. 實踐意義下詩學思想之開始：自詩之創作肇始，即與祭祀之天人意識相關聯，而以具體之履踐呈現。其後各階層之詩進入周人之知識系統，即為周人特有之政教、德性所用，其內含即為天人意識之表現。

2. 由創作向用詩之轉化：在周人特有之德性概念與詩學踐履特質下，「詩以言志」之思維產生，而用詩亦在德性成就之動機下延續創作之思維而廣泛流行，其情形可由《左傳》之廣泛用詩得見。

3. 用詩之內容：《左傳》之用詩顯示出當時詩學由天向人的發展，其中人的自覺日益明顯。

（二）戰國至秦漢時期天人意識與詩學思想

1. 儒家主軸之確立：由諸子天人意識之特點來看，儒家之重視性情理論與人世成就的特點，使其成為詩經學下詩學思想發展之主軸。

2. 詩經學現象

（1）用詩：在由天而人的思維下，儒家學者或典籍（孔子、《中庸》、《孟子》、《荀子》）用詩之內容表現出各個學者不同之天人思維，形成不同之特點，然皆可看出對性情之重視，而對人有所自覺。在結構方面，《中庸》、《孟子》表現出以用詩進行思考，用詩即為現象的特點；至於《荀子》則以用詩為其理據，較為接近今日某些學者以為之用詩。

（2）詮釋：在人之自覺發生後，性情思想的成熟與重視造成詮釋之長足發展，《孔子詩論》、孟子、荀子、毛詩皆為其例。而詮釋的發展乃是在由人而天的思維下，透過性與天道之概念而生者。就時間先後

而言，詮釋之發展與天人意識之發展相同，表現出由簡而繁的情形，其間情志本義探求可能是從義理之中發展而來，《孔子詩論》中在詩義探求中兼雜論述之現象即爲其例。就內容來說，此一時期之各家詮釋係分別依其性情理論而有不同的型態，毛詩所呈現者乃是心性論一系之思維與架構，有著完整之詩學型態；至於荀子之詩學則爲性惡思想之表現，其以博雜之思維看待詩學。

（3）詮釋與用詩之隱性互動：用詩循由天而人之路向發展，其所傳達者偏於客觀之理。詮釋則從情性出發，依由人而天之方向，其所表現者以情志爲主。用詩與詮釋兩者即表現爲天人、情理兩者之相互含蘊與互動，而統合於德義之下。

3. 詩學思想之深層意識

（1）情感：孟子與毛詩乃持心性論立場，其情感多已兼及於自然與德性，但收攝於心性，故未專注於自然或德性之情；而對荀子而言，其轉以認知心面對情感，因此原本的仁智之「二」實已轉爲情智，意圖在情智、德情之間取得協調，然而此舉亦爲後來情智之衝突埋下可能。但不管何種，皆表現出對哀愁的特殊體會與認同，影響後世深遠。

（2）物性：皆爲「一」、「二」、「多」，其中的「多」即爲多樣之物，而「二」則爲形象思維與邏輯思維，至於「一」則爲德義。但毛詩之物性表現爲心性思維立場而生者，而荀子之觀物思維可能與後來西漢的三家詩相同而爲氣化思維。

（3）心物互動之世界：微觀而言，皆表現爲賦、比、興等三種型態，顯示出《詩經》篇章原本即存在豐富的心物互動情形。雖然如此，毛詩與荀子及早期三家詩之間仍有不同，毛詩特重心物之變化與情境之塑造，而荀子及早期三家詩則不然，其原因可能是成德途徑之差異所造成，而成德途徑之差異的背後仍爲其性情觀的不同。鉅觀而言，荀子可能已開展自然世界之觀察。

4. 象之隱性思維：現象或深層之客觀之理以及互動皆已存在，但仍屬隱性之思維。不過，從先秦時期對音樂兩面性以及樂爲象之理解，可以對詩爲象、以及詩以志爲主，然實不止於志而展出之客觀性特點做出有力之證明。除此之外，就文辭意識而言，用詩方面，自《孟子》以

降還可看出其中對文辭之掌握漸次精準而熟練。至於詮釋方面，《孔子詩論》之論詩以及毛詩在訓詁之中表現出變化之旨趣，似乎表現出自戰國時期始，文辭意識即隨著德義探求之動機，分別在用詩與詮釋之中隱約地表現出來。

（三）西漢前期天人意識與詩學思想

1. 黃老思想影響詩學之開始：黃老思想的流行對儒家學者產生影響，從而使詩經學展開變化之新契機。

2. 詩經學現象

（1）用詩與詮釋各自之呈現大致上與荀子類同，用詩以理據為主。不過較早接受氣化及形上思維的《韓詩外傳》，則顯現出些微之改變。至於詮釋則以材質之性為基礎展開，強調節情。基本上與荀子一致，不過在細微之處亦有所變，而隱然透出形上之思維。

（2）詮釋與用詩之顯性互動，賈誼《新書》已提出明確之理論，明言詩兼及主客、情理之特質。

3. 詩學思想之深層意識

（1）情感：持材質之性的立場，而主要表現出荀子面對情感的態度。不過，就多元之情感而言，較早接受形上論思維之《韓詩外傳》與齊詩的董仲舒則已然有所變化。

（2）物性：顯現出氣化觀點，但當為部分而漸進者。

（3）心物互動之世界：鉅觀世界而言，與荀子之思維相類似，而有愈來愈明顯之氣化傾向。微觀世界大致亦同荀子，在訓詁中表現出較毛詩為簡單之互動情形。

4. 詩為象之漸顯：其中已顯現出對文辭正面重視之論述，欣賞文辭的意識已經出現，陸賈即為較為明顯之例證。

（四）西漢後期至東漢災異風氣下之天人意識與今文詩學思想

1. 氣化宇宙論之全面流行與易學之漸盛

2. 詩經學現象

（1）用詩：受到宇宙論思維與易學流行的影響，劉向《列女傳》已然以現象之呈現為主。至《易林》之用詩，發展出用詩即寫詩之現象而為用詩之大轉折，此種轉折主要有三項特點，分別為對國風

的重視、詩歌原型及衍生型態之出現，以及從論理向敘事、情感等移動的特點

（2）詮釋：在意志之天與宇宙論的思潮下，聖人之意義與成德思想已有所不同，因而造成今文詩學詮釋之變化。其後並隨著易學卦氣思想的流行，今文詩學已然從荀子之博雜轉向朝向發展出完整之體系，此一體系於《詩緯》中完成。

（3）《易林》顯示著用詩與寫詩之重合，使原本以詮釋與用詩為主之詩學互動轉而為今日之創作與詮釋之互動。不只如此，今日詩學習見的情境、情事（景）互動也在用詩與寫詩之重合中表現。

3. 詩學思想之深層意識

（1）情感：為材質之性，但已明顯融入節序之思維，多樣多元之情感已經完全顯現，情感之「二」仍以情智為主要特色。

（2）物性：明顯為氣化之觀點，而物性則表現出生生之義的特質。

（3）心物互動之世界：就微觀世界而言，西漢前期之《韓詩外傳》偶有情境之塑造，其間心物之互動已然有所重視。至本時期之劉向《列女傳》和《易林》，心物交感之表現出詩學全面向情境世界展開其詮釋。至於鉅觀世界之表現無論是時間或空間皆已全然產生變化，時間方面主要以線性時間為主，而空間上則以自然地域國家為主，兩者皆與毛傳之德性時間與德性國家相異。

4. 「詩即象」之確立：《易林》之出現，進而有對詩歌本體加以鑑賞的情形產生。本義的自覺至此亦轉為清晰，在此之前，本義之探求在先秦雖然存在，然而似未成為詩歌詮釋追求之首要目標。

（五）東漢時期災異漸變下之天人意識與詩學思想

1. 災異思想之反思

2. 詩經學現象

（1）詮釋：已然趨向以純粹之氣化思維面對詩，其中鄭玄的《毛詩譜》顯示出較為完整的自然氣化架構。

（2）用詩：王充、應劭皆有用詩，然已無新意。其時詩歌之創作亦有所興，似乎表現出「詩即象」思維的影響。

3. 詩學思想之深層意識

（1）情感：接近或純粹氣化觀點，其中天的主宰地位退卻，使情智之

間轉爲平行對待，其間可能因爲緊張與衝突而造成張力。

（2）物性：明顯爲氣化之觀點。

（3）心物互動之世界：微觀而言，鄭玄之賦、比、興相互影響滲透的情形使詩學之實際詮釋更爲細膩。鉅觀而言，鄭玄則依三家詩氣化之觀點。由此鄭玄之箋注毛詩係統合今文思維與古文訓詁，其世界乃與今日詩學詮釋之講究細節與氣化觀點極爲近似。

4. 文辭方面，東漢時期的學者如王充，已有整體之結構觀的思維，而此種結構觀應與詩學之本體自覺有所關聯。

茲以歷史長條圖描繪各範疇之發展情形以助了解：

詩經學現象：

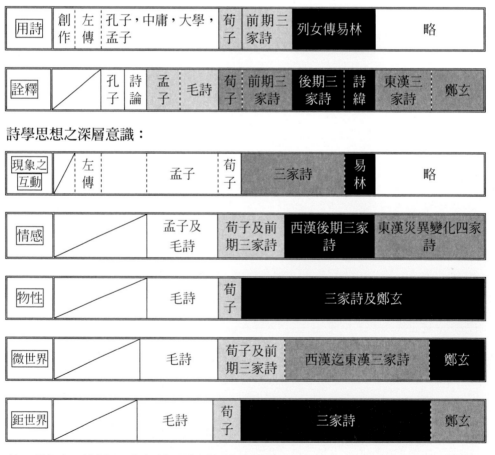

詩學思想之深層意識：

註：顏色之深淺係用以區別各現象或概念之間變化之情形，其中反白者爲最具關鍵與代表性變化之代表。

　　從上述圖表可以看出，對先秦兩漢詩經學所反映之詩學思想而言，較接近於今日文學之觀念實始於荀子之認知心，其後展開於西漢中、晚期之儒家吸納氣化宇宙論之思想。隨著易學的盛行，最遲於西漢末年迄東漢初期的《易林》與《詩緯》幾乎全部得以呈現。對西漢末年迄東漢初年的詩經學來說，無論是詩學之形上思想、情感、客體之世界、心物之互動、創作之概念等等皆已成熟而近乎今日的想法。

　　綜合先秦兩漢詩經學縱向之歷史發展與橫向之理論架構，會發現對先秦兩漢詩經學所反映之詩學思想而言，實可由當時最重要的天人意識加以涵蓋，而以主體之志為主體或中心，在德義之要求發展下，在不同時期的主客、情理等概念之下，表現為各樣之雙向關係，進而展現為多種多樣的面貌。對橫向理論架構之展現而言，先秦兩漢以詩經學為主所反映的詩學思想主張詩始於情，然不止於情。就情的一面來看，詩乃是由志生發而有萬象、萬理之表現；從理的一面來看，詩雖跨越情之範疇而及於客觀之理，然實亦未嘗離於情。此種以志為本而兼於天人兩範疇，而天人、情理、主客不即不離之表現與關係，即為先秦兩漢詩經學所表現之詩學體系的最大特點，也是後世詩學之主要範疇與架構。在縱向之發展上，先秦兩漢詩經學實隨先秦兩漢時期天人意識而漸次發展。在這當中，無論是現象之用詩與詮釋，或者是深層意識之心物結構與互動，皆越來越朝向六朝或今世習見之文學思想演變。由此從天人意識對先秦兩漢詩經學之探索可知中國經學、文學、思想三者之間關係之密切，先秦兩漢詩經學以及當時之詩學思想乃是綜合經學、文學、思想三者，經學中有思想大義，文學則由思想大義中生發，經學、文學、思想三者既非對立，亦難強加區分。而經學、文學、思想三者意義角度下的先秦兩漢詩學思想乃是由成德之動機貫穿，由此更進一步反觀今日中國詩學（甚或文學）之研究或溯源對《詩經》之看法與說解，應該有重新討論之必要。

附　錄

附錄一：先秦兩漢重要書籍用詩分析統計表

	國風		小雅		大雅		頌		逸詩	總計
	天人	人	天人	人	天人	人	天人	人		
左傳	29 (19*、2')	31 (18*)	39 (20*、7')	47 (17*、2')	38 (7*、8')	38 (1*、2')	21 (1*、3')	5	13	261
論語	0	3 (1')	0	1	0	0	0	1	1 (1')	6
中庸	1	0	1 (1')	1 (1*)	8 (1*、1')	0	4 (1')	0	0	15
大學	1 (1*)	2 (1*)	1	3 (1')	3	0	2 (1')	0	0	12
孟子	3 (2')	3	2	6	10 (1*)	10 (2*)	2	1	2	39
荀子	4 (2*)	7 (1*)	9	16 (7*)	7 (1*)	25 (3*、2')	5	3	7	83
墨子	0	0	1	2	3	2	1	1	2	12
老子、莊子、管子四篇（心術上、下、內業、白心）、黃老帛書無引用今本詩經文句										
呂氏春秋	0	5	1	2 (1')	4	3	0	0	4	19
韓詩外傳	36 (11*、11')	53 (3*、5')	22 (1*、4')	55 (1*、10')	35 (2*、7')	62 (1*、3')	25 (3')	26 (4')	0	314
淮南子	1	2	3	2	5	5 (1')	1	2	0	21
春秋繁露	1	2 (1')	3	4 (1')	13 (1*、2')	6	3	0	1	33
易林用詩請參見附錄三、四。										

註 1：各部分欄中數目分別爲：詮釋爲該範疇總數（全篇或全章數*、詩句與用詩整屬相異範疇數'）。例如，《左傳》國風「天人」範疇爲 30（17*、2'），意指：《左傳》引用國風詩句詮釋爲「天人」範疇者有 30 次。其中 17 次爲所引詩句爲全篇或全章者、2 次爲所引詩句與詮釋結果屬異範疇——引詩文字爲「人」的範疇，而詮釋爲「天人」範疇者。

註 2：本表之編製《左傳》部分主要以曾勤良《左傳引詩賦詩之詩教研究》以及董治安〈從《國語》、《左傳》看「詩三百」在春秋時期的流傳〉二書參校，並經筆者增補而成；《論語》、《孟子》、《大學》、《中庸》、《荀子》部分則以糜文開《詩經研究》以及董治安〈戰國文獻論《詩》、引《詩》綜錄〉二書爲主。《墨子》及《呂氏春秋》之用詩則以董治安〈戰國文獻論《詩》、引《詩》綜錄〉爲參考對象。以上董治安各文見於董治安《先秦文獻與先秦文學》一書。

附錄二：先秦兩漢重要書籍用詩詳表

編號	典籍	出處	詩名	範疇	備註
100	左傳	襄公 15 年	周南卷耳	人	
2	左傳	成公 12 年	周南兔罝	人	
3	左傳	成公 12 年	周南兔罝	人	
4	左傳	昭公 1 年	召南鵲巢	人*	賦詩
5	左傳	隱公 3 年	召南采蘩	天人	
6	左傳	昭公 1 年	召南采蘩	人*	賦詩
7	左傳	文公 3 年	召南采蘩	人	
8	左傳	襄公 27 年	召南草蟲	天人*	賦詩
9	左傳	隱公 3 年	召南采蘋	天人	
10	左傳	襄公 28 年	召南采蘋	天人	
11	左傳	襄公 14 年	召南甘棠	天人*	
12	左傳	昭公 2 年	召南甘棠	天人*	賦詩
13	左傳	定公 9 年	召南甘棠	天人*	
14	左傳	襄公 7 年	召南行露	天人	
15	左傳	僖公 20 年	召南行露	人	
16	左傳	襄公 7 年	召南羔羊	人	
17	左傳	襄公 8 年	召南摽有梅	天人*	賦詩
18	左傳	昭公 1 年	召南野有死麕	人*	賦詩
19	左傳	襄公 31 年	邶風柏舟	天人'	

編號	典籍	出　　處	詩　　名	範疇	備註
20	左傳	成公 9 年	邶風綠衣	人*	賦詩
21	左傳	宣公 2 年	邶風雄雉	人	
22	左傳	襄公 14 年	邶風匏有苦葉	人*	賦詩
23	左傳	僖公 33 年	邶風谷風	天人	
24	左傳	襄公 29 年	邶風式微	人*	賦詩
25	左傳	襄公 10 年	邶風簡兮	人	
26	左傳	文公 2 年	邶風泉水	天人'	
27	左傳	定公 9 年	邶風靜女	天人*	
28	左傳	成公 2 年	鄘風桑中	人*	
29	左傳	襄公 27 年	鄘風鶉之奔奔	天人*	賦詩
30	左傳	宣公 2 年	鄘風鶉之奔奔	人	
31	左傳	襄公 27 年	鄘風相鼠	人*	賦詩
32	左傳	昭公 3 年	鄘風相鼠	人	
33	左傳	定公 10 年	鄘風相鼠	人	
34	左傳	定公 9 年	鄘風干旄	天人	
35	左傳	閔公 2 年	鄘風載馳	人*	賦詩
36	左傳	文公 13 年	鄘風載馳	人*	賦詩
37	左傳	襄公 19 年	鄘風載馳	人*	賦詩
38	左傳	昭公 2 年	衛風淇澳	人*	賦詩
39	左傳	隱公 3 年	衛風碩人	人*	賦詩
40	左傳	成公 8 年	衛風氓	人	
41	左傳	昭公 2 年	衛風木瓜	人*	賦詩
42	左傳	文公 7 年	王風葛藟	天人*	
43	左傳	襄公 26 年	鄭風緇衣	天人*	賦詩
44	左傳	襄公 26 年	鄭風將仲子	天人*	賦詩
45	左傳	閔公 2 年	鄭風清人	人*	賦詩
46	左傳	昭公 16 年	鄭風羔裘	天人*	賦詩
47	左傳	襄公 27 年	鄭風羔裘	天人	
48	左傳	昭公 16 年	鄭風有女同車	天人*	賦詩
49	左傳	昭公 16 年	鄭風蘀兮	天人*	賦詩
50	左傳	昭公 16 年	鄭風褰裳	天人*	賦詩

編號	典籍	出　　處	詩　　名	範疇	備註
51	左傳	昭公 16 年	鄭風風雨	天人*	賦詩
52	左傳	襄公 27 年	鄭風野有蔓草	天人*	賦詩
53	左傳	昭公 16 年	鄭風野有蔓草	天人*	賦詩
54	左傳	襄公 27 年	唐風蟋蟀	天人*	賦詩
55	左傳	定公 10 年	唐風揚之水	人*	
56	左傳	文公 6 年	秦風黃鳥	人*	賦詩
57	左傳	定公 4 年	秦風無衣	人*	賦詩
58	左傳	僖公 24 年	曹風候人	人	
59	左傳	昭公 4 年	豳風七月	天人*	
60	左傳	昭公 20 年	豳風狼跋	天人	
61	左傳	襄公 4 年	小雅鹿鳴	天人*	歌詩
62	左傳	昭公 10 年	小雅鹿鳴	天人	
63	左傳	昭公 7 年	小雅鹿鳴	人	
64	左傳	襄公 4 年	小雅四牡	天人*	歌詩
65	左傳	襄公 29 年	小雅四牡	人	
66	左傳	襄公 20 年	小雅常棣	天人*	賦詩
67	左傳	昭公 7 年	小雅常棣	天人'	
68	左傳	昭公 7 年	小雅常棣	天人	賦詩
69	左傳	昭公 1 年	小雅常棣	人*	賦詩
70	左傳	僖公 24 年	小雅常棣	人'	
71	左傳	僖公 24 年	小雅常棣	人	
72	左傳	文公 13 年	小雅采薇	人*	賦詩
73	左傳	閔公 1 年	小雅出車	人	
74	左傳	襄公 20 年	小雅魚麗	天人*	賦詩
75	左傳	昭公 13 年	小雅南山有臺	人	
76	左傳	襄公 26 年	小雅蓼蕭	天人*	賦詩
77	左傳	昭公 12 年	小雅蓼蕭	天人*	賦詩
78	左傳	文公 4 年	小雅湛露	人*	賦詩
79	左傳	襄公 8 年	小雅彤弓	天人*	賦詩
80	左傳	文公 4 年	小雅彤弓	人*	賦詩
81	左傳	襄公 19 年	小雅六月	天人*	賦詩

編號	典籍	出　處	詩　名	範疇	備註
82	左傳	僖公 23 年	小雅六月	人*	
83	左傳	宣公 12 年	小雅六月	人	
84	左傳	昭公 3 年	小雅吉日	人*	賦詩
85	左傳	文公 13 年	小雅鴻鴈	人*	賦詩
86	左傳	襄公 16 年	小雅鴻鴈	人*	賦詩
87	左傳	襄公 16 年	小雅祈父	人*	賦詩
88	左傳	昭公 2 年	小雅節南山	天人*	賦詩
89	左傳	成公 7 年	小雅節南山	天人	
90	左傳	襄公 7 年	小雅節南山	天人	
91	左傳	襄公 13 年	小雅節南山	人'	
92	左傳	昭公 1 年	小雅正月	天人'	
93	左傳	僖公 22 年	小雅正月	人	
94	左傳	襄公 29 年	小雅正月	人	
95	左傳	昭公 10 年	小雅正月	人	
96	左傳	昭公 13 年	小雅正月	人	
97	左傳	僖公 15 年	小雅十月之交	天人	
98	左傳	昭公 7 年	小雅十月之交	天人	
99	左傳	昭公 32 年	小雅十月之交	天人	
100	左傳	文公 15 年	小雅雨無正	天人	
101	左傳	昭公 8 年	小雅雨無正	人	
102	左傳	昭公 16 年	小雅雨無正	人	
103	左傳	僖公 22 年	小雅小旻	天人	
104	左傳	昭公 1 年	小雅小旻	人*	
105	左傳	宣公 16 年	小雅小旻	人	
106	左傳	襄公 8 年	小雅小旻	人	
107	左傳	昭公 1 年	小雅小宛	天人*	賦詩
108	左傳	襄公 25 年	小雅小弁	人	
109	左傳	文公 2 年	小雅巧言	天人'	
110	左傳	襄公 29 年	小雅巧言	天人'	
111	左傳	襄公 14 年	小雅巧言	人*	歌詩
112	左傳	桓公 12 年	小雅巧言	人	

編號	典籍	出　　處	詩　　名	範疇	備註
113	左傳	宣公 17 年	小雅巧言	人	
114	左傳	昭公 3 年	小雅巧言	人	
115	左傳	昭公 24 年	小雅蓼莪	人	
116	左傳	文公 13 年	小雅四月	人*	賦詩
117	左傳	宣公 12 年	小雅四月	人	
118	左傳	襄公 13 年	小雅北山	天人'	
119	左傳	昭公 7 年	小雅北山	天人	
120	左傳	昭公 7 年	小雅北山	天人	
121	左傳	襄公 7 年	小雅小明	天人	
122	左傳	僖公 24 年	小雅小明	人	
123	左傳	成公 2 年	小雅信南山	天人'	
124	左傳	襄公 4 年	小雅裳裳者華	天人*	歌詩
125	左傳	襄公 3 年	小雅裳裳者華	人	
126	左傳	襄公 27 年	小雅桑扈	天人*	賦詩
127	左傳	成公 14 年	小雅桑扈	天人	
128	左傳	襄公 27 年	小雅桑扈	天人	
129	左傳	昭公 25 年	小雅車牽	人*	賦詩
130	左傳	昭公 26 年	小雅車牽	人	
131	左傳	襄公 14 年	小雅青蠅	人*	賦詩
132	左傳	昭公 17 年	小雅采菽	人*	賦詩
133	左傳	襄公 11 年	小雅采菽	人	
134	左傳	襄公 21 年	小雅采菽	人	
135	左傳	襄公 8 年	小雅角弓	天人*	賦詩
136	左傳	昭公 2 年	小雅角弓	天人*	賦詩
137	左傳	昭公 6 年	小雅角弓	人	
138	左傳	襄公 14 年	小雅都人士	人	
139	左傳	襄公 19 年	小雅黍苗	天人*	賦詩
140	左傳	襄公 27 年	小雅黍苗	天人*	賦詩
141	左傳	襄公 27 年	小雅隰桑	天人*	賦詩
142	左傳	昭公 1 年	小雅瓠葉	人*	賦詩
143	左傳	襄公 20 年	小雅南山有臺	天人*	賦詩

編號	典　籍	出　　處	詩　　名	範疇	備註
144	左傳	襄公 24 年	小雅南山有臺	天人'	
145	左傳	文公 3 年	小雅菁菁者莪	天人*	賦詩
146	左傳	昭公 17 年	小雅菁菁者莪	人*	賦詩
147	左傳	襄公 4 年	大雅文王	天人*	歌詩
148	左傳	文公 2 年	大雅文王	天人'	
149	左傳	宣公 15 年	大雅文王	天人	
150	左傳	成公 2 年	大雅文王	天人	
151	左傳	襄公 13 年	大雅文王	天人	
152	左傳	襄公 30 年	大雅文王	天人	
153	左傳	昭公 6 年	大雅文王	天人	
154	左傳	昭公 23 年	大雅文王	天人	
155	左傳	昭公 28 年	大雅文王	天人	
156	左傳	昭公 10 年	大雅文王	人'	
157	左傳	桓公 6 年	大雅文王	人	
158	左傳	莊公 6 年	大雅文王	人	
159	左傳	襄公 4 年	大雅大明	天人*	歌詩
160	左傳	昭公 1 年	大雅大明	天人*	賦詩
161	左傳	襄公 24 年	大雅大明	天人	
162	左傳	昭公 26 年	大雅大明	天人	
163	左傳	昭公 2 年	大雅緜	天人*	賦詩
164	左傳	襄公 4 年	大雅緜	天人*	歌詩
165	左傳	哀公 2 年	大雅緜	天人	
166	左傳	成公 8 年	大雅旱麓	人	
167	左傳	僖公 12 年	大雅旱麓	天人	
168	左傳	僖公 19 年	大雅思齊	人	
169	左傳	文公 2 年	大雅皇矣	天人'	
170	左傳	僖公 9 年	大雅皇矣	天人	
171	左傳	襄公 31 年	大雅皇矣	天人	
172	左傳	昭公 28 年	大雅皇矣	天人	
173	左傳	文公 4 年	大雅皇矣	人	
174	左傳	昭公 9 年	大雅靈臺	人	

編號	典 籍	出 處	詩 名	範疇	備註
175	左傳	文公 3 年	大雅文王有聲	人	
176	左傳	隱公 3 年	大雅行葦	天人	
177	左傳	成公 2 年	大雅既醉	天人'	
178	左傳	襄公 31 年	大雅既醉	天人'	
179	左傳	襄公 27 年	大雅既醉	天人	賦詩
180	左傳	隱公 1 年	大雅既醉	人	
181	左傳	昭公 21 年	大雅假樂	天人	
182	左傳	成公 2 年	大雅假樂	人	
183	左傳	哀公 5 年	大雅假樂	人	
184	左傳	文公 3 年	大雅假樂	天人*	賦詩
185	左傳	襄公 26 年	大雅假樂	天人*	賦詩
186	左傳	隱公 3 年	大雅泂酌	天人	
187	左傳	昭公 20 年	大雅民勞	天人	
188	左傳	僖公 28 年	大雅民勞	人	
189	左傳	文公 10 年	大雅民勞	人	
190	左傳	昭公 2 年	大雅民勞	人	
191	左傳	文公 7 年	大雅板	天人	
192	左傳	昭公 32 年	大雅板	天人	
193	左傳	僖公 5 年	大雅板	人	
194	左傳	宣公 9 年	大雅板	人	
195	左傳	成公 8 年	大雅板	人	
196	左傳	襄公 31 年	大雅板	人	
197	左傳	昭公 6 年	大雅板	人	
198	左傳	昭公 28 年	大雅板	人	
199	左傳	襄公 31 年	大雅蕩	天人	
200	左傳	宣公 2 年	大雅蕩	人	
201	左傳	僖公 9 年	大雅抑	天人'	
202	左傳	襄公 31 年	大雅抑	天人'	
203	左傳	襄公 2 年	大雅抑	天人	
204	左傳	僖公 9 年	大雅抑	人'	
205	左傳	襄公 21 年	大雅抑	人	

編號	典　籍	出　　處	詩　　名	範疇	備註
206	左傳	襄公 22 年	大雅抑	人	
207	左傳	昭公 1 年	大雅抑	人	
208	左傳	昭公 5 年	大雅抑	人	
209	左傳	文公 1 年	大雅桑柔	人'	
210	左傳	襄公 31 年	大雅桑柔	人	
211	左傳	昭公 24 年	大雅桑柔	人	
212	左傳	文公 3 年	大雅烝民	人	
213	左傳	文公 10 年	大雅烝民	人	
214	左傳	宣公 2 年	大雅烝民	人	
215	左傳	襄公 25 年	大雅烝民	人	
216	左傳	昭公 1 年	大雅烝民	人	
217	左傳	定公 4 年	大雅烝民	人	
218	左傳	成公 9 年	大雅韓奕	人*	賦詩
219	左傳	襄公 26 年	大雅瞻卬	天人'	
220	左傳	昭公 25 年	大雅瞻卬	天人'	
221	左傳	文公 6 年	大雅瞻卬	人	
222	左傳	昭公 10 年	大雅瞻卬	人	
223	左傳	襄公 27 年	周頌維天之命	天人	
224	左傳	襄公 21 年	周頌烈文	人	
225	左傳	昭公 1 年	周頌烈文	人	
226	左傳	哀公 26 年	周頌烈文	人	
227	左傳	昭公 16 年	周頌我將	天人*	賦詩
228	左傳	文公 4 年	周頌我將	天人	
229	左傳	文公 15 年	周頌我將	天人	
230	左傳	昭公 6 年	周頌我將	天人	
231	左傳	宣公 12 年	周頌時邁	天人	
232	左傳	成公 16 年	周頌思文	天人'	
233	左傳	襄公 2 年	周頌豐年	天人	
234	左傳	宣公 12 年	周頌武	天人	
235	左傳	宣公 12 年	周頌武	人	
236	左傳	僖公 22 年	周頌敬之	天人	

編號	典籍	出處	詩名	範疇	備註
237	左傳	成公 4 年	周頌敬之	天人	
238	左傳	宣公 12 年	周頌酌	人	
239	左傳	宣公 12 年	周頌桓	天人	
240	左傳	宣公 11 年	周頌賚	天人	
241	左傳	宣公 12 年	周頌賚	天人	
242	左傳	文公 2 年	魯頌閟宮	天人	
243	左傳	昭公 20 年	商頌烈祖	天人'	
244	左傳	隱公 3 年	商頌玄鳥	天人	
245	左傳	昭公 20 年	商頌長發	天人'	
246	左傳	成公 2 年	商頌長發	天人	
247	左傳	襄公 26 年	商頌殷武	天人	
248	左傳	哀公 5 年	商頌殷武	天人	
《左傳》尚有逸詩十三次					
1	論語	子罕	邶風雄雉	人	
2	論語	憲問	邶風匏有苦葉	人	
3	論語	學而	衛風淇奧	人'	
4	論語	泰伯	小雅小旻	人	
5	論語	八佾	周頌雝	天人	
《論語》尚有逸詩一次					
1	中庸	第十三章	豳風伐柯	天人	
2	中庸	第十五章	小雅常棣	人*	
3	中庸	第三十三章	小雅正月	天人'	
4	中庸	第三十三章	大雅文王	天人	
5	中庸	第十二章	大雅旱麓	天人	
6	中庸	第三十三章	大雅皇矣	天人	
7	中庸	第十七章	大雅假樂	天人*	
8	中庸	第十六章	大雅抑	天人	
9	中庸	第三十三章	大雅抑	天人	
10	中庸	第二十七章	大雅烝民	天人'	
11	中庸	第三十三章	大雅烝民	天人	
12	中庸	第二十六章	周頌維天之命	天人	

編號	典籍	出　　處	詩　　名	範疇	備註
13	中庸	第三十三章	周頌烈文	天人	
14	中庸	第二十九章	周頌振鷺	天人	
15	中庸	第三十三章	商頌烈祖	天人'	
1	大學	第九章	周南桃夭	人*	
2	大學	第三章	衞風淇奧	天人*	
3	大學	第九章	曹風鳲鳩	人	
4	大學	第十章	小雅南山有臺	人	
5	大學	第九章	小雅蓼蕭	人	
6	大學	第十章	小雅節南山	人'	
7	大學	第三章	小雅緜蠻	天人	
8	大學	第二章	大雅文王	天人	
9	大學	第三章	大雅文王	天人	
10	大學	第十章	大雅文王	天人	
11	大學	第三章	周頌烈文	天人'	
12	大學	第三章	商頌玄鳥	天人	
1	孟子	盡心下	邶風柏舟	天人'	
2	孟子	告子下	邶風凱風	人	
3	孟子	萬章上	齊風南山	人	
4	孟子	盡心上	衛風伐檀	人	
5	孟子	滕文公上	豳風七月	天人'	
6	孟子	公孫丑上	豳風鴟鴞	天人	
7	孟子	滕文公下	小雅車攻	人	
8	孟子	梁惠王下	小雅正月	人	
9	孟子	告子下	小雅小弁	人	
10	孟子	梁惠王上	小雅巧言	人	
11	孟子	萬章下	小雅大東	人	
12	孟子	萬章上	小雅北山	人	
13	孟子	滕文公上	小雅大田	天人	
14	孟子	滕文公上	小雅伐木	天人	
15	孟子	滕文公上	大雅文王	天人	
16	孟子	離婁上	大雅文王	天人*	

編號	典　籍	出　　處	詩　　名	範疇	備註
17	孟子	公孫丑上	大雅文王	天人	
18	孟子	離婁上	大雅文王	天人	
19	孟子	梁惠王下	大雅緜	人*	
20	孟子	盡心下	大雅緜	天人	
21	孟子	梁惠王上	大雅思齊	人	
22	孟子	梁惠王下	大雅皇矣	天人	
23	孟子	梁惠王上	大雅靈臺	人*	
24	孟子	萬章上	大雅下武	人	
25	孟子	公孫丑上	大雅文王有聲	天人	
26	孟子	告子上	大雅既醉	人	
27	孟子	離婁上	大雅假樂	人	
28	孟子	梁惠王下	大雅公劉	人	
29	孟子	離婁上	大雅板	天人	
30	孟子	離婁上	大雅蕩	人	
31	孟子	離婁上	大雅桑柔	天人	
32	孟子	離婁上	大雅桑柔	人	
33	孟子	萬章上	大雅雲漢	人	
34	孟子	告子上	大雅烝民	天人	
35	孟子	梁惠王下	周頌我將	天人	
36	孟子	滕文公上	周頌閟宮	天人	
37	孟子	滕文公下	周頌閟宮	人	
《孟子》尚有逸詩二次					
1	荀子	解蔽	周南卷耳	天人*	
2	荀子	宥坐	邶風柏舟	人	
3	荀子	宥坐	邶風雄雉	天人*	
4	荀子	大略	衞風淇奧	天人	
5	荀子	大略	齊風東方未明	人	
6	荀子	法行	秦風小戎	天人	
7	荀子	勸學	曹風鳲鳩	天人*	
8	荀子	富國	曹風鳲鳩	人	
9	荀子	議兵	曹風鳲鳩	人	

編號	典　籍	出　　　處	詩　　名	範疇	備註
10	荀子	君子	曹風鳲鳩	人	
11	荀子	大略	豳風七月	人	
12	荀子	大略	小雅出車	人	
13	荀子	不苟	小雅魚麗	天人*	
14	荀子	大略	小雅魚麗	天人	
15	荀子	儒效	小雅鶴鳴	天人	
16	荀子	富國	小雅節南山	天人	
17	荀子	宥坐	小雅節南山	人	
18	荀子	正論	小雅十月之交	天人	
19	荀子	君子	小雅十月之交	天人	
20	荀子	修身	小雅小旻	人	
21	荀子	臣道	小雅小旻	人*	
22	荀子	儒效	小雅何人斯	人*	
23	荀子	正名	小雅何人斯	人*	
24	荀子	宥坐	小雅大東	天人	
25	荀子	君子	小雅北山	人	
26	荀子	大略	小雅無將大車	天人	
27	荀子	勸學	小雅小明	天人*	
28	荀子	修身	小雅楚茨	人	
29	荀子	禮論	小雅楚茨	人	
30	荀子	不苟	小雅裳裳者華	天人	
31	荀子	勸學	小雅采菽	人	
32	荀子	儒效	小雅采菽	人	
33	荀子	非相	小雅角弓	天人*	
34	荀子	儒效	小雅角弓	天人*	
35	荀子	富國	小雅黍苗	人*	
36	荀子	大略	小雅縣蠻	人	
37	荀子	君道	大雅文王	人'	
38	荀子	正論	大雅大明	人	
39	荀子	解蔽	大雅大明	人'	
40	荀子	富國	大雅域樸	天人*	

編號	典　籍	出　　　處	詩　　名	範疇	備註
41	荀子	大略	大雅思齊	人	
42	荀子	修身	大雅皇矣	天人	
43	荀子	仲尼	大雅下武	人*	
44	荀子	儒效	大雅文王有聲	人	
45	荀子	王霸	大雅文王有聲	天人	
46	荀子	議兵	大雅文王有聲	人	
47	荀子	大略	大雅既醉	人	
48	荀子	大略	大雅既醉	人	
49	荀子	子道	大雅既醉	人	
50	荀子	禮論	大雅泂酌	人	
51	荀子	正名	大雅卷阿	人*	
52	荀子	致仕	大雅民勞	人	
53	荀子	君道	大雅板	人	
54	荀子	彊國	大雅板	人	
55	荀子	大略	大雅板	人	
56	荀子	非十二子	大雅蕩	天人	
57	荀子	不苟	大雅抑	人	
58	荀子	非十二子	大雅抑	人	
59	荀子	富國	大雅抑	人	
60	荀子	君道	大雅抑	天人	
61	荀子	臣道	大雅抑	人	
62	荀子	致仕	大雅抑	天人	
63	荀子	儒效	大雅桑柔	人*	
64	荀子	彊國	大雅烝民	天人	
65	荀子	堯問	大雅烝民	人	
66	荀子	非相	大雅常武	人	
67	荀子	君道	大雅常武	人	
68	荀子	議兵	大雅常武	天人	
69	荀子	王制	周頌天作	天人	
70	荀子	天論	周頌天作	天人	
71	荀子	禮論	周頌時邁	天人	

編號	典　籍	出　　處	詩　　名	範疇	備註
72	荀子	富國	周頌執競	天人	
73	荀子	大略	商頌那	人	
74	荀子	榮辱	商頌長發	天人	
75	荀子	臣道	商頌長發	人	
76	荀子	議兵	商頌長發	人	
《荀子》尚有逸詩七次					
1	墨子	尚同中	小雅皇皇者華	人	
2	墨子	兼愛下	小雅大東	人	
3	墨子	天志中	小雅小明	天人	
4	墨子	明鬼下	大雅文王	天人	
5	墨子	天志下	大雅皇矣	天人	
6	墨子	天志中	大雅皇矣	天人	
7	墨子	尚賢中	大雅桑柔	人	
8	墨子	兼愛下	大雅抑	人	
9	墨子	尚賢中	周頌閟宮	天人	
10	墨子	尚同中	周頌載見	人	
《墨子》尚有逸詩二次					
1	呂氏春秋	報更	周南兔罝	人	
2	呂氏春秋	重言	邶風旄丘	人	
3	呂氏春秋	先己	邶風簡兮	人	
4	呂氏春秋	求人	鄭風褰裳	人	
5	呂氏春秋	先己	曹風鳲鳩	人	
6	呂氏春秋	安死	小雅小旻	人	
7	呂氏春秋	慎大	小雅小旻	天人	
8	呂氏春秋	務本	小雅大田	人'	
9	呂氏春秋	報更	大雅文王	人	
10	呂氏春秋	古樂	大雅文王	天人	
11	呂氏春秋	行論	大雅大明	天人	
12	呂氏春秋	務本	大雅大明	天人	
13	呂氏春秋	知分	大雅旱麓	天人	
14	呂氏春秋	不屈	大雅泂酌	人	

編號	典　籍	出　　　處	詩　　　名	範疇	備註
15	呂氏春秋	求人	大雅抑	人	
		《呂氏春秋》尚有逸詩四次			
1	韓詩外傳	卷 1-天子左五鐘	周南關雎	天人	
2	韓詩外傳	卷 5-關雎何以為	周南關雎	天人	
3	韓詩外傳	卷 9-孟子少時誦	周南螽斯	人	
4	韓詩外傳	卷 9-田子為相	周南螽斯	人	
5	韓詩外傳	卷 1-孔子南遊	周南漢廣	天人	
6	韓詩外傳	卷 1-枯魚銜索	周南汝墳	天人'	
7	韓詩外傳	卷 9-有人於斯	周南汝墳	人	
8	韓詩外傳	卷 1-君子有三憂	召南草蟲	人	
9	韓詩外傳	卷 1-昔者周道之盛	召南甘棠	天人*	
10	韓詩外傳	卷 1-夫行露	召南行露	人	
11	韓詩外傳	卷 1-曾子仕於莒	召南小星	天人	
12	韓詩外傳	卷 1-君子潔其身	邶風柏舟	天人'	
13	韓詩外傳	卷 1-王子比干	邶風柏舟	天人	
14	韓詩外傳	卷 1-原憲居魯	邶風柏舟	天人	
15	韓詩外傳	卷 1-所謂士者	邶風柏舟	人'	
16	韓詩外傳	卷 9-秦攻魏	邶風柏舟	人'	
17	韓詩外傳	卷 1-荊伐陳	邶風柏舟	人	
18	韓詩外傳	卷 1-魯公甫文伯	邶風日月	人	
19	韓詩外傳	卷 9-君子之聞道	邶風日月	人	
20	韓詩外傳	卷 1-喜名者	邶風雄雉	天人'	
21	韓詩外傳	卷 1-安命養性者	邶風雄雉	天人'	
22	韓詩外傳	卷 1-天地有合	邶風雄雉	天人*	
23	韓詩外傳	卷 1-聰者自聞	邶風雄雉	人	
24	韓詩外傳	卷 1-楚白公之難	邶風匏有苦葉	人'	
25	韓詩外傳	卷 1-晉靈公	邶風谷風	天人'	
26	韓詩外傳	卷 1-晉靈公	邶風谷風	天人'	
27	韓詩外傳	卷 9-孟子妻獨居	邶風谷風	人'	
28	韓詩外傳	卷 1-水濁則魚喁	邶風旄丘	天人*	
29	韓詩外傳	卷 1-衣服容貌者	邶風旄丘	人*	

編號	典　籍	出　　處	詩　　名	範疇	備註
30	韓詩外傳	卷 9-脩身不可不慎	邶風旄丘	人	
31	韓詩外傳	卷 1-仁道有四	邶風北門	天人	
32	韓詩外傳	卷 1-申徒狄	邶風北門	天人	
33	韓詩外傳	卷 1-鮑焦衣弊	邶風北門	天人	
34	韓詩外傳	卷 1-天地有合	邶風靜女	天人*	
35	韓詩外傳	卷 9-人善我	鄘風鶉之奔奔	人	
36	韓詩外傳	卷 1-天地有合	鄘風蝃蝀	天人*	
37	韓詩外傳	卷 1-在天者	鄘風相鼠	天人'	
38	韓詩外傳	卷 1-哀公問	鄘風相鼠	人	
39	韓詩外傳	卷 1-君子辯善	鄘風相鼠	人	
40	韓詩外傳	卷 1-不仁之至	鄘風相鼠	人	
41	韓詩外傳	卷 3-魯有父子訟者	鄘風相鼠	人	
42	韓詩外傳	卷 5-王者之政	鄘風相鼠	人	
43	韓詩外傳	卷 6-衛靈公畫寢	鄘風相鼠	人	
44	韓詩外傳	卷 9-齊景公縱酒	鄘風相鼠	人	
45	韓詩外傳	卷 2-楚莊王圍宋	鄘風干旄	人	
46	韓詩外傳	卷 2-魯監門之女	鄘風載馳	人	
47	韓詩外傳	卷 2-高子問	鄘風載馳	人*	
48	韓詩外傳	卷 2-楚莊王聽朝	鄘風載馳	人	
49	韓詩外傳	卷 2-雩而雨者	衛風淇奧	天人	
50	韓詩外傳	卷 2-閔子騫	衛風淇奧	人'	
51	韓詩外傳	卷 9-堂衣若	衛風淇奧	人	
52	韓詩外傳	卷 2-口欲味	衛風氓	人	
53	韓詩外傳	卷 3-昔者不出戶	衛風有狐	人	
54	韓詩外傳	卷 9-魏文侯有子曰	王風黍離	天人*	歌詩
55	韓詩外傳	卷 2-高牆豐上激下	王風中谷有蓷	天人'	
56	韓詩外傳	卷 2-君子有三言	王風中谷有蓷	天人'	
57	韓詩外傳	卷 2-夫霜雪雨露	鄭風大叔于田	天人'	
58	韓詩外傳	卷 2-孔子云美哉	鄭風大叔于田	天人'	
59	韓詩外傳	卷 2-顏淵侍	鄭風大叔于田	人	
60	韓詩外傳	卷 2-崔杼弒莊公	鄭風羔裘	天人*	

編號	典　籍	出　　處	詩　　名	範疇	備註
61	韓詩外傳	卷2-楚昭王	鄭風羔裘	人	
62	韓詩外傳	卷2-外寬而內直	鄭風羔裘	人	
63	韓詩外傳	卷9-齊景公出弋	鄭風羔裘	人	
64	韓詩外傳	卷9-魏文侯問於解狐	鄭風羔裘	人	
65	韓詩外傳	卷9-楚有善相人者	鄭風羔裘	人	
66	韓詩外傳	卷2-孔子遭齊	鄭風野有蔓草	天人*	
67	韓詩外傳	卷2-君子易和而難狎	魏風汾沮洳	天人	
68	韓詩外傳	卷2-君子有主善	魏風汾沮洳	人	
69	韓詩外傳	卷9-君子之居	魏風園有桃	人	
70	韓詩外傳	卷2-商容嘗執	魏風伐檀	人	
71	韓詩外傳	卷2-晉文侯使李離	魏風伐檀	人	
72	韓詩外傳	卷2-昔者桀為酒池	魏風碩鼠	天人	
73	韓詩外傳	卷2-楚狂接輿	魏風碩鼠	人	
74	韓詩外傳	卷2-伊尹去夏	魏風碩鼠	人	
75	韓詩外傳	卷2-子賤治單父	唐風山有樞	人	
76	韓詩外傳	卷2-子路曰	唐風椒聊	人	
77	韓詩外傳	卷2-子路與巫馬期	唐風鴇羽	人*	
78	韓詩外傳	卷2-士有五	秦風小戎	人	
79	韓詩外傳	卷2-上之人	秦風終南	人	
80	韓詩外傳	卷10-魏文侯有子曰	秦風晨風	天人*	歌詩
81	韓詩外傳	卷2-子夏讀詩	陳風衡門	天人*	
82	韓詩外傳	卷9-楚莊王使使	陳風東門之池	人	
83	韓詩外傳	卷2-國有道	檜風匪風	天人*	
84	韓詩外傳	卷9-夫鳳凰之初起	曹風鳲鳩	天人	
85	韓詩外傳	卷2-夫治氣養心	曹風鳲鳩	人	
86	韓詩外傳	卷2-玉不琢	曹風鳲鳩	人	
87	韓詩外傳	卷8-孔子燕居	豳風七月	人	
88	韓詩外傳	卷2-嫁女之家	豳風東山	人	
89	韓詩外傳	卷2-原天命	豳風伐柯	天人	
90	韓詩外傳	卷7-齊宣王謂田過	小雅四牡	人	
91	韓詩外傳	卷8-魏文侯問李克	小雅四牡	人	

編號	典　籍	出　　處	詩　　名	範疇	備註
92	韓詩外傳	卷7-趙王使人於楚	小雅皇皇者華	天人	
93	韓詩外傳	卷8-孔子燕居	小雅常棣	人	
94	韓詩外傳	卷9-子夏過曾子	小雅伐木	人	
95	韓詩外傳	卷6-不知命	小雅天保	天人	
96	韓詩外傳	卷7-齊有隱士東郭	小雅出車	人	
97	韓詩外傳	卷7-鳥之美羽	小雅沔水	天人	
98	韓詩外傳	卷7-孔子困於陳蔡	小雅鶴鳴	天人	
99	韓詩外傳	卷7-往而不可還	小雅祈父	人	
100	韓詩外傳	卷3-魯有父子訟者	小雅節南山	人	
101	韓詩外傳	卷7-齊景公問晏子	小雅正月	天人	
102	韓詩外傳	卷5-君者民之源	小雅十月之交	人	
103	韓詩外傳	卷7-昔者司城子罕	小雅十月之交	人	
104	韓詩外傳	卷7-衛懿公之時	小雅十月之交	人	
105	韓詩外傳	卷6-晉平公游	小雅小旻	天人	
106	韓詩外傳	卷7-孫叔敖遇	小雅小宛	人'	
107	韓詩外傳	卷7-明王有三懼	小雅小宛	人'	
108	韓詩外傳	卷8-昨日何生	小雅小宛	人	
109	韓詩外傳	卷7-楚莊王賜其羣臣	小雅小弁	人'	
110	韓詩外傳	卷5-孔子侍坐	小雅小弁	人	
111	韓詩外傳	卷4-紂作炮烙	小雅巧言	人'	
112	韓詩外傳	卷4-桀爲酒池	小雅巧言	人'	
113	韓詩外傳	卷7-紂殺比干	小雅巧言	人'	
114	韓詩外傳	卷4-有大忠者	小雅巧言	人	
115	韓詩外傳	卷4-哀公問取人	小雅巧言	人	
116	韓詩外傳	卷4-齊桓公獨以	小雅巧言	人	
117	韓詩外傳	卷7-伯奇孝而棄於親	小雅巧言	人	
118	韓詩外傳	卷3-受命之士	小雅巷伯	人	
119	韓詩外傳	卷7-宋玉因其友	小雅谷風	人	
120	韓詩外傳	卷7-爲人父者	小雅蓼莪	人	
121	韓詩外傳	卷4-舜彈五絃之琴	小雅大東	天人*	
122	韓詩外傳	卷4-今有堅甲	小雅大東	人*	

編號	典　籍	出　　處	詩　　名	範疇	備註
123	韓詩外傳	卷 3-魯有父子訟者	小雅大東	人	
124	韓詩外傳	卷 3-魯有父子訟者	小雅大東	人	
125	韓詩外傳	卷 3-魯有父子訟者	小雅大東	人	
126	韓詩外傳	卷 7-宋燕相齊	小雅大東	人	
127	韓詩外傳	卷 7-善爲政者	小雅四月	天人'	
128	韓詩外傳	卷 1-鮑焦衣弊	小雅北山	天人	
129	韓詩外傳	卷 7-魏文侯之時	小雅無將大車	天人'	
130	韓詩外傳	卷 4-韶用干戚	小雅小明	天人	
131	韓詩外傳	卷 4-齊桓公伐山戎	小雅小明	人'	
132	韓詩外傳	卷 7-正直者順道而行	小雅小明	人	
133	韓詩外傳	卷 8-齊景公使人	小雅小明	人	
134	韓詩外傳	卷 8-齊有得罪	小雅小明	人	
135	韓詩外傳	卷 4-君人者以禮分施	小雅楚茨	天人'	
136	韓詩外傳	卷 7-孔子閒居	小雅楚茨	天人'	
137	韓詩外傳	卷 3-喪祭之禮	小雅楚茨	天人	
138	韓詩外傳	卷 4-禮者治辯之極	小雅楚茨	人	
139	韓詩外傳	卷 4-晏子聘魯	小雅楚茨	人	
140	韓詩外傳	卷 4-古者八家	小雅信南山	人	
141	韓詩外傳	卷 8-夫賢君之治	小雅大田	天人	
142	韓詩外傳	卷 4-天子不言多少	小雅大田	人	
143	韓詩外傳	卷 7-昔者周公事	小雅裳裳者華	人	
144	韓詩外傳	卷 4-人主欲得善射	小雅頍弁	人	
145	韓詩外傳	卷 7-南假子過程本	小雅車舝	人	
146	韓詩外傳	卷 4-子爲親隱	小雅采菽	人	
147	韓詩外傳	卷 8-曾子有過	小雅采菽	人	
148	韓詩外傳	卷 4-問者不告	小雅采菽	人	
149	韓詩外傳	卷 4-齊桓公問於管仲	小雅角弓	天人	
150	韓詩外傳	卷 4-君子大心	小雅角弓	天人	
151	韓詩外傳	卷 4-夫當世之愚	小雅角弓	人'	
152	韓詩外傳	卷 7-孔子遊於景山	小雅角弓	人'	
153	韓詩外傳	卷 4-善御者	小雅角弓	人	

編號	典　籍	出　　　處	詩　　名	範疇	備註
154	韓詩外傳	卷 4-出則爲宗族	小雅角弓	人	
155	韓詩外傳	卷 4-有君不能事	小雅角弓	人	
156	韓詩外傳	卷 4-愛由情出	小雅角弓	人	
157	韓詩外傳	卷 4-客有說春申君	小雅菀柳	人'	
158	韓詩外傳	卷 4-南苗異獸	小雅隰桑	天人	
159	韓詩外傳	卷 4-仁人心也	小雅隰桑	人	
160	韓詩外傳	卷 4-道雖近	小雅隰桑	人	
161	韓詩外傳	卷 4-誠惡惡	小雅白華	天人	
162	韓詩外傳	卷 4-孔子見客	小雅白華	天人	
163	韓詩外傳	卷 4-僞詐不可長	小雅白華	天人	
164	韓詩外傳	卷 7-昔者孔子鼓瑟	小雅白華	天人	
165	韓詩外傳	卷 4-所謂庸人	小雅白華	人	
166	韓詩外傳	卷 4-客有見周公	小雅緜蠻	人	
167	韓詩外傳	卷 5-成王之時	大雅下武	天人'	
168	韓詩外傳	卷 5-造父	大雅文王	天人	
169	韓詩外傳	卷 10-齊桓公逐白鹿	大雅文王	天人	
170	韓詩外傳	卷 5-楚成王讀書	大雅文王	人'	
171	韓詩外傳	卷 10-鮑叔薦管仲	大雅文王	人	
172	韓詩外傳	卷 10-晉文公重耳亡	大雅文王	人	
173	韓詩外傳	卷 10-言爲王之不易	大雅大明	天人	
174	韓詩外傳	卷 3-武王伐紂	大雅大明	人*	
175	韓詩外傳	卷 5-聞其末	大雅大明	人'	
176	韓詩外傳	卷 5-夫五色雖明	大雅棫樸	天人	
177	韓詩外傳	卷 2-崔杼弒莊公	大雅旱麓	天人*	
178	韓詩外傳	卷 5-禮者則天地	大雅皇矣	天人	
179	韓詩外傳	卷 10-君子溫儉	大雅皇矣	人	
180	韓詩外傳	卷 5-上不知順孝	大雅下武	人	
181	韓詩外傳	卷 5-孔子抱聖人	大雅文王有聲	天人'	
182	韓詩外傳	卷 4-禮者治辯之極	大雅文王有聲	人	
183	韓詩外傳	卷 4-人主欲得善射	大雅文王有聲	人	
184	韓詩外傳	卷 8-孔子燕居	大雅既醉	人	

編號	典籍	出處	詩名	範疇	備註
185	韓詩外傳	卷5-哀公問於子夏	大雅假樂	人	
186	韓詩外傳	卷6-可與言終日	大雅假樂	人	
187	韓詩外傳	卷6-詩曰愷悌君子	大雅泂酌	人	
188	韓詩外傳	卷8-子賤治單父	大雅泂酌	人	
189	韓詩外傳	卷8-度地圖居	大雅泂酌	人	
190	韓詩外傳	卷8-黃帝即位	大雅卷阿	天人	
191	韓詩外傳	卷8-魏文侯有子曰	大雅卷阿	天人	
192	韓詩外傳	卷8-魏文侯有子曰	大雅卷阿	天人	
193	韓詩外傳	卷6-孔子行	大雅卷阿	人	
194	韓詩外傳	卷8-可於君	大雅卷阿	人	
195	韓詩外傳	卷5-登高臨深	大雅板	天人	
196	韓詩外傳	卷5-天設其高	大雅板	天人	
197	韓詩外傳	卷3-人主之疾	大雅板	人	
198	韓詩外傳	卷5-儒者儒也	大雅板	人	
199	韓詩外傳	卷5-天下居廣廈	大雅板	人	
200	韓詩外傳	卷10-齊宣王與魏惠王	大雅板	人	
201	韓詩外傳	卷10-東海有勇士	大雅板	人	
202	韓詩外傳	卷10-齊使使獻鴻	大雅板	人	
203	韓詩外傳	卷10-扁鵲過虢侯	大雅板	人	
204	韓詩外傳	卷10-楚丘先生	大雅板	人	
205	韓詩外傳	卷8-有鳥於此	大雅蕩	天人'	
206	韓詩外傳	卷5-蠒之性爲絲	大雅蕩	天人	
207	韓詩外傳	卷5-驕溢之君	大雅蕩	天人	
208	韓詩外傳	卷5-智如泉源	大雅蕩	人	
209	韓詩外傳	卷5-昔者禹以夏王	大雅蕩	人	
210	韓詩外傳	卷8-官怠於有成	大雅蕩	人	
211	韓詩外傳	卷10-下莊子好勇	大雅蕩	人	
212	韓詩外傳	卷10-天子有爭臣	大雅蕩	人	
213	韓詩外傳	卷10-齊桓公出遊	大雅蕩	人	
214	韓詩外傳	卷5-水淵深廣	大雅抑	天人'	
215	韓詩外傳	卷10-齊景公遣晏子	大雅抑	天人	

編號	典　籍	出　　處	詩　　名	範疇	備註
216	韓詩外傳	卷 5-夫談說之術	大雅抑	人	
217	韓詩外傳	卷 6-比干諫而死	大雅抑	人	
218	韓詩外傳	卷 6-齊桓公見小臣	大雅抑	人	
219	韓詩外傳	卷 6-賞勉罰偷	大雅抑	人	
220	韓詩外傳	卷 6-子路治蒲	大雅抑	人	
221	韓詩外傳	卷 6-古者有命	大雅抑	人	
222	韓詩外傳	卷 6-天下之辯	大雅抑	人	
223	韓詩外傳	卷 6-吾語子	大雅抑	人	
224	韓詩外傳	卷 6-仁者必敬其人	大雅抑	人	
225	韓詩外傳	卷 10-齊桓公置酒	大雅抑	人	
226	韓詩外傳	卷 5-藍有青	大雅桑柔	天人'	
227	韓詩外傳	卷 10-晉平公之時	大雅桑柔	天人'	
228	韓詩外傳	卷 5-夫百姓內不乏食	大雅桑柔	天人	
229	韓詩外傳	卷 5-福生於無為	大雅桑柔	天人	
230	韓詩外傳	卷 6-民勞思佚	大雅桑柔	天人	
231	韓詩外傳	卷 8-梁山崩	大雅桑柔	天人	
232	韓詩外傳	卷 10-魏文侯問里克	大雅桑柔	人'	
233	韓詩外傳	卷 4-古者八家	大雅桑柔	人	
234	韓詩外傳	卷 6-不學而好思	大雅桑柔	人	
235	韓詩外傳	卷 6-古之謂知道者	大雅桑柔	人	
236	韓詩外傳	卷 6-田常弒簡公	大雅桑柔	人	
237	韓詩外傳	卷 10-楚有士曰申鳴	大雅桑柔	人	
238	韓詩外傳	卷 10-昔者，太公望	大雅桑柔	人	
239	韓詩外傳	卷 5-天有四時	大雅崧高	天人*	
240	韓詩外傳	卷 8-吳人伐楚	大雅崧高	人	
241	韓詩外傳	卷 5-德也者包天地	大雅烝民	天人	
242	韓詩外傳	卷 8-人之所以好富貴	大雅烝民	天人'	
243	韓詩外傳	卷 6-不知命	大雅烝民	天人	
244	韓詩外傳	卷 6-王者必立牧	大雅烝民	人	
245	韓詩外傳	卷 6-楚莊王伐鄭	大雅烝民	人	
246	韓詩外傳	卷 6-君子崇人之德	大雅烝民	人	

編號	典　籍	出　　處	詩　　名	範疇	備註
247	韓詩外傳	卷6-衛靈公晝寢	大雅烝民	人	
248	韓詩外傳	卷8-吳人伐楚	大雅烝民	人	
249	韓詩外傳	卷8-齊崔杼弒莊公	大雅烝民	人	
250	韓詩外傳	卷8-遜而直	大雅烝民	人	
251	韓詩外傳	卷8-宋萬與莊公戰	大雅烝民	人	
252	韓詩外傳	卷8-孔子燕居	大雅烝民	人	
253	韓詩外傳	卷8-諸侯之有德	大雅江漢	天人	
254	韓詩外傳	卷5-天有四時	大雅江漢	天人	
255	韓詩外傳	卷8-齊景公問子貢	大雅常武	天人	
256	韓詩外傳	卷6-事強暴之國難	大雅常武	人	
257	韓詩外傳	卷6-勇士一呼	大雅常武	人	
258	韓詩外傳	卷6-昔者趙簡子堯	大雅常武	人	
259	韓詩外傳	卷6-孟子說齊宣王	大雅瞻卬	天人	
260	韓詩外傳	卷6-易曰困于石	大雅瞻卬	人	
261	韓詩外傳	卷5-如歲之旱	大雅召旻	天人	
262	韓詩外傳	卷6-威有三術	大雅召旻	天人	
263	韓詩外傳	卷8-一穀不升	大雅召旻	天人	
264	韓詩外傳	卷3-昔者舜甑盆	周頌天作	天人'	
265	韓詩外傳	卷3-有殷之時	周頌我將	天人	
266	韓詩外傳	卷3-昔者周文王	周頌我將	天人	
267	韓詩外傳	卷8-梁山崩	周頌我將	天人	
268	韓詩外傳	卷3-以從俗為善	周頌時邁	天人	
269	韓詩外傳	卷8-三公者何	周頌時邁	天人	
270	韓詩外傳	卷8-晉平公使范昭	周頌時邁	人'	
271	韓詩外傳	卷3-王者之論德	周頌時邁	人	
272	韓詩外傳	卷3-魏文侯	周頌時邁	人	
273	韓詩外傳	卷3-成侯嗣公	周頌執競	天人	
274	韓詩外傳	卷5-道者何也	周頌執競	人'	
275	韓詩外傳	卷3-楚莊王寢疾	周頌臣工	天人	
276	韓詩外傳	卷5-夫百姓內不乏食	周頌豐年	天人	
277	韓詩外傳	卷3-太平之時	周頌有瞽	人	

編號	典　籍	出　　處	詩　　名	範疇	備註
278	韓詩外傳	卷 3-人事倫	周頌潛	天人	
279	韓詩外傳	卷 3-武王伐紂	周頌武	人	
280	韓詩外傳	卷 3-宋大水	周頌敬之	天人	
281	韓詩外傳	卷 3-孟嘗君	周頌敬之	人	
282	韓詩外傳	卷 3-劍雖利	周頌敬之	人	
283	韓詩外傳	卷 3-凡學之道	周頌敬之	人	
284	韓詩外傳	卷 3-魯有父子訟者	周頌敬之	人	
285	韓詩外傳	卷 8-孔子燕居	周頌敬之	人	
286	韓詩外傳	卷 8-魯哀公問冉有	周頌敬之	人	
287	韓詩外傳	卷 3-齊桓公設庭燎	周頌絲衣	人'	
288	韓詩外傳	卷 3-太平之時	周頌酌	天人'	
289	韓詩外傳	卷 3-能制天下	周頌酌	人	
290	韓詩外傳	卷 3-公儀休相魯	魯頌駉	天人	
291	韓詩外傳	卷 3-夫智者	魯頌泮水	天人	
292	韓詩外傳	卷 3-魯有父子訟者	魯頌泮水	人	
293	韓詩外傳	卷 3-當舜之時	魯頌泮水	人	
294	韓詩外傳	卷 3-季孫氏之治魯	魯頌泮水	人	
295	韓詩外傳	卷 8-曾子有過	魯頌泮水	人	
296	韓詩外傳	卷 8-魏文侯問狐卷子	魯頌泮水	人	
297	韓詩外傳	卷 3-夫仁者	魯頌閟宮	天人	
298	韓詩外傳	卷 8-居處齊	商頌那	人	
299	韓詩外傳	卷 3-孫卿與臨武君	商頌長發	天人'	
300	韓詩外傳	卷 3-夫詐人者曰	商頌長發	天人	
301	韓詩外傳	卷 3-舜生於諸馮	商頌長發	天人	
302	韓詩外傳	卷 3-孔子觀於周廟	商頌長發	天人	
303	韓詩外傳	卷 3-周公踐天子	商頌長發	天人	
304	韓詩外傳	卷 5-聖人養一性	商頌長發	天人	
305	韓詩外傳	卷 8-湯作護	商頌長發	天人	
306	韓詩外傳	卷 8-易先同人	商頌長發	天人	
307	韓詩外傳	卷 8-昔者田子方	商頌長發	天人	
308	韓詩外傳	卷 8-齊莊公出獵	商頌長發	天人	

編號	典　籍	出　　　處	詩　　名	範疇	備註
309	韓詩外傳	卷 3-子路盛服	商頌長發	人'	
310	韓詩外傳	卷 3-晉文公嘗出亡	商頌長發	人	
311	韓詩外傳	卷 3-君子行不貴苟	商頌長發	人	
312	韓詩外傳	卷 3-伯夷叔齊	商頌長發	人	
313	韓詩外傳	卷 3-王者之等賦詩	商頌長發	人	
314	韓詩外傳	卷 5-朝廷之士為祿	商頌長發	人	
1	淮南子	俶眞訓	周南卷耳	天人	
2	淮南子	繆稱訓	邶風簡兮	人	
3	淮南子	詮言訓	曹風鳲鳩	人	
4	淮南子	脩務訓	小雅皇皇者華	天人	
5	淮南子	泰族訓	小雅伐木	天人	
6	淮南子	繆稱訓	小雅節南山	人	
7	淮南子	泰族訓	小雅正月	天人	
8	淮南子	本經訓	小雅小旻	人	
9	淮南子	繆稱訓	大雅文王	天人	
10	淮南子	主術訓	大雅大明	天人	
11	淮南子	泰族訓	大雅旱麓	人	
12	淮南子	氾稱訓	大雅皇矣	人	
13	淮南子	詮言訓	大雅皇矣	天人	
14	淮南子	繆稱訓	大雅下武	人	
15	淮南子	詮言訓	大雅假樂	人'	
16	淮南子	泰族訓	大雅民勞	天人	
17	淮南子	人間訓	大雅抑	人	
18	淮南子	泰族訓	大雅抑	天人	
19	淮南子	泰族訓	周頌時邁	天人	
20	淮南子	脩務訓	周頌敬之	人	
21	淮南子	脩務訓	周頌敬之	人	
1	春秋繁露	竹林	邶風谷風	天人	
2	春秋繁露	度制	谷風	人'	
3	春秋繁露	仁義法	魏風伐檀	人	
4	春秋繁露	山川頌	小雅節南山	天人	

編號	典　籍	出　　　處	詩　　名	範疇	備註
5	春秋繁露	深察名號	小雅正月	天人	
6	春秋繁露	楚莊王	小雅小宛	人'	
7	春秋繁露	玉杯	小雅巧言	人	
8	春秋繁露	祭義	小雅小明	天人	
9	春秋繁露	度制	小雅大田	人	
10	春秋繁露	仁義法	小雅縣蠻	人	
11	春秋繁露	堯舜不擅移湯武不專殺	大雅文王	天人	
12	春秋繁露	天道無二	大雅大明	天人	
13	春秋繁露	天地陰陽	大雅大明	天人	
14	春秋繁露	郊語	大雅大明	天人	
15	春秋繁露	郊祭	大雅域樸	天人	
16	春秋繁露	郊祭	大雅域樸	天人'	
17	春秋繁露	四祭	大雅域樸	天人	
18	春秋繁露	四祭	大雅域樸	天人'	
19	春秋繁露	楚莊王	大雅皇矣	人	
20	春秋繁露	暖燠常多	大雅皇矣	天人	
21	春秋繁露	楚莊王	大雅靈臺	天人	
22	春秋繁露	郊祭	大雅文王有聲	天人	
23	春秋繁露	楚莊王	大雅假樂	人	
24	春秋繁露	郊語	大雅假樂	人	
25	春秋繁露	郊事對	大雅抑	天人	
26	春秋繁露	郊語	大雅抑	人	
27	春秋繁露	郊祀	大雅雲漢	天人*	
28	春秋繁露	玉英	大雅烝民	人	
29	春秋繁露	竹林	大雅江漢	人	
30	春秋繁露	必仁且智	周頌我將	天人	
31	春秋繁露	身之養重於義	周頌敬之	天人	
32	春秋繁露	循天之道	商頌長發	天人	
《春秋繁露》尚有逸詩 1 次					

註：引用詩句／詩篇與用詩整體爲異範疇者，於範疇上加「'」表示之。引用詩句／詩
　　篇爲全詩或全章者，於詩名處加「*」表示之。若爲賦詩與歌詩者，於備註處加
　　以標明。

附錄三：先秦兩漢重要書籍混合性用詩風、雅、頌搭配表

典　　籍	出　　處	國風	小雅	大雅	頌
左　傳	隱公 3 年	2	0	2	0
左　傳	僖公 9 年	0	0	2	0
左　傳	僖公 22 年	0	1	0	1
左　傳	僖公 23 年	0	2	0	0
左　傳	僖公 24 年	0	2	0	0
左　傳	僖公 24 年	1	1	0	0
左　傳	文公 2 年	0	1	2	0
左　傳	文公 2 年	1	0	0	1
左　傳	文公 3 年	1	0	2	0
左　傳	文公 3 年	0	1	1	0
左　傳	文公 4 年	0	2	0	0
左　傳	文公 6 年	1	0	1	0
左　傳	文公 10 年	0	0	2	0
左　傳	文公 13 年	1	3	0	0
左　傳	文公 15 年	0	1	0	1
左　傳	宣公 12 年	0	0	0	2
左　傳	成公 2 年	0	1	1	1
左　傳	成公 8 年	1	0	1	0
左　傳	成公 9 年	1	0	1	0
左　傳	襄公 2 年	0	0	1	1
左　傳	襄公 4 年	0	1	1	0
左　傳	襄公 7 年	1	2	0	0
左　傳	襄公 8 年	1	2	0	0
左　傳	襄公 13 年	0	1	1	0
左　傳	襄公 16 年	0	2	0	0
左　傳	襄公 19 年	0	2	0	0
左　傳	襄公 20 年	0	3	0	0
左　傳	襄公 21 年	0	1	1	1
左　傳	襄公 24 年	0	1	1	0
左　傳	襄公 25 年	0	1	1	0
左　傳	襄公 26 年	2	1	1	0

典　籍	出　處	國風	小雅	大雅	頌
左　傳	襄公 26 年	0	0	1	1
左　傳	襄公 27 年	1	3	0	0
左　傳	襄公 27 年	1	0	0	1
左　傳	襄公 31 年	1	0	4	0
左　傳	昭公元年	0	2	1	0
左　傳	昭公元年	3	2	0	0
左　傳	昭公 2 年	1	2	1	0
左　傳	昭公 2 年	2	0	0	0
左　傳	昭公 6 年	0	0	1	1
左　傳	昭公 16 年	5	0	0	1
左　傳	昭公 17 年	0	2	0	0
左　傳	昭公 20 年	1	0	0	1
左　傳	昭公 20 年	0	0	1	1
左　傳	昭公 28 年	0	0	2	0
左　傳	定公 9 年	3	0	0	0
孟　子	梁惠王	0	1	1	0
孟　子	公孫丑	1	0	1	0
孟　子	滕文公	1	1	0	0
孟　子	滕文公	1	1	1	0
孟　子	滕文公	0	1	0	1
孟　子	離婁	0	0	2	0
孟　子	萬章	0	1	2	0
孟　子	告子	1	1	0	0
孟　子	盡心	1	0	1	0
中　庸	33 章	0	1	4	2
大　學	3 章	0	1	0	1
大　學	3 章	1	0	0	1
大　學	9 章	2	1	0	0
大　學	10 章	0	2	0	0
荀　子	非十二子	0	2	0	0
荀子	富國	0	1	0	1
荀　子	大略	1	0	3	1

典　籍	出　處	國風	小雅	大雅	頌
墨　子	尚同中	0	2	0	1
呂氏春秋	報更	1	0	1	0
呂氏春秋	求人	1	0	1	0
淮南子	繆稱訓	1	1	0	0
淮南子	泰族訓	0	1	0	1
淮南子	泰族訓	0	1	1	0
春秋繁露	楚莊王	0	0	2	0
春秋繁露	度制	0	1	1	0
春秋繁露	郊祭	0	0	3	0
春秋繁露	四祭	0	0	2	0
韓詩外傳	卷 1-原憲	1	0	0	1
韓詩外傳	卷 1-天地	3	0	0	0
韓詩外傳	卷 1-晉靈公	2	0	0	0
韓詩外傳	卷 1-鮑焦衣	1	1	0	0
韓詩外傳	卷 2-崔杼	1	0	1	0
韓詩外傳	卷 3-武王	0	0	1	1
韓詩外傳	卷 3-魯有父	1	4	0	2
韓詩外傳	卷 4-禮者	0	1	1	0
韓詩外傳	卷 4-古者	0	1	1	0
韓詩外傳	卷 4-人主	0	1	1	0
韓詩外傳	卷 5-孔子抱	1	0	1	0
韓詩外傳	卷 5-夫百姓	0	0	1	1
韓詩外傳	卷 5-天有	0	0	2	0
韓詩外傳	卷 6-不知命	0	0	1	1
韓詩外傳	卷 6-衛靈公	1	0	1	0
韓詩外傳	卷 8-吳伐楚	0	0	2	0
韓詩外傳	卷 8-魏文侯	2	0	1	0
韓詩外傳	卷 8-梁山崩	0	0	1	1
韓詩外傳	卷 8-三公者	0	0	1	1
韓詩外傳	卷 8-孔子燕	1	1	2	1
韓詩外傳	卷 8-曾子	0	1	0	1

註：《左傳》及《韓詩外傳》逸詩之綜合搭配未計入

附錄四：《易林》用詩詳表

	易　林　引　詩	卦	頁	詩經詩句	詩經篇名
1	鴖鶙鳴鳩，專一無尤。君子是則，長受嘉福。	乾之蒙	9	關雎	周南關雎
2	慈鳥鳴鳩，執一無尤。寢門內治，君子悅喜。	隨之小過	116		周南關雎
3	貞鳥鳴鳩，執一无尤，寢門治理，君子悅喜。	晉之同人	231		周南關雎
4	關雎淑女，配我君子，少姜在門，君子嘉善。	小畜之小過	67		周南關雎
5	關雎淑女，賢聖配偶，宜家壽福，吉慶長久。	履之无妄	69		周南關雎
6	※姤之無妄類同：宜家壽母，福祿長久。		289		周南關雎
7	葛生衍蔓，絺綌爲願。	兌之謙	374	爲絺爲綌。	周南葛覃
8	玄黃虺隤，行者勞疲，役夫憔悴，踰時不歸。	乾之革	13	我馬玄黃／我馬虺隤。	周南卷耳
9	※師之臨同		49		周南卷耳
10	※震之艮同		333		周南卷耳
11	✻賁之小過類同：役夫憔悴，處子畏哀。		146		周南卷耳
12	頃筐卷耳，憂不能傷。心思故人，悲慕失母。	鼎之乾	323	采采卷耳，不盈頃筐。	周南卷耳
13	桃李花實，累累日息，長大成就，甘美可食。	否之剝	81	桃之夭夭，有蕡其實。	周南桃夭
14	✻泰之小過類同：長大成熟，甘美可食，爲我利福。		78		周南桃夭
15	※大壯之夬同於泰之小過		227		周南桃夭
16	桃夭少葉，婚悅宜家。君子樂胥，長利止居。	困之觀	306		周南桃夭
17	春桃生花，季女宜家。受福且多，在師中吉，男爲邦君。	師之坤	47		周南桃夭
18	兔罝之容，不失其恭。和謙致樂，君子攸同。	坤之困	19	兔罝／樂只君子，萬福攸同。	周南兔罝小雅采菽
19	※謙之夬類同：受福多年，男爲封君。		101		周南桃夭
20	※否之隨同		80		周南桃夭
21	※噬嗑之既濟：受福多年。		140		周南桃夭
22	※大過之蹇類同：春桃始華，受福多年。		186		周南桃夭
23	※解之歸妹同：受福多年。		266		周南桃夭
24	喬木无息，漢女難得，橘柚請佩，反手難悔。	萃之漸	297	南有喬木，不可休息，漢有游女，不可求思。	周南漢廣
25	二女寶珠，誤鄭大夫。君父無禮，自爲作笑。	噬嗑之困	139		周南漢廣
26	漢有游女，人不可得。	頤之既濟	182		周南漢廣

	易　林　引　詩	卦	頁	詩經詩句	詩經篇名
27	南循汝水，伐樹斬枝。過時不遇，愁如周飢。	兌之噬嗑	375	遵彼汝墳，伐其條枚，未見君子，惄如調飢。	周南汝墳
28	鵲巢百兩，以成嘉福。	節之賁	387	之子于歸，百兩成之。	召南鵲巢
29	兩心相悅，共其柔筋。夙夜在公，不離房中，得君子意。	大過之小過	188	被之僮僮，夙夜在公。	召南采蘩
30	筐筥錡釜。	困之隨	306	惟筐及筥／惟錡及釜。	召南采蘋
31	精潔淵塞，為讒所言，證訊詰請，繫於枳溫，甘棠聽斷，怡然蒙恩。	師之蠱	49	甘棠	召南甘棠
32	✱旅之解類同：清潔淵塞，為人所言，證訊詰問。		363		召南甘棠
33	閉塞復通，與善相逢，甘棠之人解我憂凶。	復之巽	159		召南甘棠
34	婚禮不明，男女失常。行露反言，出爭我訟。	大壯之姤	227	雖速我訟，亦不女從。	召南行露
35	厭浥晨夜，道多湛露。沾我濡襦，重難以步。	未濟之損	413	厭浥行露，豈不夙夜，謂行多露。	召南行露
36	行露之訟，貞女不行，君子無食，使道壅塞。	无妄之剝	163		召南行露
37	蒼龍單獨，與石相觸，摧折兩角，室家不足。	坤之屯	15	室家不足。	召南行露
38	羔羊皮革，君子朝服。輔政扶德，以合萬國。	謙之離	100	羔羊之革。	召南羔羊
39	※晉之臨類同：羔羊皮弁。		231		召南羔羊
40	※離之復類同：輔政天德。		198		召南羔羊
41	旁多小星，三五在東。早夜晨行，勞苦無功。	大過之夬	186	嘒彼小星，三五在東，肅肅宵征，夙夜在公，寔命不同。	召南小星
42	江水沱汜，思附君子，仲氏爰歸，不我肯顧，姪娣恨悔。	明夷之噬嗑	237	江有汜，之子歸，不我以，不我以，其後也悔。	召南江有汜
43	※遯之巽類同：伯仲受歸。		232		召南江有汜
44	南國少子，才略美好。求我長女，賤薄不與。反得醜惡，後乃大悔。	泰之震	77		召南江有汜
45	※比之漸類同：薄賤不與。		58		召南江有汜
46	※漸之困同		345		召南江有汜

	易　林　引　詩	卦	頁	詩經詩句	詩經篇名
47	※渙之巽同		384		召南江有汜
48	※噬嗑之夬類同：齊侯少子。		138		召南江有汜
49	南行出城，世得天福。王姬歸齊，賴其所欲。	艮之困	339	曷不肅雝，王姬之車。	召南何彼襛矣
50	四足無角，君子所服。南征述職，以惠我國。	坤之履	16	彼茁者葭，一發五豝，于嗟乎騶虞。	召南騶虞
51	五範四軌，復得饒有。陳力就列，騶虞悅喜。	坤之小畜	16		召南騶虞
52	汎汎栢舟，流行不休。耿耿寤寐，心懷大憂。仁不逢時，復隱窮居。	屯之乾	21	汎彼柏舟，亦汎其流，耿耿不寐，如有隱憂。	邶風柏舟
53	※咸之大過同		285		邶風柏舟
54	黃裏綠衣，君服不宜。滔沔毀常，失其寵光。	觀之革	133	綠兮衣兮，綠衣黃裏。	邶風綠衣
55	燕雀衰老，悲鳴入海。憂在不鄉，差池其羽。頡頏上下，在位獨處。	恒之坤	208	燕燕于飛，差池其羽，之子于歸，遠送于野，瞻望弗及，泣涕如雨。／頡之頏之／下上其音。	邶風燕燕
56	泣涕長訣，我心不快，遠送衛野，歸寧無子。	萃之賁	295		邶風燕燕
57	佇立以泣，事無成功。	師之升	51	佇立以泣。	邶風燕燕
58	居諸日月，遇暗不明。	升之革	303	日居月諸。	邶風日月
59	月走日步，趣不同舍，妻夫反目，主君失居。	豫之睽	107		邶風日月
60	終風東西，散渙四分，終日至暮，不見子懂。	頤之升	180	終風	邶風終風
61	擊鼓合戰，士怯叛亡。威令不行，敗我成功。	家人之同人	204	擊鼓	邶風擊鼓
62	氷泮將散，鳴雁雍雍。丁男長女，可以會同，生育賢人。	豫卦	103	士如歸妻，迨氷未泮。	邶風匏有苦葉
63	濟深難渡，濡我衣袴。	泰之坤	73	濟有深涉，深則厲，淺則揭。	邶風匏有苦葉
64	凱風無母，何恃何怙。幼孤弱子，爲人所咎。	咸之家人	205	凱風	邶風凱風
65	式微式微，憂禍相絆。隔以巖山，室家分散。	小畜之謙	62	式微	邶風式微
66	※歸妹之困同		351		邶風式微
67	過時不歸，雌雄苦悲，徘徊外國，與叔分離。	豫之大壯	106	旄丘	邶風旄丘

	易 林 引 詩	卦	頁	詩經詩句	詩經篇名
68	陰陽隔塞，許嫁不荅，旄邱新臺，悔往歎息。	歸妹之蠱	348	旄丘 新臺	邶風旄丘 邶風新臺
69	※晉之无妄同		232		邶風旄丘 邶風新臺
70	左手執籥，公言錫爵。	遯之兌	222	公言錫爵。	邶風簡兮
71	駕言出遊。	解卦	261	駕言出遊	邶風泉水
72	北風牽手，相從笑語，伯歌季舞，讙樂以喜。	否之損	82	北風其涼，雨雪其雰，惠而好我，攜手同行。	邶風北風
73	※噬嗑之乾類同：北風相牽，提笑語言，伯歌叔舞。		135		邶風北風
74	北風寒涼，雨雪益冰，憂思不樂，哀悲傷之心。	晉之否	231		邶風北風
75	躑躅踟躕，拊心搔頭。五晝四夜，睹我齊侯。	大有之隨	92	靜女其姝，俟我於城隅，愛而不見，搔首踟躕。	邶風靜女
76	季姜踟躕，待孟城隅，終日至暮，不見齊侯。	謙之巽	102		邶風靜女
77	※渙之遯類同：望孟城隅。		382		邶風靜女
78	※季姬踟躕，望我城隅。終日至暮，不見齊侯，居室無憂。	同人之隨	86		邶風靜女
79	季姬踟躕，結衿待時，終日至暮，百兩不來。	師之同人	48		邶風靜女
80	三十无室，寄宿桑中，上宮長女，不得來同，使我失期。	艮之解	338	爰采唐矣，沬之鄉矣，云誰之思，美孟姜矣，期我乎桑中，要我乎上宮，送我乎淇之上矣。	鄘風桑中
81	采唐沬鄉，要我桑中。失信不會，憂思約帶。	師之噬嗑	49		鄘風桑中
82	※无妄之恒同於師之噬嗑		164		鄘風桑中
83	※臨之大過類同於師之噬嗑：要期桑中。		125		鄘風桑中
84	※巽之乾類同於師之噬嗑：要期桑中。		367		鄘風桑中
85	※蠱之謙類同於師之噬嗑：憂思忡忡。		118		鄘風桑中
86	鶉尾奔奔，火中成軍，貌叔出奔，下失其君。	小畜之渙	66	鶉之奔奔	鄘風鶉之奔奔
87	騋牝龍身，日馭三千，南止蒼梧，與福爲婚，道里夷易，安全無忌。	小畜之无妄	63	騋牝三千	鄘風定之方中
88	恒之鼎類同：騋牝龍身，日取三千。		213		鄘風定之方中

	易　林　引　詩	卦	頁	詩經詩句	詩經篇名
89	蠨蛛充側，佞人傾惑。女謁橫行，正道壅塞。	蠱之復	118	蠨蛛	鄘風蠨蛛
90	※无妄之臨類同：佞幸傾惑。		163		鄘風蠨蛛
91	※震之井類同：佞人所惑		333		鄘風蠨蛛
92	干旄旌旗，撫幟在郊。雖有寶玉，無路致之。	師之隨	49	孑孑干旄，在浚之郊。	鄘風干旄
93	※豫之中孚類同：執幟在郊。雖有寶珠。		103		鄘風干旄
94	※履之解類同：執幟在郊。		71		鄘風干旄
95	※解之未濟同		267		鄘風干旄
96	採蚩山頭，終安不傾。	解之大畜	264	陟彼阿邱，言采其蝱。	鄘風載馳
97	大蛇巨魚，戰於國郊。上下隔塞，衛侯盧漕。	噬嗑之訟	135	言至于漕	鄘風載馳
98	懿公淺愚，不深受諫。無援失國，爲狄所滅。	比之家人	56		鄘風載馳
99	※睽之師類同：爲狄所賤。		250		鄘風載馳
100	※革之益同		321		鄘風載馳
101	夫婦相背，和氣弗處，陰陽俱否，莊姜無子。	豫之家人	106	碩人	衛風碩人
102	三婦同夫，志不相思，心懷不平，志常愁悲。	小畜之歸妹	66	不見復關，泣涕漣漣。	衛風氓
103	三女求夫，伺候山隅，不見復關，泣涕漣洳。	坤之井	19		衛風氓
104	※乾之家人類同：末句爲長思歎憂。		12		衛風氓
105	※解之家人同於乾之家人		265		衛風氓
106	東隣西家，來即我謀，中告吉誠，使君安寧。	萃之歸妹	297	來即我謀。	衛風氓
107	大都之居，无物不具，抱布貿絲，所求必得。	解之乾	262	抱布貿絲。	衛風氓
108	桑之將落，殞其黃葉，失勢傾側，而無所立。	履之噬嗑	69	桑之落矣，其黃而隕。	衛風氓
109	※泰之無妄同		75		衛風氓
110	※剝之困類同：桑芳將落／如無所得。		151		衛風氓
111	※小過之復類同：桑方隕落，黃敗其葉／如无所立。		399		衛風氓
112	氓伯以婚，抱布自媒，棄禮急情，卒罹悔憂。	蒙之困	31		衛風氓
113	※夬之兌類同：以縞易絲，抱布自媒。		286		衛風氓
114	企立望宋。	觀之明夷	132	誰謂宋遠，跂予望之。	衛風河廣
115	秉鉞執殳，挑戰先驅，不從元帥，敗破爲憂。	大過之訟	183	伯也執殳，爲王前驅。	衛風伯兮
116	伯去我東，首髮如篷。長夜不寐，憂繫心胷。	節之謙	386	自伯之東，首如飛蓬／願言思伯，使我心痗。	衛風伯兮

	易　林　引　詩	卦	頁	詩經詩句	詩經篇名
117	✳妹之遯類同：伯去我東，首髮如蓬。長夜不寐，展轉空牀。內懷恨悵，摧我肝腸。		289		衛風伯兮
118	✳比之復類同：季去我東，髮櫛如蓬。展轉空牀，內懷憂傷。		55		衛風伯兮
119	四姦爲殘，齊魯道難。前驅執殳，戒守无患。	解之蹇	265	伯也執殳，爲王前驅。	衛風伯兮
120	長女三嫁，進退不羞。逐狐作妖，行者離憂。	觀之蠱	130	有狐	衛風有狐
121	葛藟蒙棘，華不得實，讒言亂政，使恩雍塞。	泰之蒙	73	葛藟	王風葛藟
122	※師之中孚類同：讒佞亂政。		52		王風葛藟
123	※噬嗑之坎類同：讒佞亂政；使忠壅塞。		137		王風葛藟
124	※蠱之明夷類同：讒佞亂政。		119		王風葛藟
125	※節之蹇類同：讒佞亂政。		388		王風葛藟
126	清人逍遙，未歸空閑。	无妄之旅	167	清人 河上乎逍遙。	鄭風清人
127	清人高子，久屯外野，逍遙不歸，思我慈母。	師之睽	50		鄭風清人
128	※遯之鼎同		221		鄭風清人
129	※大畜之解類同：久在外野。		173		鄭風清人
130	✳賁之鼎類同：思我君母，公子奉請，王孫嘉許。		145		鄭風清人
131	慈母望子，遙思不已，久客外野，我心悲苦。	豐之頤	355		鄭風清人
132	※咸之旅類同：使我心苦。		207		鄭風清人
133	鷄鳴同興，思邪无家。執佩持髦，莫使致之。	豐之艮	358	女曰雞鳴，士曰昧旦，子興視夜，明星有爛，將翱將翔，弋鳧與鴈。	鄭風女曰雞鳴
134	※漸之鼎類同：思配無家。		345		鄭風女曰雞鳴
135	東門之墠，茹藘在阪。禮義不行，與我心反。	賁之鼎	145	東門之墠，茹藘在阪。	鄭風東門之墠
136	思我狡童，不見子充。	隨之大過	113	不見子充，乃見狡童。	鄭風山有扶蘇
137	視暗不見，雲蔽日光。不見子都，鄭人心傷。	蠱之比	117	不見子都	鄭風山有扶蘇
138	鷄鳴失時，君騷相憂。	夬之屯	281	鷄鳴	齊風鷄鳴
139	衣裳顛倒，爲王來呼。成就東周，邦國大休。	同人之中孚	90	東方未明，顛倒衣裳，顛之倒之，自公召之。	齊風東方未明

	易　林　引　詩	卦	頁	詩經詩句	詩經篇名
140	執斧破薪，使媒求婦。和合二姓，親御斯須。	小過之益	401	藝麻如之何，衡從其畝，取妻如之何，必告父母／析薪如之何，匪斧不克，取妻如之何，匪媒不得。	齊風南山
141	※既濟之中孚同		408		齊風南山
142	雄狐綏綏，登上山嵬。	咸之賁	204	南山崔崔，雄狐綏綏。	齊風南山
143	※損之无妄類同：登上崔嵬。		271		齊風南山
144	忉忉怛怛，如將不活。黍稷之恩，靈輒以存。	蒙之損	31	勞心怛怛。	齊風甫田
145	敝笱在梁，魴逸不禁。	遯之大過	219	敝笱在梁，其魚魴鰥。	齊風敝笱
146	※渙之萃同		383		齊風敝笱
147	襄送季女，至于蕩道。齊子旦夕，留連久處。	屯之大過	23	魯道有蕩，齊子發夕。	齊風載驅
148	※蹇之比同		256		齊風載驅
149	※困之訟同		305		齊風載驅
150	※中孚之離類同：送我季女。		394		齊風載驅
151	絲紵布帛，人所衣服。摻摻女子，紡績善織。南國饒足，取之有息。	困之中孚	310	摻摻女手，可以縫裳。	魏風葛屨
152	陟岵望母，役事不已，王政無鹽，不得相保。	泰之否	74	陟彼屺兮，瞻望母兮，母曰嗟予季行役，夙夜無寐。	魏風陟岵
153	懸狟素餐，居非其安。失輿剝廬，休坐徒居。	乾之震	14	寘之河之干兮。	魏風伐檀
154	＊頤之益類同：懸狟素飧，食非其任，失輿剝廬，休坐從居。		180		魏風伐檀
155	懸狟素餐，食非其任。失望遠民，實勞我心。	謙之坎	100	胡瞻爾庭有縣狟兮，彼君子兮，不素餐兮。	魏風伐檀
156	碩鼠四足，飛不上屋，顏氏淵德，未有爵祿。	萃之乾	293	碩鼠	魏風碩鼠
157	※困之需類同：石鼠四足，不能上屋，顏氏淑德，未有爵祿。		305		魏風碩鼠
158	揚水潛鑿，使君絜白，衣素表朱，遊戲皐沃，得君所願，心志娛樂。	否之師	79	揚之水，白石鑿鑿，素衣朱襮，從子于沃，既見君子，云何不樂。	唐風揚之水

	易　林　引　詩	卦	頁	詩經詩句	詩經篇名
159	※豫之大過類同：使石潔白，裏素表朱，遨遊皇澤。		106		唐風揚之水
160	※震之屯類同：衣素附珠；得其所願。		329		唐風揚之水
161	羔裘豹袪，東與福遇，駕迎吾兄，送我鸝黃。	蹇之家人	259	羔裘豹袪	唐風羔裘
162	王事靡鹽，秋無所收。	訟之復	42	王事靡鹽，不能蓺稷黍，父母何怙。	唐風鴇羽
163	延陵適晉，觀樂太史，車轔白顛，知秦興起，卒兼其國，一統為主。	大畜之離	171	有車鄰鄰，有馬白顛。	秦風車鄰
164	※坎之剝同		191		秦風車鄰
165	※旅之泰同		360		秦風車鄰
166	叔迎伯兄，遇巷在陽。君子季姬，並坐鼓簧。	咸之震	207	既見君子，並坐鼓簧。	秦風車鄰
167	五楘解墮，頓輈獨宿。	遯之益	221	小戎俴收，五楘梁輈／文茵暢轂，駕我騏馵。	秦風小戎
168	緣山升木，中墮於谷，子輿失勞，黃鳥哀作。	困之大壯	307	黃鳥	秦風黃鳥
169	子車鍼虎，善人危殆，黃鳥悲鳴，傷國无輔。	革之小畜	318		秦風黃鳥
170	黃鳥采葑，既嫁不苔，念我父兄，思復邦國。	乾之坎	12		秦風黃鳥
171	※巽之豫類同		368		秦風黃鳥
172	晨風文翰，大舉就溫。昧過我邑，羿無所得。	小畜之革	65	晨風	秦風晨風
173	※大過之豫類同：晨風文翰。		184		秦風晨風
174	※既濟之泰類同：晨風文翰。		404		秦風晨風
175	※大壯之震同於大過之豫		228		秦風晨風
176	晨風文翰，隨時就溫，雄雌相和，不憂危殆。	豫之咸	106		秦風晨風
177	臨河求鯉，燕婉失餌。	革之訟	317	豈其食魚，必河之鯉，豈其取妻，必宋之子。	陳風衡門
178	齊姜宋子，婚姻孔嘉。	復之咸	156	豈其取妻，必齊之姜	陳風衡門
179	入宇多悔，耕石不富。衡門屢空，使士失意。	咸之需	202		陳風衡門
180	配合相迎，利之四鄉。昏以為期，明星熠熠。	大畜之小畜	169	昏以為期，明星煌煌。	陳風東門之楊
181	※益之謙類同：明星煌煌。		276		陳風東門之楊
182	南山之楊，其葉鏘鏘。	革之大有	318	其葉牂牂。	陳風東門之楊

	易　林　引　詩	卦	頁	詩經詩句	詩經篇名
183	不國不君，夏氏作亂。烏號竊發，靈公殞命。	巽之蠱	368	株林	陳風株林
184	※臨之晉同		125		陳風株林
185	繼體守藩，縱欲廢賢。君臣淫游，夏氏失身。側室之間，福祿來存。	睽之萃	253		陳風株林
186	焱風忽起，車馳揭揭。棄古追思，失其和節，憂心惙惙。	渙之乾	379	匪風發兮，匪車偈兮。憂心惙惙。	檜風匪風 召南草蟲
187	※睽之大過類同：焱風卒起，車馳袍褐，弃古追亡；心憂惙惙。		251		檜風匪風 召南草蟲
188	※需之小過同：棄名追亡。		41		檜風匪風 召南草蟲
189	潼滃薈蔚，膚寸來會。津液下降，流潦滂沛。	履之恒	70	薈兮蔚兮，南山朝隮。	曹風候人
190	鳲鳩七子，均而不殆。	夬之家人	284	鳲鳩在桑，其子七兮，淑人君子，其儀一兮，其儀一兮，心如結兮。	曹風鳲鳩
191	下泉苞稂，十年無王。荀伯遇時，憂念周京。	蠱之歸妹	121	洌彼下泉，浸彼苞稂，愾我寤嘆，念彼周京。	曹風下泉
192	※賁之姤同		145		曹風下泉
193	春日載陽，福履齊長，四時不忒，與樂爲昌。	同人之大過	87	春日載陽。	豳風七月
194	莎雞振羽，爲季門戶，新沐彈冠，仲父悅喜。	既濟之臨	404	六月莎雞振羽。	豳風七月
195	春耕有息，秋入利福。獻豣大豵，以樂成功。	晉之歸妹	234	言私其豵，獻豣于公。	豳風七月
196	※歸妹之蒙同		347		豳風七月
197	斯饗羔羊。	需之鼎	40	十月滌場，朋酒斯饗，曰殺羔羊，躋彼公堂，稱彼兕觥，萬福無疆。	豳風七月
198	寧夬鴟鴞，治成遇災。綏德安家，周公勤勞。	大畜之蹇	172	鴟鴞	豳風鴟鴞
199	※噬嗑之漸略同：周公勤勞，綏德安家。		139		豳風鴟鴞
200	鴟鴞破斧，邦人危殆。賴且忠德，轉禍爲福，傾危復立。	坤之遯	18		豳風鴟鴞
201	※隨之井同		115		豳風鴟鴞

	易　林　引　詩	卦	頁	詩經詩句	詩經篇名
202	※否之蠱類同：沖人危殆。		322		豳風鴟鴞
203	※革之歸妹類同：沖人危殆。		322		豳風鴟鴞
204	東山家辭，處婦思夫。伊威盈室，長股贏戶，歎我君子。役日未已。	家人之頤	245	伊威在室，蠨蛸在戶。	豳風東山
205	東山救亂，處婦思夫，勞我君子，役無休止。	屯之升	25		豳風東山
206	東行述職，征討不服。	井之小畜	311	周公東征，四國是皇。	豳風破斧
207	鴻飛循陸，公出不復，伯氏客宿。	剝之升	151	鴻飛遵陸，公歸不復，於女信宿。	豳風九罭
208	※漸之否同		342		豳風九罭
209	※中孚之同人同		392		豳風九罭
210	※損之蹇類同：鴻飛遵陸，公歸不復。		272		豳風九罭
211	鴻飛在陸，公出不復。仲氏任只，伯氏客宿。	師之震	52	鴻飛遵陸，公歸不復，於女信宿。仲氏任只，其心塞淵。	豳風九罭邶風燕燕
212	老狼白貑，長尾大胡。前顛後躓，无有利得。	震之恒	332	狼跋其胡，載疐其尾。	豳風狼跋
213	白鹿鳴呦，呼其老小，喜彼茂草，樂我君子。	升之乾	298	呦呦鹿鳴，食野之苹，我有嘉賓，鼓瑟吹笙。	小雅鹿鳴
214	鹿得美草，鳴呼其友，九族和睦，不憂飢乏。	比卦	53		小雅鹿鳴
215	※同人之蹇同		88		小雅鹿鳴
216	※明夷之蹇同		239		小雅鹿鳴
217	※益之恒同		278		小雅鹿鳴
218	逶蛇四牡，思念父母。王事靡盬，不我安處。	旅之漸	364	四牡騑騑，周道倭遲，豈不懷歸，王事靡盬，我心傷悲。	小雅四牡
219	※渙之復類同：逶迤／思歸念／不得安。		381		小雅四牡
220	伐木思初，不利動搖。	訟之解	45	伐木	小雅伐木
221	君明主賢，鳴求其友。顯德之政，可以履事。	夬之震	285	嚶其鳴矣，求其友聲。	小雅伐木
222	孔德如玉，出於幽谷。升高鼓翼，輝光照國。	坤之比	16	出自幽谷，遷于喬木。	小雅伐木
223	✳同人之坎類同：孔德如至，出於幽谷，飛上喬木。●其羽翼，大光照國。		87		小雅伐木

	易　林　引　詩	卦	頁	詩經詩句	詩經篇名
224	大壯肥猝，惠我諸舅，內外和睦，不憂飢渴。	訟之井	45	既有肥羜，以速諸父。	小雅伐木
225	采薇出車，魚麗思初，上下促急，君子懷憂。	睽之小過	255	采薇 魚麗	小雅采薇 小雅魚麗
226	※咸之渙類同：上下從急，君子免憂。		208		小雅采薇 小雅魚麗
227	雨雪載塗，東行破車，旅人無家，利益咨嗟。	復之蠱	155	雨雪載塗。	小雅出車
228	過時歷月，役夫顦顇。處子嘆室，思我伯叔。	大過之損	186	僕夫況瘁。 婦歎于室。	小雅出車 豳風東山
229	期誓不至，而多爲恤。	益之鼎	279	期逝不至，而多爲恤。	小雅杕杜
230	南有嘉魚，駕黃取遊。魴鱮詡詡，利來无憂。	離之中孚	201	南有嘉魚，烝然罩罩，君子有酒，嘉賓式燕以樂。	小雅南有嘉魚
231	※困之晉類同：駕黃取鱗，魴鯉瀰瀰。		307		小雅南有嘉魚
232	※睽之泰類同：駕黃取鰟；利來毋憂。		250		小雅南有嘉魚
233	使君壽考，南山多福。	復之賁	155	樂只君子，邦家之基，樂只君子，萬壽無期。	小雅南山有臺
234	蓼蕭露瀼，君子龍光。鳴鸞雍和，福祿來同。	晉之大有	231	蓼彼蕭斯，零露瀼瀼，既見君子，爲龍爲光。	小雅蓼蕭
235	壽考不忘，駕騂東行，之適陳宋，南賈楚荊，得利息長，旅自多罷，畏晝喜夜。	晉之蠱	231	壽考不忘。	小雅蓼蕭
236	區脫康居，慕義入朝，湛露之歡，三爵畢恩，復歸野廬，與母相扶。	屯之鼎	25	湛露	小雅湛露
237	✳訟之恒類同：區脫康居，慕仁入朝，湛露之歡，三爵畢恩，復歸舊廬。		44		小雅湛露
238	✳同人之離類同：甌脫唐居，慕仁入朝，湛露之歡，三爵畢恩，復歸窮廬，以安其居。		87		小雅湛露
239	白雉群雊，慕德貢朝。湛露之恩，使我得懽。	訟之既濟	47		小雅湛露
240	炰鱉膾鯉。	賁之頤	143	飲御諸友，炰鱉膾鯉。	小雅六月
241	六月采芑，征伐無道。張仲方叔，尅敵飲酒。	小過之未濟	403	張仲孝友。	小雅六月
242	※離之大過類同：克勝飲酒。		198		小雅六月

	易　林　引　詩	卦	頁	詩經詩句	詩經篇名
243	玁狁匪度，治兵焦穫。伐鎬及方，與周爭彊。元戎其駕，衰及夷王。	未濟之暌	412	玁狁匪茹，整居焦穫，侵鎬及方，至于涇陽／元戎十乘，以先啓行。	小雅六月
244	六目騤騤，各欲有至。專止未裴，俟待旦明。	益之井	279	四牡騤騤，載是常服。	小雅六月
245	吉日車攻，田弋獲禽。宣王飲酒，以告嘉功。	履之夬	71	車攻	小雅車攻
246	鳴鸞四牡，駕出行狩。合格有獲，獻公飲酒。	解之同人	264	四牡孔阜，東有甫草，駕言行狩。	小雅車攻
247	鴻鴈翩翩，始怨勞苦，災疫病民，鰥寡愁憂。	師之大有	48	爰及矜人，哀此鰥寡。	小雅鴻鴈
248	庭燎夜明，追古傷今。陽弱不制，陰雄坐戾。	頤之損	180	庭燎	小雅庭燎
249	他山之儲，與璆為仇。	明夷卦	236	他山之石，可以為錯／他山之石，可以攻玉。	小雅鶴鳴
250	※歸妹之頤類同：與環為仇。		349		小雅鶴鳴
251	鶴鳴九皋，避世隱居，抱朴守真，竟不隨時。	師之艮	52	鶴鳴于九皋。	小雅鶴鳴
252	鶴鳴九皋，處子失時。載土販鹽，難為功巧。	无妄之解	165		小雅鶴鳴
253	爪牙之士，怨毒祈父。轉憂與己，傷不及母。	謙之歸妹	102	祈父	小雅祈父
254	※小過之離類同：爪牙之夫。		400		小雅祈父
255	白駒生芻，猗猗盛姝。赫喧君子，樂以忘憂。	坤之巽	20	皎皎白駒，在彼空谷，生芻一束，其人如玉。赫兮喧兮，有匪君子，終不可諼兮。	小雅白駒 衛風淇奧
256	南山昊天，刺政關身，疾悲無辜，背憎為仇。	乾之臨	10	節南山 雨無正	小雅節南山 小雅雨無正
257	※蒙之艮類同：閔身。		31		小雅節南山 小雅雨無正
258	※謙之復類同：閔身。		99		小雅節南山 小雅雨無正

	易　林　引　詩	卦	頁	詩經詩句	詩經篇名
259	※恒之艮同		214		小雅節南山 小雅雨無正
260	項領不試。	噬嗑之歸妹	139	四牡項領。	小雅節南山
261	赫赫宗周，光榮衰滅。	大畜之姤	173	赫赫宗周，褒姒滅之。	小雅正月
262	褒后在側，屏蔽王目，搔擾六國。	臨之小畜	123		小雅正月
263	皇陛九重，絕不可登，未見王公，謂天蓋高。	坤之師	16	謂天蓋高，不敢不局。	小雅正月
264	男女合室，二姓同食，昏姻孔云，宜我孝孫。	咸之无妄	204	昏姻孔云。	小雅正月
265	陰陽辨舒，二姓相合，婚姻孔云，生我利福。	睽之家人	252		小雅正月
266	五經六紀，仁道所在，正月繁霜，獨不離咎。	晉之蹇	233	正月繁霜。	小雅正月
267	多載重負，捐棄于野。予母誰子，但自勞苦。	泰之同人	74	其車既載，乃棄爾輔，載輸爾載，將伯助予。	小雅正月
268	※師之姤同		51		小雅正月
269	深谷爲陵，衰者復興。	明夷之比	236	百川沸騰，山冢崒崩，高岸爲谷，深谷爲陵。	小雅十月之交
270	高岸爲谷，陽失其室。	晉之困	234		小雅十月之交
271	家伯爲政，病我下土。	萃之蒙	293	皇父卿士，番維司徒，家伯維宰，仲允膳夫，棸子內史，蹶維趣馬，楀維師氏。	小雅十月之交
272	家伯妄施，亂其五官。	漸之井	345		小雅十月之交
273	下民多孽，君失其常。	解之節	267	無罪無辜，讒口嚻嚻。	小雅十月之交
274	桑扈竊脂，啄粟不宜。亂政無常，使心孔明。	同人之未濟	91	交交桑扈，率場啄粟。	小雅小宛
275	中原有菽，以待雉食。飲御諸友，所求大得。	豫之萃	107	中原有菽，庶民采之。飲御諸友，炰鱉膾鯉	小雅小宛 小雅六月

	易　林　引　詩	卦	頁	詩經詩句	詩經篇名
276	※小畜之大過類同：以待饔食。		63		小雅小宛 小雅六月
277	尹氏伯奇，父子生離，無罪被辜，長舌所爲。	訟之大有	42	小弁	小雅小弁
278	※中孚之井類同：長舌爲災。		395		小雅小弁
279	※家人之謙同		245		小雅小弁
280	讒言亂國，覆是爲非。伯奇乖離，恭子憂哀。	豐之鼎	358		小雅小弁
281	※巽之觀類同：伯奇流離。		368		小雅小弁
282	辯變白黑，巧言亂國。大人失福，君子迷惑。	隨之夬	114	巧言	小雅巧言
283	一簧兩舌，佞言諂語。	師之乾	47	巧言如簧，顏之厚矣。	小雅巧言
284	狡兔趯趯良犬逐咋，雄雌受害，爲鷹所獲。	謙之益	101	躍躍毚兔，遇犬獲之。	小雅巧言
285	※未濟之師類同：雄雌爰爰。		409		小雅巧言
286	天女推床，不成文章，南箕無舌，飯多沙糠。 盧象盜名，雄雞折頸。	大畜之益	173	跂彼織女，終日七襄。雖則七襄，不成報章。 維南有箕，不可以簸揚／維南有箕，載翕其舌。	小雅大東
287	※小過之比類同：天女踞床／飯多沙糠。		398		小雅大東
288	賦歛重數，政爲民賊。杼柚空虛，去其家室。	復之兌	157	大東	小雅大東
289	※否之豐類同：杼柚空盡，家去其室。		84		小雅大東
290	※晉之復同		232		小雅大東
291	作此哀詩，以告孔憂。	大有之賁	93	君子作歌，維以告哀。	小雅四月
292	登高望家，役事未休，王政靡鹽，不得逍遙。	夬之解	284	陟彼北山，言采其杞，偕偕士子，朝夕從事，王事靡鹽，憂我父母。	小雅北山
293	※鼎之困同		327		小雅北山
294	大輿多塵，小人傷賢。皇父司徒，使君失家。	井之大有	311	無將大車，維塵冥冥	小雅無將大車
295	倉盈庾億，宜稼黍稷。國家富有，人民蕃息。	乾之師	9	我蓺黍稷，我黍與與，我稷翼翼，我倉既盈，我庾維億。	小雅楚茨

	易　林　引　詩	卦	頁	詩經詩句	詩經篇名
296	＊比之升類同：年歲有息，國家富有。		57		小雅楚茨
297	＊坤之恒類同：黍稷，年豐歲熟，民得安息。		18		小雅楚茨
298	＊睽卦類同：倉盈庾億，宜稼黍稷，年歲有息。		249		小雅楚茨
299	※小過之咸同於睽卦		400		小雅楚茨
300	＊睽之鼎類同：庾億倉盈，年歲安寧，稼穡熟成。		254		小雅楚茨
301	白茅醴酒，靈巫拜禱。神嗜飲食，使君壽考。	臨之蒙	123	神嗜飲食，使君壽考。	小雅楚茨
302	繭栗犧牲，敬享鬼神。神嗜飲食，受福多孫。	乾之旅	14	絜爾牛羊，以往烝嘗 子子孫孫，勿替引之。	小雅楚茨
303	中田有廬，疆場有瓜，獻進皇祖，曾孫壽考。	小過之漸	402	中田有廬，疆場有瓜，是剝是菹，獻之皇祖，曾孫壽考，受天之祜。	小雅信南山
304	黍稷醇醴，敬奉山宗。神嗜飲食，甘雨嘉降。黎庶蕃殖，獨蒙福祉。	比之需	54		小雅信南山
305	京庾積倉，黍稷以興。	復之師	154	農夫之慶。	小雅甫田
306	螟蟲為賊，害我五穀。	坤之革	19	去其螟螣，及其蟊賊，無害我田稚。	小雅大田
307	遨遊無患，出入安全，長受其懽，君子萬年。	隨之遯	113	君子萬年。	小雅鴛鴦
308	馬蹄躓車。婦惡破家，青蠅污白，恭子離居。	革之解	320	營營青蠅，止于樊，豈弟君子，無信讒言。	小雅青蠅
309	※觀之隨同		130		小雅青蠅
310	青蠅集蕃，君子信讒。害賢傷忠，患生婦人。	豫之困	107		小雅青蠅
311	腐臭何在青蠅集聚，變白為黑，敗亂邦國。	豐之咸	356		小雅青蠅
312	青蠅分白，貞孝被逐。	離之解	199		小雅青蠅
313	弓矢其張，把彈弦折，丸發不至，道過害患。	大壯之明夷	227	弓矢斯張。	小雅賓之初筵
314	側弁醉客，重舌作凶，披髮夜行，迷亂相誤，亡失居止。	井之師	311	側弁之俄。	小雅賓之初筵
315	舉觴飲酒，未得至口。側弁醉酗，拔劍相怒，武侯作悔。	大壯之家人	227		小雅賓之初筵
316	太乙置酒，樂正起舞，萬福攸同，可以安處，綏我覭齒。	復之家人	157	樂只君子，萬福攸同。	小雅采菽

	易　林　引　詩	卦	頁	詩經詩句	詩經篇名
317	✳太一置酒，樂正起舞，萬福攸同，可以安處，綏我覵齒，指空無餌，不利爲旅。	大畜之大壯	172		小雅采菽
318	商子無良，相怨一方，引剛交爭，咎自以當。	升之需	299	民之無良，相怨一方，受爵不讓，至于已斯亡。	小雅角弓
319	老馬無駒，病雞不雛，三雌獨宿，利在山北。	家人之小過	249	老馬反爲駒。	小雅角弓
320	敏捷勁疾，如猨升木。	泰之蠱	74	毋教猱升木。	小雅角弓
321	牂羊肥首，君子不飽，年饑孔荒，士民危殆。	中孚之訟	391	牂羊墳首，三星在罶，人可以食，鮮可以飽。	小雅苕之華
322	何草不黃，至未（當爲末）盡玄，室家分離，悲愁於心。	蒙卦	27	何草不黃	小雅何草不黃
323	膚敏之德。	師之觀	49	侯服于周，天命靡常，殷士膚敏，祼將于京。	大雅文王
324	有莘季女，爲王妃后。貴人壽子，母字四海。	大壯之隨	225	纘女維莘。	大雅大明
325	文君燎獵，以尚獲福。號稱太師，封建齊國。	旅之鼎	364	維師尚父，時維鷹揚。	大雅大明
326	文定吉祥。	萃之噬嗑	295	文定厥祥。	大雅大明
327	天所祚昌，文以爲良。篤生武王，姬受其福。	臨之旅	127	篤生武王。	大雅大明
328	周師伐紂，尅於牧野。甲子平旦，天下悅喜。	謙之噬嗑	99	矢于牧野。	大雅大明
329	※復之卦同		153		大雅大明
330	西戎獫鬻，病於我國。杖陝之岐，以保乾德。	升之艮	303	古公亶父，來朝走馬，率西水滸，至于岐下，爰及姜女，聿來胥宇。	大雅緜
331	大姒文母，乃生聖子。昌發受命，爲天下主。	損之巽	274	大姒嗣徽音，則百斯男。	大雅思齊
332	文王四乳，仁愛篤厚。子畜十男，無有折夭。	頤之節	181		大雅思齊
333	※益卦同		275		大雅思齊
334	※訟之乾類同：夭折無有。		41		大雅思齊
335	二室（疑應作至）靈臺，文所止遊。雲物備具，長樂无憂。	夬之頤	283	經始靈臺，經之營之，庶民攻之，不日成之。經始勿亟，庶民子來。	大雅靈臺

	易　林　引　詩	卦	頁	詩經詩句	詩經篇名
336	鳧鷖遊涇，君子以寧，履德不愆，福祿來成。	大有之離	94	鳧鷖在涇，公尸來燕來寧／公尸燕飲，福祿來成。	大雅鳧鷖
337	※夬之蒙同		281		大雅鳧鷖
338	文山紫芝，雍梁朱草。長生和氣，王以爲寶。公尸侑食，福祿來處。	同人之剝	87	鳧鷖在渚，公尸來燕來處／公尸燕飲，福祿來下。	大雅鳧鷖
339	璚英朱草，仁政得道。鳧鷖在渚，福祿來下。	噬嗑之中孚	140		大雅鳧鷖
340	紫芝朱草，與仙爲侶。公尸侑食，福祿來下。	蠱之渙	122		大雅鳧鷖
341	長生無極，子孫千億。	比之泰	54	干祿百福，子孫千憶。	大雅假樂
342	節情省欲，賦斂有度。家給人足，公劉以富。	家人之臨	245	公劉	大雅公劉
343	公劉之居，大王所業。	升之泰	299	廼居允荒。	大雅公劉
344	大樹之子，百條共母。當夏六月，枝葉盛茂。鸞鳥以庇，召伯避暑。翩翩偃仰，甚得其所。	大過之需	183	鳳皇鳴矣，于彼高岡，梧桐生矣，于彼朝陽，菶菶萋萋，雝雝喈喈。	大雅卷阿
345	仁政不暴，鳳凰來舍，四時順節，民安其居。	乾之姤	13		大雅卷阿
346	高崗鳳凰，朝陽梧桐。雝雝喈喈，菶菶萋萋。陳辭不多，以告孔嘉。	觀之謙	130		大雅卷阿
347	姬奭姜望，爲武守邦。藩屏燕齊，周室以疆，子孫億昌。	頤之漸	181	价人維藩，大師維垣，大邦維屏，大宗維翰，懷德維寧，宗子維城，無俾城壞，無獨斯畏。	大雅板
348	帝辛沉湎，商滅其墟。	賁之坤	141	咨女殷商，天不湎爾以酒。	大雅蕩
349	嬰兒孩子，未有所識。彼童而角，亂我政事。	巽之節	372	彼童而角，實虹小子。彼狡童兮。	大雅抑鄭風狡童
350	※損之大畜類同：嬰兒孩笑／狡童而手		271		大雅抑國風狡童
351	我生不辰	大過之泰	183	我生不辰	大雅桑柔
352	螟虫爲賊，害我稼穡。盡禾殫麥，秋無所得。	同人之節	90	降此蟊賊，稼穡卒痒。	大雅桑柔
353	魃爲燔虐。	小畜之中孚	67	旱魃爲虐。	大雅雲漢

	易 林 引 詩	卦	頁	詩經詩句	詩經篇名
354	寒燠失時，陽旱爲災，雖耗无憂。	明夷之同人	237	旱既大甚，蘊隆蟲蟲，不殄禋祀，自郊徂宮，上下奠瘞，靡神不宗，后稷不克，上帝不臨，耗斁下土，寧丁我躬。	大雅雲漢
355	陽旱炎炎，傷害禾穀，穡人無食，耕夫嘆息。	乾之暌	12	赫赫炎炎。	大雅雲漢
356	嵩高岱宗，峻直且神。	大壯之兌	229	崧高維嶽，駿極于天，維嶽降神，生甫及申，維申及甫，維周之翰，四國于蕃，四方于宣。	大雅崧高
357	大夫祈父，无地不涉。爲吾相土，莫如韓樂。可以居止，長安富有。	井之需	311	蹶父孔武，靡國不到，爲韓姞相攸，莫如韓樂，孔樂韓土。	大雅韓奕
358	苛政日作，蟘食華葉。剝下啖上，民被其賊。	離之萃	200	邦靡有定，士民其瘵，蟊賊蟊疾，靡有夷屆。	大雅瞻卬
359	橐戢甲兵，歸放馬牛。徑路開通，國無凶憂。	大畜之咸	171	載戢干戈，載櫜弓矢，我求懿德，肆于時夏，允王保之。	周頌時邁
360	鱣鮪鰋鯉，眾多饒有。一狗獲兩，利得過倍。	比之觀	55	潛有多魚，有鱣有鮪，鰷鱨鰋鯉。	周頌潛
361	※益之晉類同：多饒所有／一笱獲兩。		278		周頌潛
362	日就月將，昭明有功，靈臺觀賞，膠鼓作人。	升之節	304	日就月將，學有緝熙於光明。 經始靈臺，經之營之，庶民攻之，不日成之。經始勿亟，庶民子來	周頌敬之 大雅靈臺
363	蠆室蜂戶，螫我手足，不得進止，爲吾害咎。	履之泰	68	自求辛螫。	周頌小毖
364	※屯之明夷類同：不可進取，爲身害速。		24		周頌小毖
365	※蠱之觀同		118		周頌小毖

	易　林　引　詩	卦	頁	詩經詩句	詩經篇名
366	去辛就蓼，毒愈酷毒。	觀之益	132	予又集于蓼。	周頌小毖
367	德施流行，利之四鄉。雨師灑道，風伯逐殃。巡狩封禪，以告成功。	萃之比	293	般	周頌般
368	元龜象齒，大賂爲寶。稽疑當否，衰微復起。	萃之中孚	298	元龜象齒，大賂南金。	魯頌泮水
369	蒼梧鬱林，道易利通。元龜象齒，寶貝南金，爲吾福功。	比之噬嗑	55		魯頌泮水
370	令妻壽母，宜家無咎。君子之歡，得以長久。	豫之否	104	令妻壽母。	魯頌閟宮
371	天命玄鳥，下生大商，造定四表，享國久長。	晉之剝	232	天命玄鳥，降而生商。	商頌玄鳥

註 1：本表頁碼以《焦氏易林》（台北：藝文印書館影印陸敕先宋刻本，1983 年 6 月再版）

註 2：※表重複情形第一種，指完全相同或可能爲錯字者；＊表重複情形第二種，指內容大體相同，然文字差異超過或等於一句者。

註 3：全部 371 處引詩中尚包含 20 次之引詩兩次之情形，故總數爲 391 次。

註 4：本表參考陳喬樅《齊詩遺說考》一書，然有所刪減。

附錄五：《易林》引用風、雅、頌次數統計表

	引詩總數	引詩重複			引詩淨數	引詩來源數	創造性用詩	創造率
		相同	衍生	小計				
國風	222	74	13	87	135	94	41	43.6
小雅	119	31	8	39	80	65	15	23
大雅	37	5	0	5	32	25	7	28
頌	13	3	0	3	10	10	0	0

註 1：引詩重複：相同或相類之引詩，包含三種情形──完全相同，單字相異，以及字句伸縮者，爲第三章第二節六之 4 之（2）所討論者

註 2：引詩淨數＝引詩總數─引詩重複數。

註 3：引詩來源數：所引詩經字句之來源數目統計。

註 4：創造性用詩＝引詩淨數－引詩來源數。顯示從同一原典之創造性用詩數目，爲第三章第二節六之 4 之（3）所討論者。

註 5：創造率＝創造性用詩÷引詩來源數。顯示詩經各部分可創造性之百分比，爲第三章第二節六之 4 之（4）所討論者。

附錄六：毛詩與三家詩字詞訓詁與章法關係表

篇　名	辭義差異	章法差異	是否訓詁造成	備　註
關雎	流，求，芼	毛詩有章法差異	是	
葛覃	萋萋，莫莫	毛詩有章法差異	是	
卷耳	玄黃	毛詩有章法差異	是	側重病而黃
樛木	毛與三家類同	皆有	否	
螽斯	蟄蟄	皆有	否	爲性情差異
桃夭	毛與三家類同	皆有	否	
兔罝	中林	皆有	否	
芣苢	有之	皆有	否	
漢廣	翹翹	皆有	否	
汝墳	毛與三家類同	皆有	否	
麟趾	毛與三家類同	皆有	否	
鵲巢	御之	皆有	否	
采蘩	僮僮	皆有	否	
草蟲	忡忡，惙惙，夷	毛詩有章法差異	是	此爲釋情之異
采蘋	蘋，藻	皆有	否	
甘棠	毛與三家類同	皆有	否	
行露	毛與三家類同	皆有	否	
羔羊	緎	毛詩有章法差異	是	
殷其靁	毛與三家類同	皆有	否	
摽有梅	毛與三家類同	皆有	否	
小星	三五	毛詩有章法差異	是	
江有汜	嘯	皆有	否	
野有死麕	毛與三家類同	皆有	否	
何彼襛矣	唐棣	皆有	否	
騶虞	騶虞	皆有	否	
柏舟	毛與三家類同	皆有	否	
綠衣	毛與三家類同	皆有	否	
燕燕	毛與三家類同	皆有	否	
日月	毛與三家類同	毛詩有章法差異	否	
終風	終風，曀	皆有	否	

篇　名	辭義差異	章法差異	是否訓詁造成	備　註
擊鼓	毛與三家類同	皆有	否	
凱風	毛與三家類同	皆有	否	
雄雉	雉	皆有	否	
匏有苦葉	毛與三家類同	皆有	否	
谷風	無重章			
式微	式，中露，泥中	毛詩有章法差異	是	
旄丘	無重章			
簡兮	無重章			
泉水	毛與三家類同	皆有	否	
北門	毛與三家類同	皆有	否	
北風	毛與三家類同	皆有	否	
靜女	毛與三家類同	皆有	否	
新臺	洒，浼	毛詩有章法差異	是	
二子乘舟	毛詩有章法差異	皆有	否	
柏舟	毛與三家類同	皆有	否	
牆有茨	三家詩不詳	毛詩有章法差異	否	
君子偕老	玼，瑳	毛詩有章法差異	是	
桑中	毛與三家類同	皆有	否	
鶉之奔奔	毛與三家類同	皆有	否	
定之方中	無重章			
蝃蝀	無重章			
相鼠	毛與三家類同	皆有	否	
干旄	紕，畀，祝	毛詩有章法差異	是	
載馳	無重章			
淇奧	毛與三家類同	皆有	否	
考槃	毛與三家類同	皆有	否	
碩人	無重章			
氓	無重章			
竹竿	毛與三家類同	無	否	
芄蘭	毛與三家類同	皆有	否	
河廣	毛與三家類同	皆有	否	
伯兮	無重章			

篇　名	辭義差異	章法差異	是否訓詁造成	備　註
有狐	厲	皆有	否	
木瓜	毛與三家類同	皆有	否	
黍離	毛與三家類同	皆有	否	
君子于役	毛與三家類同	皆有	否	
君子陽陽	毛與三家類同	皆有	否	
揚之水	毛與三家類同	皆有	否	
中谷有蓷	嘆	皆有	否	
兔爰	庸	皆有	否	
葛藟	毛與三家類同	皆有	否	
采葛	毛與三家類同	皆有	否	
大車	啍啍	皆有	否	
丘中有麻	毛與三家類同	皆有	否	
緇衣	毛與三家類同	皆有	否	
將仲子	毛與三家類同	皆有	否	
叔于田	毛與三家類同	皆有	否	
大叔于田	毛與三家類同	皆有	否	
清人	毛與三家類同	皆有	否	
羔裘	毛與三家類同	皆有	否	
遵大路	毛與三家類同	皆有	否	
女曰雞鳴	無重章			
有女同車	毛與三家類同	無	否	
山有扶蘇	毛與三家類同	皆有	否	
蘀兮	毛與三家類同	無	否	
狡童	毛與三家類同	皆有	否	
褰裳	毛與三家類同	皆有	否	
丰	丰	皆有	否	
東門之墠	毛與三家類同	皆有	否	
風雨	毛與三家類同	皆有	否	
子衿	毛與三家類同	皆有	否	
揚之水	毛與三家類同	皆有	否	
出其東門	毛與三家類同	皆有	否	
野有蔓草	毛與三家類同	皆有	否	

篇　名	辭義差異	章法差異	是否訓詁造成	備　註
溱洧	毛與三家類同	皆有	否	
雞鳴	無重章			
還	還，茂，昌	皆有	否	毛傳尤富變化
著	毛與三家類同	皆有	否	
東方之日	毛與三家類同	皆有	否	
東方未明	晞	皆有	否	
南山	無重章			
甫田	毛與三家類同	無	否	
盧令	令令，鬈	皆有	否	
敝笱	魴鰥	皆有	否	
載驅	毛與三家類同	皆有	否	
猗嗟	昌	僅毛詩爲訓詁差異造成	是	
葛屨	無重章			
汾沮洳	毛與三家類同	皆有	否	
園有桃	毛與三家類同	皆有	否	
陟岵	岵，屺	皆有	否	
十畝之間	毛與三家類同	皆有	否	
伐檀	毛與三家類同	皆有	否	
碩鼠	毛與三家類同	皆有	否	
蟋蟀	毛與三家類同	皆有	否	
山有樞	毛與三家類同	皆有	否	
揚之水	毛與三家類同	皆有	否	
椒聊	毛與三家類同	皆有	否	
綢繆	三家詩不詳	毛詩有章法差異	否	鄭箋有另解
杕杜	湑湑	毛詩有章法差異	是	三家詩不詳其章法
羔裘	毛與三家類同	皆有	否	
鴇羽	毛與三家類同	皆有	否	
無衣	毛與三家類同	皆有	否	
有杕之杜	毛與三家類同	皆有	否	
葛生	毛與三家類同	皆有	否	

篇　　名	辭義差異	章法差異	是否訓詁造成	備　　註
采苓	毛與三家類同	皆有	否	
車鄰	毛與三家類同	皆有	否	
駟驖	無重章			
小戎	無重章			
蒹葭	毛與三家類同	皆有	否	
終南	毛與三家類同	皆有	否	
黃鳥	毛與三家類同	皆有	否	
晨風	毛與三家類同	皆有	否	
無衣	澤	毛詩有章法差異	是	
渭陽	瓊瑰	皆有	否	
權輿	毛與三家類同	皆有	否	
宛丘	毛與三家類同	皆有	否	
東門之枌	毛與三家類同	皆有	否	
衡門	毛與三家類同	皆有	否	
東門之池	晤	皆有	否	
東門之楊	毛與三家類同	無	否	
墓門	毛與三家類同	皆有	否	
防有鵲巢	惕惕	皆有	否	
月出	毛與三家類同	皆有	否	
株林	無重章			
澤陂	毛與三家類同	皆有	否	
羔裘	毛與三家類同	皆有	否	
素冠	毛與三家類同	皆有	否	
隰有萇楚	猗儺	皆有	否	
匪風	嘌嘌	毛詩有章法差異	是	三家詩不詳其章法
蜉蝣	毛與三家類同	皆有	否	
候人	毛與三家類同	皆有	否	
鳲鳩	毛與三家類同	皆有	否	
下泉	毛與三家類同	皆有	否	
七月	無重章			
鴟鴞	無重章			

篇　名	辭義差異	章法差異	是否訓詁造成	備　註
東山	毛與三家多異	皆有	否	
破斧	毛與三家類同	皆有	否	
伐柯	三家詩不詳	毛詩有章法差異	是	毛傳較鄭箋尤有變化
九罭	無重章			
狼跋	毛與三家類同	皆有	否	
鹿鳴	苹	皆有	否	
四牡	毛與三家類同	皆有	否	
皇皇者華	毛與三家類同	皆有	否	
常棣	無重章			
伐木	毛與三家類同	皆有	否	
天保	毛與三家類同	皆有	否	
采薇	毛與三家類同	皆有	否	
出車	毛與三家類同	皆有	否	
杕杜	毛與三家類同	皆有	否	
魚麗	毛與三家類同	皆有	否	
南有嘉魚	毛與三家類同	皆有	否	
南山有臺	毛與三家類同	皆有	否	
蓼蕭	毛與三家類同	皆有	否	
湛露	毛與三家類同	皆有	否	
彤弓	毛與三家類同	皆有	否	
菁菁者莪	毛與三家類同	皆有	否	
六月	無重章			
采芑	毛與三家類同	皆有	否	
車攻	無重章			
吉日	毛與三家類同	皆有	否	
鴻鴈	毛與三家類同	皆有	否	
庭燎	央，艾	毛詩有章法差異	是	
沔水	毛與三家類同	皆有	否	
鶴鳴	毛與三家類同	皆有	否	
祈父	士	毛詩有章法差異	是	
白駒	毛與三家類同	皆有	否	

篇　　名	辭義差異	章法差異	是否訓詁造成	備　註
黃鳥	毛與三家類同	皆有	否	
我行其野	蓫	皆有	否	
斯干	無重章			
無羊	無重章			
節南山	毛與三家類同	皆有	否	
正月	無重章			
十月之交	無重章			
雨無正	無重章			
小旻	無重章			
小宛	無重章			
小弁	無重章			
巧言	無重章			
何人斯	毛與三家類同	皆有	否	
巷伯	無重章			
谷風	毛與三家類同	皆有	否	
蓼莪	毛與三家類同	皆有	否	
大東	無重章			
四月	無重章			
北山	無重章			
無將大車	毛與三家類同	皆有	否	
小明	毛與三家類同	皆有	否	
鼓鍾	毛與三家類同	皆有	否	
楚茨	無重章			
信南山	無重章			
甫田	無重章			
大田	無重章			
瞻彼洛矣	毛與三家類同	皆有	否	
裳裳者華	毛與三家類同	皆有	否	
桑扈	毛與三家類同	皆有	否	
鴛鴦	毛與三家類同	皆有	否	
頍弁	毛與三家類同	皆有	否	
車舝	無重章			

篇　名	辭義差異	章法差異	是否訓詁造成	備　註
青蠅	毛與三家類同	皆有	否	
賓之初筵	毛與三家類同	皆有	否	
魚藻	頒	皆有	否	
采菽	無重章			
角弓	毛與三家類同	皆有	否	
菀柳	暱	毛詩有章法差異	是	
都人士	毛與三家類同	皆有	否	三家詩無首章
采綠	毛與三家類同	皆有	否	
黍苗	毛與三家類同	皆有	否	
隰桑	難，沃，幽	毛詩有章法差異	是	
白華	無重章			
緜蠻	毛與三家類同	皆有	否	
瓠葉	毛與三家類同	皆有	否	
漸漸之石	毛與三家類同	皆有	否	
苕之華	芸，黃	皆有	否	
何草不黃	毛與三家類同	皆有	否	
文王	無重章			
大明	無重章			
緜	無重章			
棫樸	無重章			
旱麓	瑟	皆有	否	
思齊	無重章			
皇矣	無重章			
靈臺	無重章			
下武	無重章			
文王有聲	無重章			
生民	無重章			
行葦	無重章			
既醉	將	皆有	否	
鳧鷖	毛與三家類同	皆有	否	
假樂	無重章			
公劉	無重章			

篇　名	辭義差異	章法差異	是否訓詁造成	備　註
泂酌	毛與三家類同	皆有	否	
卷阿	毛與三家類同	皆有	否	
民勞	詭隨，惛怓	皆有	否	
板	無重章			
蕩	毛與三家類同	皆有	否	
抑	無重章			
桑柔	無重章			
雲漢	毛與三家類同	皆有	否	
崧高	無重章			
烝民	無重章			
韓奕	無重章			
江漢	浮浮	皆有	否	
常武	無重章			
瞻卬	無重章			
召旻	無重章			
清廟	無重章			
維天之命	無重章			
維清	無重章			
烈文	無重章			
天作	無重章			
昊天有成命	無重章			
我將	無重章			
時邁	無重章			
執競	無重章			
思文	無重章			
臣工	無重章			
噫嘻	無重章			
振鷺	無重章			
豐年	無重章			
有瞽	無重章			
潛	無重章			

篇　名	辭義差異	章法差異	是否訓詁造成	備　註
雝	無重章			
載見	無重章			
有客	無重章			
武	無重章			
閔予小子	無重章			
訪落	無重章			
敬之	無重章			
小毖	無重章			
載芟	無重章			
良耜	無重章			
絲衣	無重章			
酌	無重章			
桓	無重章			
賚	無重章			
般	無重章			
駉	毛與三家類同	皆有	否	
有駜	駜	皆有	否	
泮水	泮宮	皆有	否	
閟宮	無重章			
那	無重章			
烈祖	無重章			
玄鳥	無重章			
長發	無重章			
殷武	無重章			

註：毛與三家類同指的是重章部分之辭義類同，非謂全篇辭義類同。

重要參考書目

僅就本書徵引者著錄

一、前人著作與文獻（依傳統四部排序）

1. 《毛詩正義》，孔穎達，十三經注疏本，台北：藝文印書館。
2. 《詩毛氏傳疏》，陳奐，皇清經解續編本，台北：復興書局。
3. 《毛詩傳箋通釋》，馬瑞辰，台北：廣文書局，1980 年 8 月 2 版。
4. 《詩本義》，歐陽修，四部叢刊三編本，台北：商務印書館。
5. 《詩經詮釋》，屈萬里，台北：聯經圖書公司，1988 年 7 月 1 版 4 刷。
6. 《韓詩外傳》，韓嬰，四部叢刊本，台北：商務印書館。
7. 《韓詩外傳今註今譯》，賴炎元，台北：商務印書館，1994 年 6 月 1 版 7 刷。
8. 《齊詩翼氏學疏證》，陳喬樅，叢書集成續編本，台北：新文豐公司。
9. 《魯詩遺說考》，陳喬樅，叢書集成續編本，台北：新文豐公司。
10. 《韓詩遺說考》，陳喬樅，叢書集成續編本，台北：新文豐公司。
11. 《齊詩遺說考》，陳喬樅，叢書集成續編本，台北：新文豐公司。
12. 《三家詩補遺》，阮元，叢書集成續編本，台北：新文豐公司。
13. 《詩三家義集疏》，王先謙，台北：明文書局，1988 年 10 月 10 日 1 版。
14. 《尚書正義》，孔穎達，十三經注疏本，台北：藝文印書館。
15. 《周易集解》，李鼎祚，十三經注疏本，台北：藝文印書館。
16. 《周易集解纂疏》，李道平，北京：中華書局，1998 年 12 月 1 版 2 刷。
17. 《帛書周易今註今譯》，張立文，台北：學生書局，1991 年 9 月 1 版。
18. 《焦氏易林》，焦延壽，四部叢刊本，台北：商務印書館。

19. 《焦氏易詁》，尚秉和，台北：中華書局，1971 年 10 月 1 版。

20. 《周禮正義》，孔穎達，十三經注疏本，台北：藝文印書館。

21. 《禮記正義》，孔穎達，十三經注疏本，台北：藝文印書館。

22. 《大戴禮記》，戴德，四部叢刊本，台北：商務印書館。

23. 《公羊傳疏》，徐彥，十三經注疏本，台北：藝文印書館。

24. 《左傳正義》，孔穎達，十三經注疏本，台北：藝文印書館。

25. 《論語疏》，邢昺，十三經注疏本，台北：藝文印書館。

26. 《孟子疏》，孫奭，十三經注疏本，台北：藝文印書館。

27. 《四書集註》，朱熹，台北：學海出版社，1991 年 3 月 2 版。

28. 《古微書》，孫瑴，《孔子文化大全》本，濟南：山東友誼出版社。

29. 《重修緯書集成》，安居香山等編，東京：明德出版社，昭和 63 年 6 月 2 版。

30. 《甲骨文編（改訂版）》，孫海波，京都：中文出版社，1982 年 9 月 4 版。

31. 《上海博物館藏戰國楚竹書（一）》，馬承源主編，上海：上海古籍出版社，2001 年 11 月初版。

32. 《上海博物館藏戰國楚竹書（一）》，季旭昇主編，台北：萬卷樓圖書公司，2004 年 6 月初版。

33. 《上博楚簡三篇校讀記》，李零，台北：萬卷樓圖書公司，2002 年 3 月 1 版。

34. 《說文解字注》，許慎撰，段玉裁注，台北：黎明文化公司，1991 年 8 月增訂 8 版。

35. 《隸釋》，洪适，石刻史料新編本，台北：新文豐公司。

36. 《釋名》，劉熙，四部叢刊本，台北：商務印書館。

37. 《說文通訓定聲》，朱駿聲，武漢：古籍書店，1983 年 6 月。

38. 《一切經音義》，釋慧琳，續修四庫全書，上海：上海古籍出版社。

39. 《五經異義疏證》，陳壽祺，皇清經解本，台北：復興書局。

40. 《經典釋文》，陸德明，四部叢刊本，台北：商務印書館。

41. 《經義考》，朱彝尊，四部備要本，北京：中華書局。

42. 《群經識小》，李惇，皇清經解本，台北：復興書局。

43. 《毛詩草木鳥獸蟲魚疏》，陸璣，叢書集成續編本，上海書店。

44. 《呂氏家塾讀詩記》，呂祖謙，四部叢刊本，台北：商務印書館。

45. 《詩古微》，魏源，皇清經解續編本，台北：復興書局。

46. 《周易本義注》，朱熹，四庫全書本，台北：商務印書館。

47. 《尚書引義》，王夫之，《船山全書》第 2 冊，長沙：嶽麓書社。

48. 《周易外傳》，王夫之，《船山全書》第 1 冊，長沙：嶽麓書社。

49. 《易漢學》，惠棟，無求備齋易經集成本，台北：成文書局。

50. 《經義述聞》，王引之，人人文庫本，台北：商務印書館。

51. 《經學卮言》，孔廣森，皇清經解本，台北：復興書局。

52. 《兩漢三國學案》，唐晏，龍溪精舍刊本，台北：世界書局。

53. 《國語》，左丘明，四部叢刊本，台北：商務印書館。

54. 《史記》，司馬遷，百衲本，台北：商務印書館。

55. 《漢書》，班固，百衲本，台北：商務印書館。

56. 《後漢書》，范曄，百衲本，台北：商務印書館。

57. 《三國志》，陳壽，百衲本，台北：商務印書館。

58. 《隋書》，魏徵等，百衲本，台北：商務印書館。

59. 《舊唐書》，劉昫，百衲本，台北：商務印書館。

60. 《宋史》，脫脫，百衲本，台北：商務印書館。

61. 《前漢紀》，荀悅，四部叢刊本，台北：商務印書館。

62. 《漢書藝文志考證》，王應麟，台北：故宮博物院，微捲。

63. 《後漢書補註》，惠棟，台北：鼎文書局，1977 年版。

64. 《漢書藝文志拾補》，姚振宗，二十五史補編本，台北：開明書店。

65. 《後漢書藝文志》，姚振宗，二十五史補編本，台北：開明書店。

66. 《前漢書藝文志注》，劉光蕡，二十五史補編本，台北：開明書店。

67. 《逸周書集訓校釋》，朱右曾，皇清經解續編本，台北：復興書局。

68. 《逸周書分編句釋》，唐大沛，台北：學生書局，1969 年 12 月 1 版。

69. 《老子》，老子，四部叢刊本，台北：商務印書館。

70. 《墨子》，墨子，四部叢刊本，台北：商務印書館。

71. 《莊子》，莊子，四部叢刊本，台北：商務印書館。

72. 《公孫龍子》，公孫龍子，明萬曆四年刊本，台北：商務印書館。

73. 《管子》，管子，四部叢刊本，台北：商務印書館。

74. 《齊黃老書》，王玉哲主編，《齊文化叢書》第 8 冊，濟南：齊魯書社。

75. 《黃帝內經素問》，，四部叢刊本，台北：商務印書館。

76. 《郭店楚簡——儒家佚籍四種釋析》，丁原植，台北：台灣古籍出版公司，2000 年 12 月 1 版 1 刷。

77. 《荀子》，荀子，四部叢刊本，台北：商務印書館。

78. 《呂氏春秋》，呂不韋，四部叢刊本，台北：商務印書館。

79. 《呂氏春秋校釋》，陳奇猷校釋，台北：華正書局，1988 年 8 月 1 版。

80. 《新語》，陸賈，四部叢刊本，台北：商務印書館。

81. 《新書》，賈誼，四部叢刊本，台北：商務印書館。

82. 《新書校注》，閻振益，鐘夏，北京：中華書局，2000 年 7 月 1 版 1 刷。

83. 《淮南子》，劉安，四部叢刊本，台北：商務印書館。

84. 《淮南鴻烈集解》，劉文典集解，北京：中華書局，1997 年 1 月 1 版 2 刷。

85. 《春秋繁露》，董仲舒，四部叢刊本，台北：商務印書館。

86. 《春秋繁露今註今譯》，賴炎元，台北：商務印書館，1996 年 12 月 1 版 4 刷。

87. 《說苑》，劉向，四部叢刊本，台北：商務印書館。

88. 《列仙傳》，劉向，叢書集成初編本，上海：商務印書館。

89. 《列女傳》，劉向，四部備要本，台北：中華書局。

90. 《太玄經》，揚雄，四部叢刊本，台北：商務印書館。

91. 《太玄經》，揚雄，四部備要本，台北：中華書局。

92. 《法言》，揚雄，四部叢刊本，台北：商務印書館。

93. 《論衡》，王充，四部叢刊本，台北：商務印書館。

94. 《白虎通德論》，班固，四部叢刊本，台北：商務印書館。

95. 《白虎通疏證》，陳立，北京：中華書局，1997 年 10 月 1 版 2 刷。

96. 《風俗通義》，應劭，四部叢刊本，台北：商務印書館。

97. 《潛夫論》，王符，四部叢刊本，台北：商務印書館。

98. 《申鑒》，荀悅，四部叢刊本，台北：商務印書館。

99. 《周子通書》，朱熹，台北：中華書局，1968 年版。

100. 《五行大義》，蕭吉，叢書集成初編本，台北：商務印書館。

101. 《東塾讀書記》，鄭樵，四部備要本，台北：中華書局。

102. 《四部正譌》，胡應麟，台北：開明書店，1966 年 1 月 1 版。

103. 《丹鉛續錄》，楊慎，筆記小說大觀本，台北：新興書局。

104. 《日知錄》，顧炎武，四庫全書本，台北：商務印書館。

105. 《存人編》，顏習齋，叢書集成初編本，台北：商務印書館。

106. 《癸巳類稿》，俞正燮，續修四庫全書，上海：上海古籍出版社。

107. 《陔餘叢考》，趙翼，續修四庫全書，上海：上海古籍出版社。

108. 《方舟集》，李石，四庫全書本，台北：商務印書館。

109. 《文選》，蕭統編，宋淳熙本，台北：藝文印書館。

110. 《文心雕龍注》，范文瀾註，台北：學海出版社，1991 年 2 月 2 版。

111. 《鍾嶸詩品箋證稿》，王叔岷，台北：中央研究院中國文哲研究所，1992 年 3 月 1 版。

112. 《六朝選詩定論》，吳淇，四庫全書存目叢書補編，濟南：齊魯書社。

113. 《太平御覽》，李昉等撰，台北：大化書局，1977 年 5 月 1 版。

114. 《藝文類聚》，歐陽詢，台北：新興書局，1973 年版。

115. 《古文苑，佚名，四部叢刊本，台北：商務印書館。

116. 《白孔六帖》，白居易原撰，孔傳續撰，四庫全書本，台北：商務印書館。

117. 《四庫全庫總目》，紀昀，台北：藝文印書館，1989 年 1 月 6 版。

二、近代、現代著作（依作者筆劃順序排列）

1. 《氣的思想‧中國自然觀和人的觀念的發展》，小野澤精一，上海：上海人民出版社，1999 年 10 月 1 版 2 刷。

2. 《先秦陰陽五行》，井上聰，漢口：湖北教育出版社，1997 年版。

3. 《詩經周南召南發微》，文幸福，台北：學海出版社，1986 年 8 月 1 版。

4. 《詩經毛傳鄭箋辨異》，文幸福，台北：文史哲出版社，1989 年 10 月 1 版。

5. 《孔子詩學研究》，文幸福，台北：學生書局，1996 年 3 月 1 版。

6. 《緯學探源》，王令樾，台北：幼獅文化公司，1984 年 4 月 1 版。

7. 《禮記‧樂記之道德形上學》，王茁，台北：文史哲出版社，2002 年 3 月 1 版。

8. 《今古文經學新論》，王葆玹，北京：中國社會科學出版社，1997 年 11 月 1 版 1 刷。

9. 《西漢經學源流》，王葆玹，台北：東大圖書公司，1994 年 6 月 1 版。

10. 《鄒衍遺說考》，王夢鷗，台北：商務印書館，1966 年 1 月 1 版。

11. 《經學通論》，皮錫瑞，人人文庫本，台北：商務印書館。

12. 《經學歷史》，皮錫瑞，台北：商務印書館，1996 年 8 月 1 版 3 刷。

13. 《中國哲學發展史‧秦漢》，任繼愈，北京：中國人民出版社，1985 年 2 月 1 版。

14. 《詩言志辨》，朱自清，台北：開今文化公司，1994 年 6 月 1 版 1 刷。

15. 《上博館藏戰國楚竹書研究》，朱淵清編，上海：上海書店，2002 年 3 月 1 版 1 刷。

16. 《中國哲學十九講》，牟宗三，台北：學生書局，1991 年 12 月 1 版 4 刷。

17. 《黃老之學通論》，吳光，杭州：浙江人民出版社，1985 年 6 月 1 版。

18. 《中庸誠字的研究》，吳怡，台北：華岡出版部，1972 年 3 月 2 版。

19. 《文章結構學》，吳應天，北京：中國人民大學出版社，1989 年 8 月 1 版 3 刷。

20. 《形神、心性、情志——中國古代心身觀述評》，李似珍，南昌：江西人民出版社，2001 年 7 月 1 版 1 刷。

21. 《氣論與傳統思維方式》，李志銳，上海：學林出版社，1999 年 9 月 1 版 1 刷。

22. 《中國古代天道思想論》，李杜，台北：藍燈出版社，1992 年 9 月版。

23. 《中西哲學思想中的天道與上帝》，李杜，台北：藍燈出版社，2000 年 9 月版。

24. 《馬融之經學》，李威熊，1975 年 5 月手抄本，中央研究院傅斯年圖書館藏書。

25. 《儒家元典與中國詩學》，李凱，北京：中國社會科學出版社，2002 年 8 月 1 版。

26. 《先秦兩漢之陰陽五行學說》，李漢三，台北：維新書局，1968 年版。

27. 《周易經傳溯源》，李學勤，台北：麗文圖書公司，1995 年 10 月 1 版 1 刷。

28. 《廖平選集》，李耀仙編，成都：巴蜀書社，1988 年 7 月 1 版。

29. 《群經概論》，周予同，高雄：復文圖書出版社，1986 年 11 月 2 版。

30. 《古巫醫與「六詩」考——中國浪漫文學探源》，周策縱，台北：聯經圖書公司，1986 年 3 月 1 版。

31. 《詩經詮釋》，屈萬里，台北：聯經圖書公司，1988 年 7 月 1 版 4 刷。

32. 《詩緯星象分野考》，林金泉，手抄本，台灣師範大學國文研究所藏書。

33. 《先秦齊學考》，林麗娥，台北：商務印書館，1992 年 2 月 1 版 1 刷。

34. 《先秦儒家詩教研究》，林耀潾，台北：天工書局，1990 年 8 月 10 日出版。

35. 《西漢三家詩學研究》，林耀潾，台北：文津出版社，1996 年 9 月 1 版 1 刷。

36. 《周官之成書及其反映的文化與時代新考》，金春峰，台北：東大圖書公司，1993 年 11 月 1 版。

37. 《漢代思想史》，金春峰，北京：中國社會科學出版社，1997 年 12 月修訂 2 版。

38. 《漢代經學史》，洪乾祐，台中：國彰出版社，1996 年 3 月 1 版。

39. 《詩經學史》，洪湛侯，北京：中華書局，2002 年 5 月 1 版 1 刷。

40. 《詩經學》，胡樸安，台北：商務印書館，1988 年 5 月 5 版。

41. 《中國哲學原論·原道篇（一）》，唐君毅，台北：學生書局，1992 年 3 月校訂版。

42. 《中國哲學原論·原道篇（二）》，唐君毅，台北：學生書局，1993 年 3 月校訂版 2 刷。

43. 《中國哲學原論·導論篇》，唐君毅，台北：學生書局，1993 年 2 月校訂版 2 刷。

44. 《陰陽五行說的政治思想》，孫廣德，台北：商務印書館，1994 年 1 月 1 版 2 刷。

45. 《中國人性論史》，徐復觀，台北：商務印書館，1994 年 4 月 1 版 11 刷。

46. 《兩漢思想史》，徐復觀，上海：華東師範大學，2001 年 12 月 1 版 1 刷。

47. 《中國經學史的基礎》，徐復觀，台北：學生書局，1996 年 4 月 1 版 3 刷。

48. 《中國藝術精神》，徐復觀，台北：學生書局，1992 年 7 月初版 11 刷。

49. 《中國文學論集》，徐復觀，台北：學生書局，1990 年版。

50. 《先秦社會和諸子思想新探》，祝瑞開，福州：福建人民出版社，1981 年。

51. 《先秦儒家詩教思想研究》，康曉城，台北：文史哲出版社，1988 年 8 月 1 版。

52. 《中國哲學範疇發展史·人道篇》，張立文，台北：五南圖書公司，1997 年 1 月 1 版 1 刷。

53. 《中國哲學範疇發展史·天道篇》，張立文，台北：五南圖書公司，1996 年 7 月 1 版 1 刷。

54. 《中國哲學邏輯結構論（修訂本）》，張立文，北京：中國社會科學出版社，2002 年 1 月 1 版 1 刷。

55. 《天》，張立文主編，台北：七略出版社，1996 年 11 月 1 版。

56. 《中國哲學大綱》，張岱年，台北：藍燈出版社，1992 年 4 月 1 版。

57. 《儒家樂教思想研究》，張蕙蕙，台北：文史哲出版社，1985 年 6 月 1 版。

58. 《金文叢考》，郭沫若，《郭沫若全集》考古編第五冊，北京：科學出版社。

59. 《緣情文學觀》，陳昌明，台北：台灣書店，1999 年 11 月 1 版。

60. 《易傳與道家思想》，陳鼓應，台北：商務印書館，1999 年 9 月 1 版 3 刷。

61. 《道家易學建構》，陳鼓應，台北：商務印書館，2003 年 7 月 1 版 1 刷。

62. 《古讖緯研討及其書目解題》，陳槃，台北：國立編譯館，1991 年版。

63. 《毛詩詁訓新詮》，陳應棠，台北：中華書局，1969 年初版。

64. 《戰國時期的黃老思想》，陳麗桂，台北：聯經圖書公司，1991 年 4 月 1 版。

65. 《秦漢時期的黃老思想》，陳麗桂，台北：文津出版社，1997 年 2 月 1 版 1 刷。

66. 《兩漢經學史》，章權才，台北：萬卷樓圖書公司，1995 年 5 月初版。

67. 《古典詩詞邏輯趣談》，彭漪漣，上海：上海人民出版社，2001 年 9 月 1 版 1 刷。

68. 《左傳引詩賦詩之詩教研究》，曾勤良，台北：文津出版社，1993 年 1 月 1 版。

69. 《許慎之經學》，黃永武，台北：中華書局，1972 年 9 月 1 版。

70. 《中國詩學──思想篇》，黃永武，台北：巨流圖書公司，1996 年 12 月 1 版。

71. 《孟學思想史論》，黃俊傑，台北：東大圖書公司，1991 年 10 月初版。

72. 《經今古文學問題新論》，黃彰健，台北：中央研究院歷史語言研究所，1992 年 9 月 2 版。

73. 《西周史》，楊寬，台北：商務印書館，1999 年 4 月 1 版 1 刷。

74. 《天人關係論》，楊慧傑，台北：水牛出版社，1994 年 8 月 31 日 2 版。

75. 《中國古代音樂史稿》，楊蔭瀏，北京：人民出版社，1999 年 6 月 1 版 6 刷。

76. 《中國古代思想中的氣論及身體觀》，楊儒賓，台北：巨流圖書公司，1993 年 3 月 1 版 1 刷。

77. 《中國哲學範疇導論》，葛榮晉，台北：萬卷樓圖書公司，1993 年 4 月 1 版 1 刷。

78. 《先秦文獻與先秦文學》，董治安，濟南：齊魯書社，1994 年 11 月 1 版 1 刷。

79. 《帛書易傳初探》，廖名春，台北：文史哲出版社，1998 年 11 月 1 版。

80. 《歷代詩經著述考》，劉毓慶，北京：中華書局，2002 年 5 月 1 版 1 刷。

81. 《兩漢經學今古文平議》，錢穆，台北：東大圖書公司，1989 年 11 月 3 版。

82. 《易傳之形成及其思想》，戴璉璋，台北：文津出版社，1989 年 6 月 1 版。

83. 《詩經欣賞與研究續集》，糜文開・裴普賢，台北：三民書局，1982 年 4 月修正 3 版。

84. 《陰陽五行及其體系》，鄺芷人，台北：文津出版社，1998 年 2 月 2 版 1

刷。

85. 《儒家哲學的體系續編》，羅光，台北：學生書局，1989 年 5 月 1 版。

86. 《宗法倫理精神與中國詩學》，蘇桂寧，上海：三聯書店，2002 年 6 月 1 版 1 刷。

87. 《秦漢的方士與儒生》，顧頡剛，台北：里仁書局，1995 年 2 月 1 版 3 刷。

88. 《漢代思潮，龔鵬程》，嘉義：南華大學，1999 年 8 月 1 版。

89. 《古史辨》，台北：藍燈出版社。

三、學位論文（依作者筆劃順序排列）

1. 《陳壽祺三家詩遺說研究》，江乾益，台灣師大國研所博士論文，1985 年 4 月。

2. 《黃帝四經考辨》，朱曉海，台大中文研究所碩士論文，1977 年 6 月。

3. 《戰國末秦漢之際黃老學說之探討》，高祥，台灣師大國文研究所碩士論文，1988 年 6 月。

4. 《先秦兩漢文學言志思想及其文化意義——兼論與六朝文化的對照》，曾守正，台灣師大國研所博士論文，1998 年 12 月。

5. 《天人感應哲學與兩漢魏晉文學思想》，楊建國，東海大學中文研究所碩士論文，1990 年。

6. 《從災異到玄學》，謝大寧，台灣師大國研所博士論文，1989 年 5 月。

四、單篇論文（依作者筆劃順序排列）

1. 〈論詩序的主體部分可能始於孟子學派〉，王承略，《詩經研究叢刊》第三輯，北京：學苑出版社。

2. 〈漢魏博士考〉，王國維，《王觀堂先生全集》第 1 冊，台北：文華公司。

3. 〈漢魏博士題名考〉，王國維，《王觀堂先生全集》第 9 冊，台北：文華公司。

4. 〈釋天〉，王國維，《觀堂集林》卷六，《王觀堂先生全集》第 1 冊，台北：文華公司。

5. 〈郭店楚簡的時代及其與子思學派的關係〉，王葆玹，《郭店楚簡國際學述研討會論文集》，武漢：湖北人民出版社。

6. 〈論緯書〉，王鐵，《華東師範大學學報（哲學社會科學版）》，1991 年第 5 期。

7. 〈鄭康成毛詩譜探析〉，江乾益，《中華文化復興月刊》17 卷 6 期，1984 年 6 月。

8. 〈滬簡詩論選釋〉，何林儀，「簡帛研究」網站。

9. 〈論形象思維的邏輯形式和邏輯規律〉，李名方，《李名方文集》，北京：
中國文聯出版社。

10. 〈《孔子詩論》新釋文及注解〉，周鳳五，「簡帛研究」網站。

11. 〈《性自命出》篇的心性觀念初探〉，東方朔，《郭店楚簡國際學述研討會
論文集》，武漢：湖北人民出版社。

12. 〈試論漢初黃老思想——兼論馬王堆漢墓出土四篇古佚書爲漢初作〉，
姜廣輝，《中國哲學史集刊》第 1 輯。

13. 〈漢代社會與漢代詩學〉，施淑，《中外文學》第 10 卷第 10 期，1982 年
3 月。

14. 〈列女傳本於韓詩考〉，段亦凡，《國學月刊》第 1 卷第 1 期，1945 年 1
月。

15. 〈殷代之天神崇拜〉，胡厚宣，《甲骨學商史論叢初集》上冊，上海書店。

16. 〈關於《文匯報》公布上海博物館所藏《詩論》第一枚簡的釋文問題〉，
范毓周，「簡帛研究」網站。

17. 〈黃帝四經初探〉，唐蘭，《文物》，1973 年第 10 期。

18. 〈「詩无隱志」章與荀學——從上博簡所論《關雎》談起〉，秦樺林，「簡
帛研究」網站。

19. 〈十大經初探〉，高亨、董治安，《歷史研究》，1975 年第 1 期。

20. 〈十大經的思經和時代〉，康立，《歷史研究》，1975 年第 3 期。

21. 〈由上博《詩論》簡論「文王」看《詩論》的承傳〉，曹建國，「簡帛研
究」網站。

22. 〈論正變〉，陳桐生，《詩經研究叢刊》第一輯，北京：學苑出版社，2001
年 7 月。

23. 〈《中庸》的性善觀〉，陳滿銘，《國文學報》第 28 期，台北：台灣師範
大學國文學系，1999 年 6 月。

24. 〈談儒家思想體系中的螺旋結構〉，陳滿銘，《國文學報》第 29 期，台北：
台灣師範大學國文學系，2000 年 7 月。

25. 〈論章法「多、二、一（0）」的核心結構〉，陳滿銘，2002 年 11 月 28
日稿本。

26. 〈論篇章辭章學〉，陳滿銘，2003 年 8 月 27 日稿本。

27. 〈論辭章章法的「多、二、一（0）」結構〉，陳滿銘，2002 年 11 月 16
日稿本，今載於《師大學報・人文與社會類》48 卷 1 期。

28. 〈「讖」「緯」異名同實考辨〉，黃復山，1995 年《輔仁大學漢代學術研
討會論文》。

29. 〈試論黃老帛書的道和無爲思想〉，葛榮晉，《中國哲學史研究》第 3 期。

30. 〈《史記》稱《詩》平議〉，董治安，《第四屆詩經國際學術研討會論文集》，2000 年 7 月。

31. 〈「關雎之改」解〉，趙建偉，「簡帛研究」網站。

32. 〈用《詩論》分析《詩經》的可信度〉，劉小力，「簡帛研究」網站。

33. 〈左傳的研究〉，衛聚賢，《古史研究》第 1 輯，上海：商務印書館。

34. 〈東漢經學略論〉，錢穆，《中國學術思想史論叢（三)》，台北：素書樓文教基金會。

35. 〈劉向列女傳所見之中國道德精神〉，錢穆，《中國學術思想史論叢（三)》，台北：素書樓文教基金會。

36. 〈黃老帛書的哲學思想〉，鍾兆鵬，《文物》，1978 年第 2 期。

37. 〈黃帝四經思想探源〉，魏啓鵬，《中國哲學》第四輯，1980 年 10 月。

38. 〈詩的實用與早期的詩歌理論〉，羅宗強，《文學遺產》，1983 年第 4 期。

39. 〈從呂氏春秋到文心雕龍〉，龔鵬程，《文心雕龍綜論》，台北：學生書局。